Edgar Rice Burroughs
Die Prinzessin vom Mars

D1697865

Edgar Rice Burroughs ist einer der populärsten Autoren der Welt. Ohne vorherige Erfahrung als Autor schrieb er im Jahre 1912 seinen ersten Roman „Die Prinzessin vom Mars". In den folgenden 38 Jahren bis zu seinem Tode im Jahre 1950 schrieb Burroughs 91 Bücher und eine Unmenge Kurzgeschichten und Artikel. Obwohl am besten bekannt als Schöpfer des klassischen „Tarzan von den Affen" und „John Carter vom Mars", waren seiner rastlosen Vorstellungskraft keine Grenzen gesetzt. Burroughs produktive Feder bewegte sich vom Amerikanischen Westen zum primitiven Afrika und weiter zu romantischen Abenteuern auf dem Mond, den Planeten und sogar jenseits der fernsten Sterne.
Niemand weiß, wieviele Exemplare von Burroughs' Büchern in der ganzen Welt veröffentlicht wurden. Vorsichtig geschätzt muß diese Anzahl, in über 50 bekannte Sprachen übersetzt, in hunderte Millionen gehen.
Hinzuzählen muß man noch die Vielzahl von Comics, Kino- und Fernsehfilmen, deren Grundlage die Romane Burroughs' bilden.

Edgar Rice Burroughs
Die Prinzessin vom Mars

KRANICHBORN VERLAG LEIPZIG

Aus dem Amerikanischen übersetzt von Franziska Willnow
Titel der Originalausgabe: A PRINCESS OF MARS

1. Auflage
© 1996 by KRANICHBORN VERLAG LEIPZIG
für die einzig berechtigte Ausgabe in deutscher Sprache

Copyright © 1912 FRANK A. MUNSEY COMPANY
All rights by Edgar Rice Burroughs, Inc., Tarzana, California
COVER ART: © 1996 EDGAR RICE BURROUGHS, Inc.

COVER ART by JOE JUSKO
(Inclusive Vorsatz)
LAYOUT by FRANK NEUBAUER
ISBN 3-930040-41-7

Vorwort

Dem Leser dieser Seiten:

Ich glaube, einige Worte zu Hauptmann Carters außergewöhnlicher Persönlichkeit sagen zu müssen, wenn ich Ihnen nun sein bemerkenswertes Manuskript vorlege.

Meine ersten Erinnerungen an ihn stammen aus den Monaten, die er kurz vor Ausbruch des Bürgerkrieges in meinem Elternhaus in Virginia verbrachte. Obwohl ich damals gerade fünf Jahre alt war, kann ich gut mich an den hochgewachsenen, bartlosen und athletischen Mann erinnern, den ich Onkel Jack nannte.

Er schien immer guter Dinge zu sein und beteiligte sich an den Spielen der Kinder mit derselben Aufgeschlossenheit, wie er sie den Vergnügungen seiner Altersgenossen und Altersgenossinnen entgegenbrachte. Auch konnte er ganze Stunden bei meiner Großmutter sitzen und ihr von seinem seltsamen, wilden Leben in allen Teilen der Welt erzählen. Wir alle liebten ihn, und unsere Sklaven beteten förmlich den Boden an, den er betrat.

Er war eine sehr männliche Erscheinung, gut zwei Zoll über sechs Fuß groß, mit breiten Schultern, schmalen Hüften und der Haltung des durchtrainierten Soldaten. Er hatte regelmäßige, markante Gesichtszüge und schwarzes, kurzgeschnittenes Haar, und die stahlgrauen Augen verrieten einen starken und beständigen Charakter voller Leidenschaft und Unternehmungsgeist. Mit seinen makellosen Umgangsformen und seiner Eleganz verkörperte er den hochgebildeten Gentleman der Südstaaten.

Seine Reitkunst, besonders bei der Treibjagd, sorgte sogar hier, im Land der erstklassigen Reiter, für Aufsehen und Bewunderung. Oft hörte ich, wie mein Vater ihm ungezügelten Leichtsinn vorwarf, doch er lachte nur und meinte, daß das Pferd noch nicht geboren sei, das ihn abwerfen und töten konnte.

Bei Ausbruch des Krieges verließ er uns, und ich sah ihn erst nach fünfzehn, sechzehn Jahren wieder. Seine Rückkehr kam unerwartet, und es überraschte mich sehr, daß er offensichtlich in keiner Weise gealtert war und äußerlich unverändert schien. In Gesellschaft war er wie immer der originelle und lustige Mensch, den wir von früher kannten. Wähnte er sich indes allein, starrte er stundenlang in den

Himmel, das Gesicht voller Sehnsucht und trauriger Resignation. Auch des Nachts konnte er oft so sitzen und nach oben blicken, wohin, erfuhr ich erst, als ich Jahre später dieses Manuskript las.

Er erzählte uns, daß er nach dem Krieg eine Zeitlang in Arizona auf Goldsuche gegangen war, und nicht ohne Erfolg. Davon zeugte die unbegrenzte Menge an Geld, über die er verfügte. Wie sein Leben in diesen Jahren im einzelnen verlaufen war, darüber hüllte er sich indes in Schweigen.

Etwa ein Jahr lang blieb er bei uns und ging dann nach New York, wo er ein kleines Stück Land am Hudson erwarb. Dort besuchte ich ihn einmal jährlich, wenn ich zum New Yorker Markt fuhr - mein Vater und ich betrieben zu jener Zeit eine Kette von Gemischtwarengeschäften in ganz Virginia. Hauptmann Carters kleines, aber schönes Landhaus stand am Osteilufer des Flusses, über den man einen schönen Überblick hatte. Bei einem meiner letzten Besuche im Winter 1885 sah ich, daß der Hauptmann sehr viel mit Schreiben beschäftigt war, ich vermute nun, an diesem Manuskript.

Damals äußerte er mir gegenüber den Wunsch, daß ich mich um das Anwesen kümmern sollte, falls ihm etwas zustieße. Er gab mir den Schlüssel zu einem Fach des Safes in seinem Arbeitszimmer. Dort würde ich seinen Letzten Willen und einige persönliche Anweisungen finden, wobei ich ihm versprechen mußte, diese genauestens zu befolgen.

Als ich mich zur Nachtruhe begab, sah ich ihn von meinem Fenster mit fast flehentlich zum Himmel gestreckten Armen am Rand des Steilufers stehen. Damals dachte ich, er bete, obwohl ich ihn nie als einen streng religiösen Menschen kennengelernt hatte.

Einige Monate nach der Rückkehr von meinem letzten Besuch, ich glaube, es war am 1. März 1886, erhielt ich ein Telegramm, in dem er mich bat, sofort zu ihm zu kommen. Da er mich von allen Carters schon immer bevorzugt hatte, beeilte ich mich, seiner Bitte Folge zu leisten.

Am Morgen des 4. März 1886 traf ich auf dem kleinen Bahnhof ein, von dem es noch ungefähr eine Meile zu seinem Anwesen war. Als ich den Mietstallbesitzer bat, mich zu Hauptmann Carter zu bringen, erwiderte dieser, daß er, falls ich ein Freund des Hauptmannes sei, eine sehr schlechte Nachricht für mich habe. Der Hauptmann sei heute morgen kurz nach Tagesanbruch vom Wächter des angrenzenden Grundstückes tot aufgefunden worden.

Seltsamerweise überraschte mich das nicht. Doch eilte ich so schnell wie möglich zu seinem Haus, um mich um den Leichnam und die übrigen Angelegenheiten zu kümmern.

Ich fand den Wächter, der ihn entdeckt hatte, zusammen mit dem Polizeichef des Ortes und einigen Ortsbewohnern in dem kleinen Arbeitszimmer vor. Der Wachposten berichtete kurz, wie er den Toten aufgefunden hatte, der nach seinen Worten noch warm war, als er auf ihn stieß. Er lag der Länge nach im Schnee, die Arme über den Kopf in Richtung des Ufers ausgestreckt, und als der Mann mir die Stelle zeigte, fiel mir auf, daß es eben jener Platz war, von wo ich ihn in jenen Nächten mit ausgestreckten Armen in den Himmel hatte starren sehen.

Der Körper trug keine Anzeichen von Gewalt, und mit Hilfe des Ortsmediziners kam die Leichenschaukommission schnell zu der Entscheidung, daß der Tod durch Herzversagen eingetreten war. Allein gelassen öffnete ich den Safe und durchstöberte die Schublade, in der ich nach seinen Worten die Anweisungen finden würde. Sie waren teilweise recht merkwürdig, doch hatte ich ihnen bis ins letzte Detail so genau wie möglich Folge zu leisten.

Er ordnete an, seinen Leichnam ohne Einbalsamierung nach Virginia zu überführen und in einem offenen Sarg in einem Grabmal beizusetzen, das er schon zuvor hatte errichten lassen und das, wie ich später erfuhr, gut belüftet war. Den Verfügungen zufolge mußte ich persönlich dafür sorgen, daß dies genau so durchgeführt wurde, wie er es verlangte, wenn nötig sogar unter Geheimhaltung.

Sein Eigentum sollte wie folgt verteilt werden: Zunächst sollten mir nur die Einkünfte der nächsten 25 Jahre zufallen, später der gesamte Nachlaß. Die weiteren Anweisungen bezogen sich auf das Manuskript, das ich so, wie ich es vorfand, 11 Jahre lang versiegelt und ungelesen aufbewahren sollte; auch sollte ich den Inhalt frühestens 21 Jahre nach seinem Tode veröffentlichen.

Das Grabmal, in dem sein Leichnam noch ruht, besitzt eine Besonderheit: Die massive Tür ist mit einem riesigen, vergoldeten Schnappschloß versehen, das nur von innen geöffnet werden kann.

Hochachtungsvoll,   Ihr Edgar Rice Burroughs

Auf den Hügeln von Arizona

Ich bin sehr alt; wie alt, weiß ich nicht. Möglicherweise einhundert, möglicherweise älter; aber ich kann es nicht genau sagen, denn ich bin nie gealtert wie andere Männer, auch kann ich mich nicht an meine Kindheit erinnern. Soweit ich mich entsinne, war ich schon immer erwachsen, ein Mann um die Dreißig. Ich sehe noch heute aus wie vor vierzig und mehr Jahren, und dennoch fühle ich, daß ich nicht ewig weiterleben kann, und daß ich eines Tages den wirklichen Tod sterben werde, von dem es kein Zurück mehr gibt. Ich weiß nicht, warum ich den Tod fürchten soll, ich, der ich zweimal gestorben und noch immer am Leben bin; und dennoch habe ich dieselbe Furcht davor wie du, der du noch nie gestorben bist, und ich glaube, daß ich wegen dieser Angst vor dem Tode von meiner Sterblichkeit überzeugt bin.

Deswegen habe ich mich entschlossen, über die interessanten Abschnitte meines Lebens und meines Todes zu berichten. Ich kann die phantastischen Vorfälle nicht erklären; ich kann nur mit den Worten eines einfachen Soldaten jene seltsamen Geschehnisse aufzeichnen, die mir während der zehn Jahre widerfuhren, als mein lebloser Körper unentdeckt in einer Höhle in Arizona lag.

Ich habe diese Geschichte noch nie erzählt, auch soll kein Sterblicher dieses Manuskript zu Gesicht bekommen, bevor ich in die Ewigkeit abgerufen worden bin. Ich weiß, daß der menschliche Verstand seine Grenzen hat, und ich möchte nicht von der Öffentlichkeit, der Kirche und der Presse angeprangert und als Lügenbaron hingestellt werden, wenn ich nur die Wahrheit erzähle, die die Wissenschaft einmal beweisen wird. Wahrscheinlich werden die Anregungen, die ich auf dem Mars erhielt, und das Wissen, das ich in dieser Geschichte niederschreibe, dereinst dabei helfen, die Geheimnisse unseres Schwesternplaneten besser zu verstehen, Dinge, die für dich rätselhaft sind, für mich indes nichts Unerklärliches mehr an sich haben.

Mein Name ist John Carter, aber man kennt mich eher als Hauptmann Jack Carter aus Virginia. Am Ende des Bürgerkrieges befand ich mich im Besitz von einigen hunderttausend Konföderiertendollar und einem Offizierspatent der Kavallerie einer Armee, die es nicht mehr gab, als Diener eines Staates, mit dem die Hoffnungen des

Südens untergegangen waren. Ohne einen Vorgesetzten, ohne einen Pfennig in der Tasche, und, da der Kampf vorbei war, ohne eine Möglichkeit, mir meinen Lebensunterhalt zu verdienen, beschloß ich, mich nach Südwesten durchzuschlagen und zu versuchen, mein verlorengegangenes Glück durch Goldsuche wiederzuerlangen.

Gemeinsam mit einem anderen Offizier der Südstaaten, Hauptmann James K. Powell aus Richmond, war ich fast ein Jahr unterwegs. Wir hatten sehr großes Glück, denn nach vielen Schwierigkeiten und Entbehrungen machten wir Ende des Winters 1865 die größte Goldader ausfindig, wie wir sie uns in unseren kühnsten Träumen nicht ausgemalt hatten. Powell, von seiner Ausbildung nach Bergbauingenieur, stellte fest, daß wir innerhalb von knapp drei Monaten Erz im Wert von über einer Million Dollar freigelegt hatten.

Da unsere Ausrüstung äußerst mangelhaft war, beschlossen wir, daß sich einer von uns in zivilisierte Gegenden aufmachen sollte, um die nötigen Maschinen zu erwerben und eine ausreichende Anzahl von Männern anzuheuern, um den Abbau richtig zu betreiben.

Da sich Powell im Land auskannte und wußte, welche Maschinen für den Bergbau notwendig waren, hielten wir es fürs beste, wenn er sich auf den Weg begab. Ich sollte inzwischen am Ort bleiben, damit nicht zufällig ein umherziehender Goldsucher von dem Land Besitz ergriff.

Am 3. März 1866 beluden Powell und ich zwei unserer Esel mit Proviant. Wir verabschiedeten uns, er saß auf und begann mit dem Abstieg ins Tal, durch das ihn der erste Teil seiner Reise führte.

Wie fast alle Vormittagsstunden in Arizona war auch der Morgen seiner Abreise klar und schön, ich konnte Powell und die kleinen Lasttiere beobachten, wie sie sich ihren Weg den Bergabhang ins Tal hinabbahnten. Sie waren den ganzen Vormittag über gelegentlich zu sehen, wenn sie eine Bergkuppe erklommen oder ein flaches Plateau überquerten. Gegen drei Uhr nachmittags sah ich Powell zum letzten Mal, als er sich in den Schatten des Gebirgskammes auf der anderen Talseite begab.

Etwa eine halbe Stunde später blickte ich zufällig ins Tal und war sehr überrascht, die drei kleinen Punkte an genau jener Stelle zu finden, wo ich meinen Freund und die zwei Lasttiere zuletzt ausgemacht hatte. Ich neige nicht dazu, mir unnütze Gedanken zu machen, doch je mehr ich mich zu überzeugen versuchte, daß mit Powell alles in Ordnung sei und daß die drei Punkte, die ich auf dem Weg gesehen hatte, Antilopen oder Wildpferde waren, desto unruhiger wurde ich.

Seit wir uns in dem Land aufhielten, hatten wir nicht einen feindlichen Indianer gesehen und waren demzufolge äußerst sorglos geworden. So pflegten wir uns über die unzähligen Geschichten lustig zu machen, die wir über die niederträchtigen Plünderer vernommen hatten, welche überall ihr Unwesen treiben sollten. Angeblich sollte jeder Weiße, der in ihre Hände fiel, die Begegnung mit seinem Leben oder mit Folterung bezahlen.

Wie ich wußte, war Powell gut bewaffnet und außerdem erfahren im Kampf mit Indianern. Aber auch ich hatte jahrelang unter den Sioux im Norden gelebt, und mir war klar, daß er gegenüber einer Gruppe hinterlistiger Apachen kaum eine Chance hatte. Schließlich konnte ich die Ungewißheit nicht länger ertragen, bewaffnete mich mit meinen zwei Colts und einem Gewehr, streifte mir zwei Patronengurte über, fing mein Reitpferd ein und ritt den Pfad hinab, den Powell am Morgen genommen hatte.

Sobald ich verhältnismäßig ebenen Boden erreicht hatte, trieb ich mein Pferd an und fiel in kurzen Galopp, wo der Weg es zuließ, bis ich kurz vor Einbruch der Dämmerung an die Stelle kam, wo sich den Spuren Powells noch andere zugesellten. Es waren Abdrücke dreier unbeschlagener Mustangs.

Diesen folgte ich unverzüglich, bis es dunkel wurde und ich gezwungen war, auf das Aufgehen des Mondes zu warten. So fand ich Zeit, zu überlegen, ob es ratsam war, die Verfolgung fortzusetzen. Vielleicht hatte ich mir unmögliche Gefahren eingeredet wie ein nervenschwaches altes Weib, holte ich dann Powell ein, würde er über meine Befürchtungen gewiß herzhaft lachen. Dennoch bin ich nicht sonderlich empfindsam, und es war schon immer meine Lebensmaxime gewesen, meinem Pflichtgefühl Folge zu leisten, wo auch immer es mich hinführen möge. Das mag die Auszeichnungen von drei Republiken erklären, die Orden und die Freundschaft eines alten und mächtigen Kaisers und einiger kleinerer Könige, in deren Dienst sich mein Schwert so manche Male rot gefärbt hatte.

Gegen neun schien der Mond genügend hell, um den Weg fortzusetzen. Ich konnte unschwer schnellen Schrittes und stellenweise im flotten Trab der Spur folgen, bis ich gegen Mitternacht unerwartet zu jener Wasserstelle kam, an der Powell sein Lager aufschlagen wollte. Ich fand sie menschenleer und keinerlei Hinweis, daß hier kürzlich jemand gelagert hatte.

Mir fiel auf, daß die Verfolger - deren konnte ich mir nun sicher sein - den Spuren nach zu urteilen Powell nach nur kurzem Halt an der Wasserstelle im gleichen Tempo nachgeritten waren.

Da für mich feststand, daß es Apachen waren, die Powell lebend gefangen nehmen wollten, um ihr grausames Spiel mit ihm zu treiben und ihn zu quälen, trieb ich mein Pferd zu einem höchst gefährlichen Galopp an und hoffte trotz aller Aussichtslosigkeit, die roten Banditen einzuholen, bevor sie ihn angriffen.

Meine Mutmaßungen wurde plötzlich durch den schwachen Widerhall zweier Schüsse weit vor mir unterbrochen. Ich wußte, daß Powell wenn überhaupt, mich jetzt brauchte, und hetzte mein Pferd in schnellstem Tempo den schmalen und unwegsamen Gebirgspaß hinauf.

Ich hatte vielleicht eine Meile mühsam hinter mich gebracht, ohne weitere Laute zu vernehmen, als der Pfad plötzlich zu einer kleinen Ebene kurz unterhalb des Gipfels führte. Ich war gerade durch eine schmale, überhängende Schlucht geritten, und der Anblick, der sich meinen Augen nun bot, bestürzte und entsetzte mich zutiefst.

Das kleine Landstück war weiß von Indianertipis, und etwa fünfhundert Krieger hatten sich in der Mitte des Lagers um etwas versammelt, das ihre Aufmerksamkeit derart in Anspruch nahm, daß sie mich nicht bemerkten. Ich hätte mich problemlos in die Dunkelheit der Schlucht zurückziehen und unbehelligt entkommen können. Die Tatsache, daß mir dieser Gedanke erst am Folgetag kam, macht jeglichen Anspruch zunichte, als Held zu gelten, wozu mich die Schilderung dieses Zwischenfalls andernfalls berechtigte.

Ich glaube nicht, daß ich aus dem Holz gemacht bin, aus dem Helden geformt werden, da ich mich in den Hunderten von Fällen, bei denen mein spontanes Handeln mich mit dem Tod konfrontierte, nicht an ein einziges Mal erinnern könnte, wo mir eine andere Möglichkeit nicht erst einige Stunden später einfiel. Wahrscheinlich ist mein Verstand so angelegt, daß ich mich ganz instinktiv moralisch richtig verhalte, ohne ermüdende Denkprozesse zu durchlaufen. Wie auch immer, ich habe nie bedauert, kein Feigling sein zu können.

In diesem Fall war ich mir sicher, daß sich Powell im Mittelpunkt des Geschehens befand, aber ob ich zuerst überlegte oder handelte, weiß ich nicht, in dem Moment, als sich meinen Augen die Szene darbot, hatte ich jedenfalls bereits die Revolver gezogen und stürmte schnell schießend und aus voller Lunge schreiend auf die Kriegerschar zu. So ganz allein hätte ich keine bessere Taktik verfolgen können, denn die Rothäute, überzeugt, von einem regulären Regiment angegriffen zu werden, wandten sich um und stürzten in alle Richtungen zu ihren Pfeilen, Bögen und Gewehren.

Der Anblick, der sich mir nach ihrem überstürzten Davonstürmen bot, erfüllte mich mit Entsetzen und Wut. Im hellen Schein des Mondes von Arizona lag Powells Körper schier gespickt von feindlichen Pfeilen. Ich mußte davon ausgehen, daß er bereits tot war, und wenn ich ihn schon nicht vor dem Tode retten konnte, wollte ich seinen Körper vor der Verstümmelung durch die Apachen retten. Ich ritt dicht an ihn heran, griff nach seinem Patronengurt und zog ihn vor mich aufs Pferd. Ein Blick nach hinten überzeugte mich, daß es gefährlicher war, auf dem Weg zurückzukehren, den ich gekommen war, als weiter über das Flachland zu reiten. Also gab ich meinem armen Pferd die Sporen und stürmte auf den Paß zu, dessen Beginn ich auf der gegenüberliegenden Seite des Flachlandes erkennen konnte.

Inzwischen hatten die Indianer entdeckt, daß ich allein war, und nahmen fluchend, mit Pfeil, Bogen und Gewehrkugeln die Verfolgung auf. Da es schwierig ist, im Mondlicht wirkungsvoll zu zielen, die Indianer meines unvermuteten Auftauchens wegen empört waren und ich mich sehr schnell bewegte, verfehlten mich die zahlreichen feindlichen Geschosse, und ich hatte die Schatten der Berge erreicht, bevor eine geordnete Verfolgung organisiert werden konnte.

Mein Pferd bewegte sich praktisch führerlos, da ich wußte, daß es den Pfad zum Paß wahrscheinlich ohne mich eher finden würde, und so geschah es, daß wir in einen Hohlweg einbogen, der zum Gipfel der Gebirgskette führte und nicht zu dem Paß, der mich, wie ich gehofft hatte, ins Tal und in Sicherheit bringen würde. Wahrscheinlich habe ich aber gerade dieser Tatsache mein Leben und die bemerkenswerten Erfahrungen und Abenteuer zu verdanken, die mir in den folgenden zehn Jahren zuteil wurden.

Daß ich auf dem falschen Weg war, kam mir erst zu Bewußtsein, als die Schreie der Verfolger weit hinten zu meiner Linken mit einemmal immer schwächer wurden.

Mir wurde klar, daß sie an der zerklüfteten Gesteinsformation am Rand des Plateaus nach links geritten waren, während mein Pferd mich und Powell nach rechts getragen hatte.

An einem kleinen, flachen Vorgebirge, von dem man den Pfad

unten und zu meiner Linken überblicken konnte, zog ich die Zügel an und beobachtete die wilden Verfolger, wie sie hinter der Spitze des benachbarten Berges verschwanden.

Ich wußte, die Indianer würden bald bemerken, daß sie auf der falschen Fährte waren, und die Suche in der richtigen Richtung aufnehmen, sobald sie meine Spuren gefunden hatten.

Nur ein kurzes Stück später begann bei einer hohen Felswand ein offensichtlich gut begehbarer Pfad. Er war eben, ziemlich breit und führte, leicht ansteigend, in die Richtung, in die ich wollte. Zu meiner Rechten ragte der Felsen einige hundert Fuß in die Höhe, auf der anderen Seite befand sich eine kleine Felsschlucht.

Ich folgte diesem Weg einige hundert Yards, bis er plötzlich scharf nach rechts bog und vor einer großen Höhle endete. Der Höhleneingang war etwa vier Fuß hoch und drei bis vier Fuß breit.

Es war nun Tag. Wie für Arizona so typisch ist, war es mit einemmal hell geworden, ohne daß die Dämmerung den Morgen angekündigt hätte.

Ich saß ab und bettete Powell auf den Boden, doch ergab auch die sorgfältigste Untersuchung nicht das geringste Lebenszeichen. Fast eine Stunde lang mühte ich mich mit ihm ab, goß aus meiner Feldflasche Wasser behutsam zwischen seine leblosen Lippen, wusch ihm das Gesicht und rieb ihm die Hände, obwohl ich wußte, daß er tot war.

Ich hatte Powell sehr gemocht, er war in jeder Hinsicht vollkommen, ein eleganter Gentleman des Südens und ein zuverlässiger und treuer Freund; so daß ich in tiefstem Schmerz meine unbeholfenen Wiederbelebungsversuche schließlich einstellte.

Ich ließ seinen Leichnam am Höhleneingang liegen und kroch zur Erkundung in die Höhle. Vor mir lag ein riesiges Gewölbe, vielleicht einhundert Fuß breit und etwa dreißig oder vierzig Fuß hoch. Der Boden war glatt und abgewetzt, und vieles wies darauf hin, daß die Höhle vor langer Zeit bewohnt gewesen war. Der hintere Teil lag so im Dunkeln, daß ich nicht erkennen konnte, ob es noch andere Kammern gab.

Während ich meine Erkundung fortsetzte, fühlte ich eine angenehme Schläfrigkeit über mich kommen, die ich der Ermüdung durch den langen und anstrengenden Ritt sowie der Aufregung des Kampfes und der Verfolgung zuschrieb. Ich fühlte mich an meinem gegenwärtigen Standort verhältnismäßig sicher, da ich wußte, daß selbst ein einzelner den Höhleneingang gegen eine ganze Armee zu verteidigen vermochte.

Bald wurde ich so müde, daß ich dem starken Wunsch kaum widerstehen konnte, mich für einige Augenblicke hinzulegen und auszuruhen, aber ich wußte, daß ich dem nicht nachgeben konnte, da das den sicheren Tod von den Händen meiner rothäutigen Freunde bedeutet hätte, die jeden Moment bei mir sein konnten. Mit letzter Kraft strebte ich dem Höhlenausgang zu, um benommen gegen eine Wand zu taumeln und zu Boden zu sinken.

Die Flucht des Toten

Ich befand mich in einem köstlichen Traumzustand, meine Muskeln entspannten sich, und ich war drauf und dran, dem Verlangen zu schlafen nachzugeben, als Hufgetrappel an meine Ohren drang. Ich wollte aufstehen, doch zu meinem Entsetzen versagten die Muskeln meinem Willen den Dienst. Augenblicklich war ich hellwach, aber ich konnte mich nicht bewegen, als sei ich versteinert. Nun bemerkte ich auch zum ersten Mal, daß ein leichter Nebelschleier in der Höhle hing. Er war äußerst fein und nur gegen das Tageslicht zu erkennen, das durch den Höhlenausgang hereinfiel. Dann stieg mir ein leicht beißender Geruch in die Nase, und ich konnte nur annehmen, daß ich von einem giftigen Gas überwältigt worden war. Warum ich aber meine geistigen Fähigkeiten beibehielt und mich nur nicht bewegen konnte, war mir schleierhaft.

Ich lag dem Höhlenausgang gegenüber, von wo aus ich bis zu dem Felsen sehen konnte, an dem der Weg abbog. Das Hufgetrappel war verklungen, ich schätzte, die Indianer pirschten sich unauffällig den Felsvorsprung entlang, der zu meinem Grab führte. Ich entsinne mich, daß ich hoffte, sie würden kurzen Prozeß mit mir machen, da mir der Gedanke an die unzähligen Dinge nicht sonderlich behagte, die sie mir antun würden, wenn ihnen danach war.

So brauchte ich auch nicht lange zu warten, bis mich ein leises Geräusch von ihrer Anwesenheit in Kenntnis setzte. Dann lugte ein Gesicht mit Kriegsbemalung und einer Art Federstutz über den Felsrand, und wilde Augen hefteten sich auf mich. Ich konnte sicher sein, daß er mich im trüben Licht der Höhle sehen konnte, denn die Morgensonne fiel durch den Höhleneingang voll auf mich.

Anstelle sich mir zu nähern, blieb der Kerl stehen und glotzte mich offenen Mundes an. Dann tauchte ein weiteres wildes Gesicht, ein drittes, viertes und fünftes auf, und alle reckten die Hälse über die Schultern ihrer Vordermänner, an denen sie auf dem schmalen Felssims nicht vorbeikamen. Jedes Gesicht spiegelte Ehrfurcht und Angst, warum, erfuhr ich erst zehn Jahre später. Daß sich hinter ihnen noch andere Krieger befanden, wurde daran deutlich, daß die Anführer den hinten Stehenden etwas zuraunten.

Plötzlich drang ein leises, aber deutliches Stöhnen aus dem hinteren Teil der Höhle, und als die Indianer es vernahmen, fuhren sie angstvoll herum und stürzten von panischem Entsetzen gepackt davon. Ihre Flucht vor dem unbekannten Wesen hinter mir verlief derart überstürzt, daß einer der Krieger kopfüber von der Klippe in die felsige Tiefe geschleudert wurde. Kurze Zeit war im Cañon noch das Echo ihrer wilden Schreie zu vernehmen, dann war wieder alles ruhig.

Das Stöhnen, das sie erschreckt hatte, wiederholte sich nicht, aber es genügte, mich Vermutungen über die mögliche Gefahr anstellen zu lassen, die in der Finsternis hinter mir lauerte. Angst ist ein relativer Begriff. Dabei kann ich meine Empfindungen zu jenem Zeitpunkt nur daran messen, was ich in vorhergehenden gefährlichen Situationen erlebt hatte, und was ich seitdem durchgemacht habe. Dennoch kann ich ohne Scham sagen, daß, wenn das Angst war, was ich in den folgenden Minuten empfand, nur Gott dem Feigling helfen kann, denn Feigheit ist ganz gewiß eine Strafe.

Für einen Mann, der es gewohnt war, sein Leben unter Einsatz aller Kräfte zu verteidigen, stellte die Tatsache, daß er wie gelähmt und den Rücken einer schrecklichen und unbekannten Gefahr zugewandt dalag, nachdem ein einziges Geräusch die grausamen Apachenkrieger panikartig davonstürzen ließ, ähnlich einer Schafherde, die wie von Sinnen vor einem Rudel Wölfe flieht, etwas nie Dagewesenes dar.

Einige Male glaubte ich, daß sich hinter mir etwas vorsichtig bewege, aber schließlich hörte auch das auf, und ich wurde ohne weitere Störung meinen Gedanken überlassen. Ich konnte den Grund meiner Lähmung nur erraten, und meine einzige Hoffnung lag darin, daß sie so plötzlich vorübergehen mochte, wie sie mich befallen hatte.

Am späten Nachmittag trottete mein Pferd, das gezügelt vor der Höhle gestanden hatte, offensichtlich auf der Suche nach Futter und Wasser langsam den Pfad hinab, so daß ich mit dem geheimnisvollen unbekannten Gefährten und dem Leichnam meines Freundes allein blieb, der für mich gerade noch sichtbar dort lag, wo ich ihn am frühen Morgen hingelegt hatte.

Von da an war bis etwa um Mitternacht Totenstille. Dann drang das furchteinflößende Stöhnen vom Vormittag erneut an meine Ohren, auch hörte ich, wie sich im Dunkeln etwas bewegte und schwach wie welkes Laub raschelte. Da meine Nerven ohnedies stark angegriffen waren, bekam ich einen fürchterlichen Schreck. Mit übermenschlicher Kraft versuchte ich, meine entsetzlichen Fesseln zu sprengen. Mein Verstand, mein Wille und meine Nerven mühten sich ab, nicht jedoch die Muskeln, denn obwohl ich mich im Vollbesitz meiner Körperstärke befand, konnte ich nicht einmal den kleinen Finger bewegen. Dann gab etwas nach, mir wurde kurz übel, ein scharfes Klicken wie das Zerreißen von Stahldraht war zu hören, und ich stand mit dem Rücken zur Wand, das Gesicht dem unbekannten Feind zugewandt.

Mondlicht überflutete die Höhle, und vor mir erblickte ich mich selbst, wie ich in all diesen Stunden dagelegen haben mußte, den Blick starr zum Höhlenausgang gerichtet, die Hände schlaff auf dem Boden liegend. Äußerst bestürzt schaute ich zuerst auf den leblosen Klumpen, dann an mir herunter; denn dort war ich bekleidet, und hier stand ich nackt wie zur Stunde meiner Geburt.

Die Verwandlung war so plötzlich und unerwartet von sich gegangen, daß ich für einen Augenblick nur an meine seltsame Metamorphose dachte. Als erstes fragte ich mich, ob der Tod denn so verlaufe. Ich war wohl wirklich für immer aus dieser Welt gegangen. Indes konnte ich das nicht recht glauben, da mein Herz nach meinen Anstrengungen, mich von der betäubenden Lähmung zu befreien, gegen die Rippen hämmerte. Ich atmete in schnellen, kurzen Stößen; kalter Schweiß trat aus allen Poren; ich kniff mich in den Arm, und dieser uralte Trick verriet mir, daß ich alles andere als ein Gespenst war.

Erneut zog die Umgebung meine Aufmerksamkeit auf sich, da sich das unheimliche Stöhnen wiederholte, das aus den Tiefen der Höhle drang. Nackt und unbewaffnet wie ich war, verspürte ich nicht den geringsten Wunsch, mich der unbekannten Bedrohung zu stellen.

Meine Revolver waren noch an meinem leblosen Körper festgeschnallt, den ich aber aus rätselhaftem Grund nicht zu berühren vermochte. Mein Gewehr befand sich in der Hülle am Sattel, aber da mein Pferd weggetrabt war, stand ich ohne Waffe da. Die einzige Möglichkeit bestand darin, zu fliehen, und meine Entscheidung war gefallen, als ich erneut das Rascheln vernahm, mit dem das Wesen aus der Dunkelheit in meiner wilden Phantasie auf mich zukroch.

Ich konnte der Versuchung nicht länger widerstehen, von diesem entsetzlichen Ort zu fliehen, und sprang schnell durch den Ausgang in das Sternenlicht der klaren Nacht. Die reine, frische Gebirgsluft wirkte wie ein Stärkungsmittel, ich fühlte, wie mich neue Lebenskräfte und neuer Mut durchströmten. Am Felsrand blieb ich stehen und schalt mich für meine offenbar völlig unbegründeten Befürchtungen. Ich sagte mir, daß ich schließlich viele Stunden hilflos in der Höhle gelegen hatte, ohne daß mich etwas belästigt hatte. Meinem Urteilsvermögen zufolge, das nun wieder klar und logisch zu denken vermochte, hatten die Laute, die ich vernommen hatte, völlig natürliche und harmlose Ursachen. Wahrscheinlich besaß die Höhle eine derartige Form, daß ein leichter Luftzug entsprechende Geräusche hervorrufen konnte.

Das wollte ich herausfinden, aber zuerst hob ich den Kopf, um meine Lungen mit der reinen, belebenden, nächtlichen Gebirgsluft zu füllen. Dabei fiel mein Blick auf die wunderschöne Landschaft, die sich weit unter mir erstreckte, die Felsschlucht und die weite, von Kakteen übersäte Ebene, der das Mondlicht zu märchenhafter Pracht und außergewöhnlichem Zauber verhalf.

Nur wenige Wunder des Westens begeistern mehr als eine Landschaft in Arizona mit den versilberten Bergen in der Ferne und den seltsamen Lichtern und Schatten, die auf die Felskämme und zerklüfteten Abgründe geworfen werden. Die bizarren Formen der abweisenden und dennoch schönen Kakteen fügen sich zu einem Bild, das einen gleichzeitig bezaubert und belebt, als erblicke man zum ersten Mal eine verlassene und vergessene Welt. So sehr unterscheidet sich Arizona von jedem anderen Ort auf unserer Erde.

Während ich so meinen Gedanken nachhing, wandte ich den Blick von der Landschaft auf das Firmament, das mit unzähligen Sternen einen prächtigen und passenden Baldachin für die wundervolle Szenerie auf der Erde ergab. Meine Aufmerksamkeit wurde bald von einem großen, roten Stern am fernen Horizont auf sich gezogen. Als ich ihn sah, fühlte ich mich von ihm übermäßig angezogen. Es war der Mars, der Kriegsgott, der für mich, den Soldaten, schon immer eine unwiderstehliche Anziehungskraft besaß. In jener weit zurückliegenden Nacht schien er mich über das unvorstellbare Nichts zu sich zu rufen und anzuziehen wie ein Magnet das Eisen.

Ich konnte meinem Sehnen nicht widerstehen, schloß die Augen, streckte dem Schirmherren meines Berufsstandes die Arme entgegen und fühlte mich mit der Schnelligkeit des Gedankens durch die weglose Unermeßlichkeit des Weltalls gezogen. Es wurde einen Moment äußerst kalt und dunkel.

Meine Ankunft auf dem Mars

Als ich die Augen aufschlug, umgab mich eine fremdartige und bizarre Landschaft. Ich wußte, daß ich mich auf dem Mars befand, und zweifelte weder an meinem Verstand, noch fragte ich mich, ob ich schlafe oder träume. Ich war hellwach und mußte mich nicht erst in den Arm zwicken. Eine innere Stimme teilte mir so deutlich mit, daß ich mich auf dem Mars befand, wie dein Verstand dir sagt, daß du auf der Erde stehst. Niemand stellt diese Tatsache in Frage, ich tat es damals auch nicht.

Ich lag bäuchlings auf gelblichen, moosartigen Pflanzen gebettet, die sich meilenweit in jeder Richtung ausbreiteten. Offensichtlich befand ich mich in einer tiefen, runden Bodensenke, umgeben von ungleichförmigen, niedrigen Hügeln.

Es war Mittag, die Sonne schien mir direkt ins Gesicht und brannte auf meiner unbedeckten Haut wie unter ähnlichen Verhältnissen in der Wüste von Arizona. Hier und da ragte quarzhaltiges Felsgestein empor, das im Sonnenlicht gleißte. Etwa einhundert Yards zu meiner Linken befand sich eine flaches, von einer Mauer umgebenes Bauwerk von etwa vier Fuß Höhe. Ich sah weder Wasser noch andere Pflanzen als das Moos, und da ich Durst hatte, beschloß ich, eine kleine Erkundung durchzuführen.

Ich sprang auf und erlebte meine erste Überraschung, denn dieselbe Bewegung, die mich auf der Erde in die aufrechte Haltung gebracht hätte, beförderte mich etwa drei Yards nach oben in die Marsluft. Dennoch landete ich unverletzt und ohne großen Schrecken wieder sanft auf dem Boden. Nun begann ich eine Reihe von Drehungen und Wendungen auszuführen, die äußerst komisch ausgesehen haben müssen. Ich stellte fest, daß ich noch einmal Laufen lernen mußte, denn der Muskeleinsatz, der mich auf der Erde mühelos und sicher vorwärts beförderte, spielte mir auf dem Mars seltsame Streiche.

Anstelle mich vernünftig und würdevoll vorwärtszubewegen, resultierten meine Gehversuche in einer Reihe von Sprüngen, die mich bei jedem Schritt einige Fuß vom Boden abheben und nach jedem zweiten oder dritten Hüpfer ausgestreckt auf dem Gesicht oder Rücken landen ließen. Meine Muskeln, völlig auf die Erdanziehungskraft eingestellt, spielten mir übel mit, als ich zum ersten Mal versuchte, mit der geringeren Anziehungskraft und dem veränderten Luftdruck auf dem Mars zurechtzukommen.

Dennoch war ich entschlossen, das flache Bauwerk zu erkunden, weit und breit der einzige Hinweis auf Leben. Mir kam die einzigartige Idee, auf die Grundprinzipien der Fortbewegung zurückzugreifen und zu kriechen. Damit hatte ich mehr Erfolg, so daß ich nach einigen Augenblicken die flache Einfriedung erreicht hatte.

Auf der mir zugewandten Seite gab es weder Türen noch Fenster, aber da die Wand nur vier Fuß hoch war, richtete ich mich vorsichtig auf, warf einen Blick darüber und sah etwas derart Merkwürdiges, wie ich es noch nie zu Gesicht bekommen hatte.

Das Dach des Bauwerkes bestand aus festem, etwa vier bis fünf Zoll dickem Glas, darunter lagen einige Hundert gleichgroße, kugelrunde und schneeweiße Eier mit einem Durchmesser von etwa zwei und einem halben Fuß.

Fünf oder sechs waren bereits ausgebrütet, und die grotesk aussehenden Gestalten, die dort saßen und ins Sonnenlicht blinzelten, genügten, um mich an meinem Verstand zweifeln zu lassen. Sie schienen nur aus Köpfen zu bestehen, mit kleinen, mageren Körpern, langen Hälsen und sechs Beinen, oder, wie ich später sah, zwei Beinen, zwei Armen und einem dazwischen liegenden Paar von Gliedmaßen, das nach Wunsch entweder als Arme oder Beine verwandt werden konnte. Die Augen befanden sich oben an der Außenseite der Köpfe und standen derart hervor, daß sie nach vorn oder hinten und auch unabhängig voneinander bewegt werden konnten, so daß es diesem ungewöhnlichen Wesen ohne Drehung des Kopfes möglich war, in jede beliebige oder gar gleichzeitig in zwei verschiedene Richtungen zu blicken.

Die Ohren, etwas über den Augen stehend, aber etwas näher beieinander, glichen schalenartigen Antennen, die bei diesen soeben geschlüpften Exemplaren nicht mehr als einen Zoll hervortraten. Als Nasen dienten zwei senkrechte Schlitze mitten im Gesicht zwischen dem Mund und den Ohren.

Ihre Körper war unbehaart und von einer sehr hellen, gelbgrünen Färbung. Wie ich bald erfahren sollte, wurden die Erwachsenen später dunkelgrün. Die Weibchen blieben etwas heller als die Männchen. Außerdem war das Größenverhältnis zwischen Kopf und Körper bei den Erwachsenen anders als bei den Kindern.

Die Augen waren wie bei den Albinos blutrot, die Pupille dunkel. Der Augapfel selbst war sehr weiß, wie auch das Gebiß. Letzteres verlieh dem bereits furchteinflößenden Gesicht ein schreckliches Aussehen, da von unten zwei scharfe Zähne hauerartig nach oben ragten und etwa dort endeten, wo sich beim Erdenmenschen die Augen befinden.

Die Zähne hatten nicht die Farbe von Elfenbein, sondern waren schneeweiß und glänzten wie Porzellan. Vor dem dunklen Hintergrund ihrer olivfarbenen Haut fielen die Stoßzähne sehr auf und wirkten ausgesprochen bedrohlich.

Die meisten Dinge bemerkte ich erst später, da ich nur wenig Zeit hatte, über die unerklärlichen neuen Entdeckungen nachzudenken. Ich hatte festgestellt, daß die Winzlinge gerade schlüpften, und während ich die entsetzlichen kleinen Monster dabei beobachtete, wie sie sich aus den Schalen befreiten, entging mir, daß sich mir von hinten zwanzig ausgewachsene Marsbewohner näherten.

Da sie über das weiche und dämpfende Moos kamen, das mit Ausnahme der vereisten Pole und der wenigen kultivierten Gebiete praktisch die ganze Marsoberfläche bedeckte, hätten sie mich leicht gefangen nehmen können, doch trugen sie sich mit weitaus finstereren Absichten. Es war das Rasseln der Ausrüstung des vordersten Kriegers, wodurch ich gewarnt wurde.

Mein Leben hing an einem seidenen Faden, so daß ich mich oft darüber wundere, überhaupt entkommen zu sein. Wäre nicht das Gewehr des Anführers der Truppe am Sattelhalfter herumgeschwungen und gegen den metallbeschlagenen Schaft des großen Speers gestoßen, so hätte ich mein Leben ausgehaucht, ohne je erfahren zu haben, wie nahe mir der Tod war. Aber das leise Geräusch ließ mich herumfahren, und dicht vor mir, keine zehn Fuß vor meiner Brust erblickte ich die glänzende Metallspitze eines riesigen Speeres von etwa vierzig Fuß Länge, die ein berittenes Ebenbild der kleinen Teufel, die ich soeben beobachtet hatte, gesenkt neben sich hielt.

Aber wie winzig und harmlos sahen diese nun neben dem riesigen und furchteinflößenden Inbegriff von Haß, Rache und Tod aus. Der Mann selber, als solchen will ich ihn bezeichnen, maß reichlich fünfzehn Fuß und hätte auf der Erde etwa vierhundert Pfund gewogen. Er saß auf seinem Reittier wie wir auf einem Pferd, klammerte sich mit den unteren Gliedmaßen an dessen Rumpf fest, hielt mit den zwei rechten Händen den gigantischen Speer flach neben dem Tier und streckte die zwei linken Arme seitwärts aus, um die Balance zu halten. Das Wesen, das er ritt, trug weder Zaum noch Zügel irgendwelcher Art.

Und dieses Reittier erst! Wie soll man es mit den uns gegebenen Worten beschreiben! Bis zur Schulter maß es zehn Fuß, hatte auf jeder Seite vier Beine, einen flachen, breiten Schwanz, der an der Spitze dicker war als am Ansatz, und ein klaffendes Maul, das erst an dem langen, feisten Hals endete und den Kopf in zwei Hälften teilte.

Wie sein Reiter war es gänzlich unbehaart, von der Farbe dunklen Schiefers, außerordentlich glatt und glänzend. Der Bauch war weiß, bei den Beinen verblaßte das Grau der Schultern und Hüften und ging an den Füßen in ein lebendiges Gelb über. Diese waren dick gepolstert und ohne Nägel, was sicherlich zu dem lautlosen Auftauchen beigetragen hatte und ebenso wie die zahlreichen Gliedmaßen eine charakteristische Eigenschaft der Marsbewohner ist. Allein das höchstentwickelte Lebewesen und ein anderes Tier, das einzige Säugetier auf dem Mars, haben wohlgeformte Nägel. Huftiere gibt es überhaupt nicht.

Hinter diesem ersten Angreifer standen neunzehn weitere, die sich in jeder Hinsicht glichen, aber wie ich später feststellte, ebenfalls individuelle Eigenschaften hatten wie wir, obwohl wir doch in derselben Weise geschaffen wurden. Dieses Bild, besser gesagt, dieser Wirklichkeit gewordene Alptraum, den ich lang und breit geschildert habe, beeindruckte mich aufs schrecklichste.

Unbewaffnet und nackt wie ich war, konnte die einzig mögliche Lösung, der Spitze des angreifenden Speeres zu entkommen, nur im ersten Gesetz der Natur liegen. Und zwar machte ich einen sehr irdischen und gleichzeitig übermenschlichen Satz auf das Dach des Inkubators, denn ein solcher Brutapparat mußte es meiner Meinung nach sein.

Meine Bemühungen wurden von einem Erfolg gekrönt, der mich nicht weniger als die kriegerischen Marsbewohner überraschte, denn er beförderte mich volle dreißig Fuß in die Luft und ließ mich einhundert Fuß von meinen Angreifern auf der gegenüberliegenden Seite des Bauwerkes wieder aufkommen.

Sanft und unverletzt landete ich auf dem weichen Moos, wandte mich um und sah meine Feinde auf der anderen Seite aufgereiht stehen. Einige begutachteten mich mit einem Ausdruck, den ich später als äußerstes Erstaunen kennenlernen sollte, andere waren augenscheinlich bereits damit zufriedengestellt, daß ich die Jungen in Frieden gelassen hatte.

Leise berieten sie sich und zeigten gestikulierend auf mich. Die Entdeckung, daß ich die kleinen Marsmenschen nicht belästigt hatte und unbewaffnet war, ließ sie weniger wild dreinblicken. Wie ich später erfahren sollte, gewann ich in ihrer Gunst vor allem durch meine sportliche Darbietung.

Obwohl die Marsbewohner sehr groß sind und ihre Knochen sehr lang, sind ihre Muskeln nur dafür entwickelt, die Anziehungskraft ihres Planeten zu überwinden. Folglich sind sie im Verhältnis zu ihrem Gewicht weniger beweglich und schwächer als ein Erdenmensch, und ich zweifle, daß einer von ihnen, würde er plötzlich zur Erde gebracht, imstande wäre, sich vom Boden zu erheben - eigentlich bin ich von seinem Unvermögen überzeugt.

Mein Bravourstück sorgte demzufolge auf dem Mars ebenso für Bewunderung, wie es auf der Erde der Fall gewesen wäre, und anstelle mich umzubringen, sahen sie in mir nun eine wundersame Entdeckung, die sie fangen und ihren Artgenossen zeigen wollten.

Den Aufschub, den mir meine unerwartete Beweglichkeit verschafft hatte, erlaubte mir, Pläne für die unmittelbare Zukunft zu schmieden und das Äußere der Krieger genauer zu betrachten, denn ich kam nicht umhin, diese mit jenen zu assoziieren, die mich erst gestern verfolgt hatten.

Ich bemerkte, daß jeder außer mit dem bereits beschriebenen riesigen Speer noch mit einigen anderen Waffen ausgerüstet war. Die Waffe, die mich gegen einen Fluchtversuch stimmte, war einem Gewehr nicht unähnlich, und meinem Gefühl nach konnten sie besonders gut damit umgehen.

Diese Gewehre bestanden aus weißen Metall und einem Kolben aus sehr leichtem und ausgesprochen hartem Holz, das, wie ich später erfuhr, auf dem Mars sehr geschätzt wird und uns Erdbewohnern gänzlich unbekannt ist. Den Lauf bildete eine Legierung aus Aluminium und Stahl, die sie so zu härten vermochten, daß sie die Festigkeit des Stahles, wie wir sie kennen, weit übertrifft. Die Gewehre besaßen ein vergleichsweise geringes Gewicht, die kleinen, explosiven Radiumgeschosse waren auch in Entfernungen, wie sie auf der Erde undenkbar sind, äußerst gefährlich. Die theoretische Reichweite dieser Waffe betrug dreihundert Meilen. In der Praxis, wenn sie mit ihren drahtlosen Suchern ausgerüstet waren, brachten sie es auf reichlich zweihundert Meilen.

Das war völlig ausreichend, mir großen Respekt für dieses Schießgerät der Marsbewohner einzuflößen, und irgendeine überirdische Macht muß mich davor gewarnt haben, am hellichten Tage vor den Mündungen zwanzig dieser todbringenden Waffen die Flucht anzutreten.

Die Marsbewohner machten nach einer kurzen Beratung kehrt und ritten außer einem in die Richtung, aus der sie gekommen waren. Nach etwa zweihundert Yards blieben sie stehen, wendeten die Tiere und beobachteten den bei der Brutstation Zurückgebliebenen.

Es war derjenige, dessen Speer mir so nahe gekommen war, anscheinend der Anführer der Gruppe, denn ich hatte beobachtet, wie sie sich auf seinen Befehl hin zu ihrer derzeitigen Position begeben hatten. Als seine Streitmacht zum Stillstand gekommen war, saß er ab, warf den Speer und die kleinen Waffen von sich und kam vollkommen unbewaffnet um den Inkubator auf mich zu, vom Schmuck auf dem Kopf, der Brust und an den Gliedmaßen abgesehen ebenso nackt wie ich.

Als er sich mir bis auf fünfzig Fuß genähert hatte, löste er ein riesiges Metallarmband, hielt es mir auf der offenen Handfläche hin und sprach mich mit klarer, volltönender Stimme in einer Sprache an, die ich, das brauche ich nicht zu sagen, nicht verstehen konnte. Dann hielt er inne, als warte er auf meine Antwort, richtete dabei die Ohren antennenartig auf, während er seine merkwürdig wirkenden Augen noch eindringlicher auf mich richtete.

Als die Stille langsam schmerzhaft wurde, beschloß ich, ebenfalls eine kleine Rede zu riskieren, denn ich vermutete, daß er seine friedlichen Absichten bekunden wollte. Überall auf der Erde hätte das Ablegen der Waffen und der Truppenrückzug vor der Ansprache an mich eine friedliche Botschaft signalisiert, warum dann nicht auf dem Mars?

Ich legte die Hand ans Herz, verbeugte mich tief in seine Richtung und erklärte, zwar sei seine Sprache mir unbekannt, doch seine Handlungsweise zeuge von Frieden und Freundschaft. Dies bedeute mir gegenwärtig sehr viel. Das Plätschern eines Baches hätte ihm dieselben Informationen vermittelt wie meine Worte, aber er verstand die Handlung, die ich meinen Worten folgen ließ.

Ich trat mit ausgestreckter Hand auf ihn zu, ergriff das Armband, machte es mir oberhalb des Ellenbogens an den Arm, blieb lächelnd stehen und wartete. Sein großer Mund zog sich zu einem Antwortlächeln auseinander. Er schob einen Arm des mittleren Paares unter den meinen, wir wandten uns um und begaben uns zu seinem Reittier. Gleichzeitig hieß er sein Gefolge näherkommen. In wildem Galopp stürmten sie auf uns zu, wurden aber durch ein Zeichen von ihm gebremst. Offenbar fürchtete er, mich damit so sehr zu erschrecken, daß ich endgültig aus seiner Reichweite sprang.

Er wechselte mit seinen Männern einige Worte, gab mir durch Gesten zu verstehen, daß ich hinter einem von ihnen reiten würde, und saß auf. Der Angewiesene reichte mir zwei oder drei Hände und hob mich hinter sich auf den glatten Rücken seines Tieres, wo ich mich, so gut ich konnte, an den Gurten und Riemen festhielt, mit denen die Waffen und der Schmuck des Marsbewohners befestigt waren.

Inzwischen hatte die ganze Reihe kehrtgemacht, und wir galoppierten auf die Hügelkette in der Ferne zu.

Ein Gefangener

Nach etwa zehn Meilen stieg der Boden steil an. Wie ich später erfahren sollte, näherten wir uns dem Rand eines der längst ausgetrockneten Meere, in dessen Mitte mein Abenteuer mit den Marsbewohnern stattgefunden hatte.

Binnen kurzer Zeit befanden wir uns am Fuß des Gebirges. Hinter einer engen Schlucht erreichten wir ein offenes Tal, das in eine niedrige Hochebene überging. Weit vor uns lag eine riesige Stadt. Wir ritten darauf zu und auf einer verfallenen Straße ein, die kurz davor mitten im Flachland bei einigen breiten Stufen begann.

Bei näherer Betrachtung sah ich, daß die Gebäude, obwohl noch gut erhalten, leer waren. Sie sahen so aus, als wären sie seit Jahren, vielleicht sogar Jahrhunderten, unbewohnt. In Stadtmitte befand sich ein riesiges Forum, das ebenso wie die angrenzenden Häuser von etwa neunhundert oder tausend Kreaturen jener Gattung, der auch meine Wächter angehörten, belagert wurde, denn trotz der zuvorkommenden Art, mit der sie mich mitgenommen hatten, sah ich mich nun doch als ihren Gefangenen.

Außer Schmuck trugen alle keine Kleidung. Die Frauen unterschieden sich nur unwesentlich von den Männern. Lediglich die Stoßzähne der letzteren waren im Verhältnis zur Größe viel länger und krümmten sich in einigen Fällen fast bis zu den hoch angesetzten Ohren. Die Frauen waren von kleinerer Gestalt und besaßen eine hellere Hautfarbe, und an Fingern und Zehen waren noch Rudimente von Nägeln festzustellen, die bei den Männern völlig fehlten. Die erwachsenen Frauen waren zwischen zehn bis zwölf Fuß groß.

Die Kinder waren noch viel heller als die Frauen und sahen für mich alle gleich aus, abgesehen von einigen, die größer, und wie ich annehme, auch älter waren.

Ich sah keinen Greis unter den Leuten, auch gab es dem Äußeren nach keine nennenswerten äußerlichen Unterschiede zwischen Vierzigjährigen und Eintausendjährigen. In diesem Alter treten sie freiwillig ihre letzte ungewöhnliche Pilgerfahrt zum Fluß Iss an, von dem kein lebender Marsbewohner weiß, wohin er führt, und von dem niemand je zurückgekommen ist. Auch hätte man denjenigen nicht mehr unter sich geduldet, der sich einmal zu dem kalten und dunklen Wasser begeben hatte.

Nur einer von tausend Marsbewohnern stirbt an einer Krankheit oder einem Gebrechen, ungefähr zwanzig treten die freiwillige Wallfahrt an. Die anderen neunhundertundneunundsiebzig sterben eines gewaltsamen Todes beim Zweikampf, bei der Jagd, beim Fliegen und im Krieg. Die bei weitem meisten Todesfälle gibt es in der Kindheit, wo unzählige den großen, weißen Affen des Mars zum Opfer fallen.

Die durchschnittliche Lebenserwartung des erwachsenen Marsmenschen liegt bei etwa dreihundert Jahren, sie läge aber weitaus höher, gäbe es nicht die zahlreichen gewaltsamen Todesarten. Auf Grund der schwindenden Bodenschätze des Planeten war es offensichtlich notwendig geworden, der ansteigenden Lebenserwartung entgegenzuwirken, die den bemerkenswerten Fertigkeiten in der Heilkunst und Chirurgie zu verdanken ist. So gilt ein Menschenleben auf dem Mars wenig, wie man aus den gefährlichen Spielarten und dem fast immer anhaltenden Kriegszustand zwischen den verschiedenen Gemeinschaften ersehen kann.

Es gibt auch andere und natürlichere Gründe des Bevölkerungsrückganges, aber nichts trägt letztendlich so sehr dazu bei wie die Tatsache, daß es unter den Marsbewohnern niemanden gibt, der von sich aus die Waffen ablegt.

Als wir uns dem Platz näherten, und man mich entdeckte, umringten uns Hunderte, die es offenbar darauf abgesehen hatten, mich hinter meinem Bewacher von dem Reittier zu ziehen. Ein Wort des Anführers gebot dem Geschrei Einhalt, und im Trab setzten wir unseren Ritt zu dem Eingang eines der prächtigsten Gebäude fort, das je ein Sterblicher zu Gesicht bekommen hat.

Das Bauwerk war flach, nahm indes eine riesige Fläche ein. Es bestand aus glänzendem weißen Marmor, der mit Gold und Brillanten verziert war, die im Sonnenlicht funkelten und glitzerten. Das Hauptportal war einige hundert Fuß breit und ragte so weit nach vorn, daß es der Eingangshalle ein riesiges Vordach verschaffte. Keine Treppe, nur eine flache Schräge führte zum ersten Geschoß in einen riesigen Saal, der von Balkons umgeben war.

In diesem Saal, in dem hier und da einige hohe, geschnitzte Tische und Stühle standen, hatten sich ungefähr vierzig bis fünfzig männliche Marsmenschen um eine Rednerbühne versammelt. Auf dieser hockte ein hünenhafter Krieger, angetan mit Metallschmuck, farbenfrohen Federn und wunderschön verarbeitetem, mit kostbaren Steinen kunstvoll besetzten Lederzeug. Von seinen Schultern hing ein kurzer weißer Fellumhang, der mit glänzender, scharlachroter Seide gefüttert war.

Angesichts dieser Horde und des Audienzzimmers fiel mir sofort auf, daß die Tische, Stühle und anderen Möbel in keinem Verhältnis zur Größe der Anwesenden standen. Sie paßten eher zu menschlichen Wesen wie mir, während diese Hünen von Marsbewohnern sich nicht in einen Stuhl hätten zwängen, geschweige denn ihre langen Beine unter den Tischen ausstrecken können. Offenbar gab es auf dem Mars noch andere Einwohner als jene wilden und seltsamen Kreaturen, in deren Hände ich gefallen war, denn die antiken Gegenstände um mich herum bewiesen, daß diese Gebäude in grauer Vorzeit einer lang ausgestorbenen und vergessenen Marsrasse gehört haben mochten.

Unsere Gruppe war im Eingang stehengeblieben. Auf ein Zeichen unseres Befehlshabers setzte man mich ab, er schob wieder den Arm unter den meinen, und wir betraten gemeinsam die Halle. Als wir uns dem Anführer der Marsbewohner näherten, konnte ich die nur kurze Begrüßungszeremonie mitverfolgen. Mein Bewacher schritt ohne viel Aufhebens energisch auf das Pult zu, die anderen traten bei seinem Kommen auseinander. Der Anführer erhob sich und nannte meinen Begleiter beim Namen, der seinerseits stehenblieb und den Namen des Herrschers sowie seinen Titel aussprach.

Zu jener Zeit sagten mir diese Handlungsweise und die Worte gar nichts, später aber verstand ich, daß sich grüne Marsmenschen üblicherweise auf diese Art begrüßten. Wären die Ankömmlinge Fremde und demzufolge nicht in der Lage gewesen, einander beim Namen zu nennen, so hätten sie, falls sie in friedlicher Absicht gekommen waren, wortlos Schmuck ausgetauscht. Andernfalls hätten sie Schüsse gewechselt oder ihre Vorstellung mit Waffengewalt ausgefochten.

Mein Bewacher hieß Tars Tarkas, er war so etwas wie der Vizekönig der Gesellschaft, ein Mann mit großen staatsmännischen und kriegerischen Fähigkeiten. Offenbar faßte er nun zusammen, was sich neben meiner Gefangennahme auf seiner Expedition noch abgespielt hatte. Als er geendet hatte, sprach mich der Herrscher schließlich an.

Ich antwortete in unserem guten alten Englisch, nur um ihn davon zu überzeugen, daß keiner von uns den anderen verstehen könne; doch als ich am Ende meiner Rede etwas lächelte, erwiderte er mein Lächeln. Jene Tatsache und das ähnliche Vorkommnis während meines ersten Gesprächs mit Tars Tarkas überzeugten mich, daß wir zumindest eine Sache miteinander gemein hatten: die Fähigkeit zu lächeln und demzufolge zu lachen. Dies zeigte letztendlich einen Sinn für Humor. Gleichwohl sollte ich erfahren, daß das Lächeln des Marsmenschen eine oberflächliche Sache war, und sein Lachen ein Vorgang, der starke Männer vor Schreck erstarren ließ.

Der Humor der grünen Marsmenschen steht im krassen Widerspruch zu dem, was unserer Meinung nach Heiterkeit erregt. Der Todeskampf eines Mitmenschen löste bei diesen merkwürdigen Kreaturen Heiterkeitsausbrüche aus, und am häufigsten verschafften sie sich dadurch Amüsement, indem sie einen ihrer Kriegsgefangenen auf sinnreiche und schreckliche Weise zu Tode brachten.

Die anwesenden Krieger und Anführer unterzogen mich einer eingehenden Untersuchung, befühlten meine Muskeln und prüften die Beschaffenheit meiner Haut. Der oberste Anführer hatte offensichtlich den Wunsch, meine Vorstellung zu sehen, hieß mich ihm folgen und begab sich mit Tars Tarkas zum offenen Platz.

Da ich nach meinem ersten außerordentlichen Mißerfolg nicht wieder ohne Tars Tarkas' Arm gelaufen war, bewegte ich mich hüpfend und flatternd wie ein riesiger Grashüpfer zwischen den Tischen und Stühlen auf und ab. Nachdem ich mich sehr zur Erheiterung der Marsbewohner ernsthaft verletzt hatte, nahm ich wieder zum Kriechen Zuflucht, doch das paßte ihnen nicht, denn ein riesiger Typ, der über mein Mißgeschick am meisten gelacht hatte, zerrte mich nach oben.

Als er mich unsanft auf die Füße stellte, kam sein Gesicht dem meinen sehr nahe, und ich tat das einzige, was ein Gentleman in einer solchen, von Brutalität, flegelhaftem Benehmen und Rücksichtslosigkeit gegenüber Fremden gekennzeichneten Situation tun konnte: Ich schwang meine Faust direkt gegen sein Kinn, und er sackte wie ein gefällter Ochse zu Boden. Alsbald fuhr ich herum und stellte mich mit dem Rücken zum nächsten Tisch, da ich glaubte, daß seine Leute mich vor Wut überwältigen würden. Ich war entschlossen, ihnen einen so guten Kampf zu liefern, wie es mir die ungleiche Kräfteverteilung erlaubte, bevor ich mein Leben hingab.

Meine Befürchtungen waren unbegründet, da die anderen zuerst vor Bewunderung sprachlos waren und schließlich in ein wildes Getöse von Gelächter und Applaus ausbrachen. Anfangs erkannte ich den Applaus nicht als solchen, aber als ich später mit ihren Bräuchen vertraut geworden war, verstand ich, daß ich errungen hatte, was sie selten gewährten: ihren Beifall.

Der Niedergeschlagene blieb liegen, wo er hingestürzt war, auch kümmerte sich keiner von seinen Leuten um ihn. Tars Tarkas trat auf mich zu, streckte mir einen seiner Arme entgegen, so daß wir unseren Weg wohlbehalten fortsetzen konnten. Natürlich wußte ich nicht, warum wir uns ins Freie begeben hatten, doch ließ man mich darüber nicht lange im Unklaren. Zuerst wiederholten sie mehrmals das Wort 'Sak', dann machte Tars Tarkas einige Sprünge, wobei er vorher jedesmal 'Sak' sagte, wandte sich an mich und sagte es wieder. Ich verstand schließlich, was sie wollten, holte Schwung und 'sakte' mit überwältigendem Erfolg, so daß ich gut hundert und fünfzig Fuß schaffte; auch verlor ich diesmal nicht die Balance, sondern landete ohne zu stürzen direkt auf den Füßen. Anschließend kehrte ich mit leichten Sprüngen von fünfundzwanzig bis dreißig Fuß zu der kleinen Gruppe Krieger zurück.

Mein Auftritt war von einigen hundert kleineren Marsbewohnern mitverfolgt worden. Sie verlangten sofort eine Wiederholung, was mir der Herrscher dann schließlich auch befahl, doch war ich sowohl hungrig als auch durstig und beschloß auf der Stelle, von diesen Kreaturen jenes Verständnis zu fordern, das sie mir freiwillig offenbar nicht entgegenbringen würden, denn darin lag meine einzige Rettung. Deswegen ignorierte ich den wiederholten Befehl, zu 'saken', wies jedesmal auf meinen Mund und rieb mir den Bauch.

Tars Tarkas und der Herrscher wechselten einige Worte. Ersterer rief eine junge Frau aus der Menge zu sich, erteilte ihr einige Anweisungen und wies mich an, sie zu begleiten. Ich ergriff den mir dargebotenen Arm, und wir gingen gemeinsam auf ein großes Gebäude auf der anderen Seite des Platzes zu.

Meine hübsche Begleiterin maß ungefähr acht Fuß, sie war gerade erwachsen geworden, hatte jedoch noch nicht ihre volle Größe erreicht. Ihre glatte, glänzende Haut war hell olivgrün gefärbt. Wie ich später erfuhr, war ihr Name Sola. Sie gehörte zu Tars Tarkas' Gefolge und brachte mich zu einer geräumigen Kammer in einem der Gebäude am Rande des öffentlichen Platzes, in dem sich den Seiden- und Fellresten auf dem Fußboden zufolge die Schlafräume einiger Marsbewohner befinden mußten.

Durch mehrere große Fenster fiel ausreichend Licht in den Raum, die Wände waren mit Gemälden und Mosaiken geschmückt, doch über allem schwebte der Hauch einer unbestimmbaren alten Kultur, der mich davon überzeugte, daß die Architekten und Erbauer dieser wundervollen Werke nichts mit den groben Halbwilden gemein hatten, die sie nun behausten.

Sola ließ mich auf einem Stapel von Seidenstoffen fast in der Mitte des Zimmers Platz nehmen, wandte sich um und gab einen eigentümlich zischenden Laut von sich, als gebe sie jemandem im Nebenzimmer ein Zeichen. Prompt erblickte ich ein weiteres neues Marswunder. Es kam auf zehn kurzen Beinen dahergewatschelt und hockte sich wie ein gehorsames Hündchen vor dem Mädchen hin. Das Wesen hatte die Größe eines Shetland-Ponys, doch der Kopf ähnelte leicht dem eines Frosches, mit Ausnahme der Kiefer, die mit drei Reihen langer, scharfer Stoßzähne versehen waren.

Ich entkomme meinem Wachhund

Sola starrte dem Untier in die wild blickenden Augen, murmelte ein oder zwei Befehle, wies dabei auf mich und verließ die Kammer. Ich fragte mich, was dieses grimmig aussehende Ungeheuer tun würde, wenn man einen derart zarten Leckerbissen wie mich so nahe vor seiner Nase zurückließ, doch waren meine Befürchtungen unbegründet, denn das Biest musterte mich einen Augenblick lang durchdringend, begab sich dann zum einzigen Ausgang des Zimmers und legte sich in voller Länge quer über die Schwelle.

Das war meine erste Erfahrung mit dem Wachhund vom Mars, doch sollte es nicht die letzte sein, denn dieser Gefährte bewachte mich gewissenhaft während meiner Gefangenschaft bei den grünen Menschen, rettete mir zweimal das Leben und wich keinen Augenblick freiwillig von meiner Seite.

Als Sola fort war, ergriff ich die Gelegenheit und schaute mir den Raum genauer an, in dem man mich gefangen hielt. Das Wandgemälde zeigte Szenen von seltener und atemberaubender Schönheit: Gebirge, Flüsse, einen See, einen Ozean, eine Wiese, Bäume und Blumen, sich schlängelnde Straßen, sonnenüberflutete Gärten - Bilder, die irdische Gegenden hätten darstellen können, sah man von der unterschiedlichen Farbgebung der Pflanzenwelt ab. Das Bild war offensichtlich von Meisterhand gemalt, so fein war die Stimmung, so vollkommen die Technik; und doch gab es nirgendwo eine Darstellung eines Lebewesens, eines Menschen oder Tieres, woraus ich hätte schließen können, wie jene anderen und vielleicht ausgestorbenen Marsbewohner ausgesehen haben mochten.

Während ich meiner Phantasie freien Lauf ließ und Mutmaßungen darüber anstellte, wie die ungewöhnlichen Dinge zu erklären waren, die mir bisher auf dem Mars zugestoßen waren, kehrte Sola mit Essen und Trinken zurück. Sie stellte beides auf den Boden neben mich, setzte sich ein Stück von mir entfernt hin und blickte mich aufmerksam an. Das Essen bestand aus etwa einem Pfund fester, käseartiger Substanz und war fast geschmacklos, während es sich bei der Flüssigkeit offensichtlich um Milch handelte. Sie schmeckte nicht schlecht, leicht säuerlich, und ich lernte sie innerhalb kurzer Zeit sehr schätzen. Wie ich später erfuhr, stammte sie nicht von einem Tier, da es auf dem Mars nur ein Säugetier gab, das sehr selten anzutreffen war, sondern von einer riesigen Pflanze, die praktisch fast ohne Wasser auskam und ihren reichlichen Milchvorrat aus den Nährstoffen des Bodens, der Luftfeuchtigkeit und Sonnenstrahlen produzierte. Eine einzelne Pflanze dieser Art gab täglich acht bis zehn Viertel Milch.

Nach dem Essen fühlte ich mich beträchtlich gestärkt, spürte aber, daß ich Ruhe brauchte, streckte mich auf den Seidentüchern aus und war bald eingeschlafen. Ich mußte einige Stunden geschlafen haben, denn es war dunkel, als ich erwachte, und ich fror sehr. Ich bemerkte, daß mich jemand mit einem Fell zugedeckt hatte, doch es war etwas verrutscht, und in der Dunkelheit konnte ich es nicht sehen und zurechtlegen. Plötzlich kam eine Hand, schob das Fell wieder richtig hin und warf gleich darauf noch eines über mich.

Ich nahm an, daß mein aufmerksamer Bewacher Sola war, und irrte mich auch nicht. Von allen grünen Marsmenschen, denen ich begegnete, zeigte nur sie Eigenschaften wie Mitgefühl, Liebenswürdigkeit und Zuneigung; sie sorgte unermüdlich für meine körperlichen Bedürfnisse und ersparte mir durch ihre sorgfältige Obhut viel Leid und Schwierigkeiten.

Wie ich noch erfahren sollte, sind die Nächte auf dem Mars äußerst kalt, und da es praktisch kein Morgengrauen und keine Abenddämmerung gibt, sind die plötzlichen Temperaturschwankungen, wie auch die Übergänge vom strahlenden Tageslicht zur Dunkelheit höchst unangenehm. Die Nächte sind entweder taghell oder sehr dunkel, denn wenn keiner der zwei Marsmonde am Himmel steht, herrscht fast totale Finsternis, da es keine Atmosphäre gibt, oder besser gesagt, diese sehr dünn und nicht in der Lage ist, das Sternenlicht in größerem Maße zu streuen. Wenn andererseits beide Monde am Himmel stehen, ist die Oberfläche hell erleuchtet.

Beide Marsmonde sind dem Mars wesentlich näher als unser Mond der Erde. Die Entfernung zum ersten Mond beträgt etwa fünftausend Meilen, zum zweiten etwas über vierzehntausend Meilen, im Vergleich zu der knappen Viertelmillion Meilen, die uns von unserem Mond trennen. Der dem Mars am nächsten stehende Mond dreht sich im Laufe von siebeneinhalb Stunden vollständig um den Planeten, so daß er in jeder Nacht ähnlich einem riesigen

Meteor zwei oder drei Mal über den Himmel rast und bei jedem Durchgang am Firmament alle Phasen durchläuft.

Der zweite Mond dreht sich in etwa dreißig und einer Viertelstunde um den Mars und verhilft gemeinsam mit seinem Schwesternsatelliten der nächtlichen Marslandschaft zu großartiger und überirdischer Erhabenheit. Die Natur hat auch richtig daran getan, die Marsnacht so anmutig und reichlich auszuleuchten, denn die grünen Marsmenschen, ein Nomadenvolk ohne hohe intellektuelle Fähigkeiten, verfügen lediglich über primitive Mittel künstlicher Beleuchtung und sind hauptsächlich von Fackeln abhängig, einer Art von Kerzen sowie einer speziellen Öllampe, die ein Gas erzeugt und ohne Docht brennt.

Letzteres Gerät liefert ein ausgesprochen strahlendes, weitreichendes weißes Licht. Da das benötigte Naturöl aber nur in einigen weit abgelegenen Gegenden gewonnen wird, nutzen diese Kreaturen es nur selten, deren Gedanke einzig und allein dem Heute gilt und deren Abscheu vor körperlicher Arbeit sie seit zahlreichen Jahrhunderten in halb primitiven Verhältnissen leben läßt.

Nachdem Sola mir eine weitere Decke gegeben hatte, schlief ich wieder ein und erwachte erst am Tag. Die anderen Bewohner des Raumes waren alle weiblich, sie schliefen noch unter hohen Stapeln unzähliger Seidentücher und Pelze. Quer über der Schwelle lag das nimmermüde Wachtier, genau wie ich es am Vortag zuletzt gesehen hatte. Offensichtlich hatte es nicht einen Muskel bewegt; sein Blick war noch immer starr auf mich gerichtet, und ich begann mich zu fragen, was wohl geschehen mochte, wenn ich einen Fluchtversuch wagte.

Schon immer hatte ich das Abenteuer und das Experiment gesucht und erforscht, wo klügere Männer es eher hätten sein lassen. So kam mir der Gedanke, die genaue Einstellung dieser Bestie mir gegenüber zu ergründen, indem ich versuchte, den Raum zu verlassen. Ich war mir ziemlich sicher, war ich erst einmal im Freien, würde ich ihm entkommen, denn ich hatte begonnen, großes Vertrauen in meine Sprungkraft zu setzen. Außerdem schloß ich aus der Kürze seiner Beine, daß das Untier kein Springer und wahrscheinlich auch kein Läufer war.

Langsam und vorsichtig richtete ich mich nun auf und sah, daß mein Wächter dasselbe tat; behutsam bewegte ich mich in seine Richtung und entdeckte, daß ich mit einem schlurfenden Gang sowohl das Gleichgewicht halten konnte als auch in einer vernünftigen Geschwindigkeit vorankam. Als ich mich dem Untier näherte, wich es vorsichtig vor mir zurück, und bei Erreichen der Tür trat es zur Seite, um mich durchzulassen. Dann folgte es mir im Abstand von zehn Schritten.

Anscheinend sollte es mich nur beschützen, aber als wir am Stadtrand angekommen waren, sprang es plötzlich vor mich, gab seltsame Laute von sich und bleckte dabei die furchteinflößenden und häßlichen Stoßzähne. Ich beschloß, mich auf seine Kosten etwas zu amüsieren, stürmte auf es zu, und sprang, als ich fast bei ihm war, über ihm in die Luft und ließ die Stadt hinter mir. Augenblicklich fuhr es herum und raste mit solch atemberaubender Geschwindigkeit hinter mir her, wie ich es noch nie gesehen hatte. Ich hatte geglaubt, seine kurzen Beine schlössen Schnelligkeit aus, doch Windhunde wären im Wettlauf mit ihm wie Schlafwandler erschienen. Wie ich noch erfahren sollte, war es das schnellste Tier auf dem Mars. Die Marsmenschen nutzten es wegen seiner Intelligenz, Treue und Wildheit bei der Jagd, im Krieg und als Beschützer.

Ich bemerkte schnell, daß es schwierig sein würde, den Fängen dieses Biestes im direkten Wettlauf zu entkommen. Also stellte ich mich seinem Angriff, indem ich einen Haken schlug und über es hinwegsprang, als es fast bei mir war. Dieser Kunstgriff verschaffte mir einen beträchtlichen Vorsprung, und ich erreichte die Stadt ein gutes Stück vor ihm. Als es hinter mir her gerast kam, hechtete ich an einem der Gebäude, von dem man das Tal überblicken konnte, nach einem Fenster etwa dreißig Fuß über dem Erdboden.

Ich zog mich am Fensterbrett nach oben, setzte mich auf und blickte auf das verwirrte Tier unter mir. Mein Jubel war dennoch von kurzer Dauer, denn kaum saß ich sicher auf dem Sims, packte mich eine gewaltige Hand von hinten am Genick und zog mich ins Zimmer. Dort wurde ich auf den Rücken geworfen, und über mir erblickte ich ein riesiges affenartiges Wesen, das mit Ausnahme des borstigen Haarschopfes auf dem Kopf weiß und nackt war.

Ein Kampf, bei dem ich Freunde fand

Das Geschöpf, das eher unseren Erdenmenschen als jenen Marsmenschen ähnelte, die ich bisher gesehen hatte, hielt mich mit einem riesigen Fuß am Boden fest, während es sich mit jemandem hinter mir plappernd und gestikulierend unterhielt. Dieser andere, offensichtlich sein Gefährte, gesellte sich bald zu uns, ausgerüstet mit einer riesigen Steinkeule, mit der er mir offenbar den Schädel einschlagen wollte.

Die Kreaturen waren ungefähr zehn oder fünfzehn Fuß groß, standen aufrecht und verfügten wie die grünen Marsmenschen zwischen ihren oberen und unteren Gliedmaßen über ein zusätzliches Paar von Armen oder Beinen. Ihre Augen standen dichter beieinander und lagen tief in den Höhlen, die Ohren befanden sich oben, aber mehr an der Seite als bei den Marsmenschen, während ihre Schnauzen und Zähne denen unserer afrikanischen Gorillas auffallend ähnlich waren. Im Vergleich mit den grünen Marsmenschen waren sie im großen und ganzen nicht unansehnlich.

Die Keule vollzog über meinem nach oben gewandten Gesicht gerade einen hohen Bogen, als ein vielfüßiges Monster durch die Tür gefegt kam und sich gegen die Brust meines Henkers warf. Mit einem Angstschrei setzte der Affe, der mich festhielt, durch das offene Fenster, doch sein Gefährte begann mit meinem Beschützer einen grauenvollen Kampf auf Leben und Tod, denn der war niemand Geringeres als mein treues Wachtier (Ich bringe es nicht über mich, eine so gräßliche Kreatur als Hund zu bezeichnen).

So schnell wie möglich rappelte ich mich auf und verfolgte mit dem Rücken zur Wand einen Kampf, wie nur wenige Menschen je zu Gesicht bekommen. Die Kraft, Beweglichkeit und unbändige Grausamkeit dieser beiden Kreaturen lassen sich mit nichts auf der Erde vergleichen. Mein Wachtier befand sich zuerst etwas im Vorteil, es hatte die mächtigen Reißzähne seinem Widersacher tief in die Brust geschlagen, doch der Affe, dessen Muskeln weit stärker entwickelt waren als die aller mir bisher bekannten Marsmenschen, hielt meinen Beschützer mit seinen kräftigen Händen am Hals, drückte ihm langsam die Luft ab und bog den Kopf zurück, so daß ich glaubte, ihn bald mit gebrochenem Genick leblos darniedersinken zu sehen.

Dabei riß dem Affen die ganze Vorderseite auf, da sie von den mächtigen Kiefern fest umklammert wurde. Die beiden rollten auf dem Boden hin und her, wobei keiner einen Laut der Angst oder des Schmerzes von sich gab. Bald sah ich, wie meinem Wachtier die großen Augen aus den Höhlen traten und Blut aus den Nasenlöchern strömte. Es ermattete merklich, aber auch der Affe, dessen Anstrengungen mit jedem Augenblick verzweifelter wurden.

Plötzlich kam ich zu mir, und mit dem seltsamen Instinkt, der mich offensichtlich immer zu meiner Pflicht treibt, ergriff ich die Keule, die zu Beginn des Kampfes zu Boden gefallen war, und schwang sie mit all der Kraft meiner irdischen Arme voll gegen den Kopf des Affen, dessen Schädel wie eine Eierschale zerbrach.

Kaum war dies geschehen, sah ich mich einer neuen Bedrohung gegenüber. Der Gefährte des Affen, der sich von seinem ersten Schrecken erholt hatte, war durch das Gebäude zum Schauplatz des Geschehens zurückgekehrt. Ich erspähte ihn, als er bereits an der Tür stand, und sein Anblick, wie er angesichts seines leblos daliegenden Gefährten aufbrüllte, und wie ihm vor irrsinniger Wut der Schaum aus dem Mund trat, erfüllte mich mit bösen Ahnungen.

Ich bin immer bereit, mich zur Wehr zu setzen und zu kämpfen, wenn die Übermacht nicht allzu groß ist, doch in diesem Fall sah ich weder Ruhm noch Nutzen darin, meine relativ dürftige Kraft mit den eisernen Muskeln und der ungezähmten Brutalität des wutentbrannten Einwohners einer unbekannten Welt zu messen, eigentlich schien doch das einzige, was für mich bei einem solchen Unterfangen herauskommen konnte, der Tod zu sein.

Ich stand neben dem Fenster und wußte, daß ich, befand ich mich erst einmal auf der Straße, den Platz erreichen und mich in Sicherheit bringen könnte, bevor diese Kreatur mich einholte. Zumindest konnte ich mich vor dem Tode retten, der mir gewiß war, falls ich blieb und noch so verzweifelt kämpfte.

Natürlich hatte ich die Keule, aber was konnte ich damit gegen vier lange Arme ausrichten? Auch wenn ich dem Affen mit dem ersten Schlag einen davon zerschmetterte - ich rechnete damit, daß er den Knüppel abzuwehren versuchen würde -, hätte er noch immer die drei anderen, um mich zu vernichten, bevor ich mich zum zweiten Angriff vorbereiten konnte.

Bei diesen Gedanken drehte ich mich zum Fenster. Da fiel mein Blick auf meinen vormaligen Beschützer, und ich schlug alle Fluchtgedanken in den Wind. Er lag keuchend auf dem Boden, die großen Augen starr auf mich gerichtet, fast wie um Hilfe bittend. Ich konnte diesem mitleiderregenden Blick nicht widerstehen, und so war mein nächster Gedanke, daß ich meinen Retter nicht zurücklassen konnte, ohne mich genauso für ihn einzusetzen, wie er es für mich getan hatte.

Ohne weiteres Zögern wandte ich mich deswegen dem aufgebrachten Affenmännchen zu. Es war mir nun zu nahe gekommen, als daß mir die Keule noch eine große Hilfe sein konnte. Also schleuderte ich sie mit voller Wucht gegen meinen massigen Angreifer, traf ihn unterhalb der Knie, erntete dabei ein Geheul von Schmerz und Wut und brachte ihn derart aus dem Gleichgewicht, daß er, um seinen Fall aufzuhalten, mit ausgestreckten Armen voll auf mich stürzte.

Wie bereits am Vortrag nahm ich zu irdischen Taktiken Zuflucht, hieb ihm mit der rechten Faust gegen das Kinn und versetzte ihm mit der linken einen Haken in die Magengrube. Die Wirkung war verblüffend, denn als ich nach dem zweiten Schlag etwas beiseite trat, wirbelte er herum und sank vor Schmerz zusammengekrümmt und nach Luft japsend zu Boden. Ich sprang über ihn hinweg, packte die Keule und erledigte das Ungeheuer, bevor es sich wieder aufrichten konnte.

Als ich ihm den Schlag versetzte, hörte ich hinter mir lautes Lachen, wandte mich um und erblickte Tars Tarkas, Sola und drei, vier Krieger, die in der Tür standen. Zum zweiten Mal hatte ich ihren selten erteilten Applaus für mich gewonnen.

Sola hatte beim Aufwachen meine Abwesenheit bemerkt und sofort Tars Tarkas benachrichtigt, der sich gleich darauf mit einer Handvoll Krieger auf die Suche nach mir machte. Am Stadtrand angekommen, bemerkten sie das Affenmännchen, als es schäumend vor Wut ins Gebäude stürmte.

Sofort waren sie ihm gefolgt, wobei sie es zuerst kaum für möglich hielten, daß ihnen sein Tun einen Hinweis über meinen Verbleib liefern würde, und hatten meinen kurzen, doch entscheidenden Kampf mit ihm gesehen. Dieses Abenteuer, die Auseinandersetzung mit dem Marskrieger am Vortag, sowie meine Sprungkünste verschafften mir hohes Ansehen. Feinere Gefühle wie Freundschaft, Liebe oder

Zuneigung gehen diesem Volk völlig ab, doch beten sie außergewöhnliches Können und Mut förmlich an, und solange das Objekt ihrer Bewunderung seine Geschicklichkeit, seine Kraft und seinen Mut häufig genug unter Beweis stellt, ist ihnen nichts zu gut dafür.

Sola hatte den Suchtrupp freiwillig begleitet und war die einzige, die angesichts meines Überlebenskampfes nicht in Gelächter ausbrach. Im Gegenteil, ihre ernste Miene zeigte offensichtliche Anteilnahme, und kaum hatte ich das Monster getötet, stürzte sie auf mich zu und suchte meinen Körper nach möglichen Wunden oder Verletzungen ab. Zufrieden lächelnd stellte sie fest, daß ich unversehrt davongekommen war, nahm mich bei der Hand und machte sich auf den Weg nach draußen.

Tars Tarkas und die anderen Krieger waren inzwischen eingetreten und standen bei meinem schnell wieder zu sich kommenden Retter, dem auch ich das Leben gerettet hatte. Sie schienen sich ernsthaft zu streiten, und schließlich sprach mich einer an. Doch als ihm einfiel, daß ich seine Sprache nicht verstand, wandte er sich wieder an Tars Tarkas, der ihm mit einem Wort und einer Geste etwas befahl und sich anschickte, uns zu folgen.

In ihrer Haltung gegenüber dem Tier lag etwas Bedrohliches. Ich wollte nicht gehen, bevor ich nicht erfahren hatte, was sie zu tun gedachten, und damit war ich gut beraten, denn der Krieger zog eine gefährlich aussehende Pistole aus dem Halfter und war drauf und dran, der Kreatur ein Ende zu setzen. Ich sprang vor und riß seinen Arm nach oben. Die Kugel traf den hölzernen Fensterrahmen und schlug ein Loch in das Holz und das Mauerwerk.

Ich kniete neben dem furchtsam dreinblickenden Wesen nieder, half ihm auf und gebot ihm, mir zu folgen. Die überraschten Blicke, die mein Tun bei den Marsmenschen hervorrief, spiegelten Verständnislosigkeit, denn Eigenschaften wie Dankbarkeit und Mitgefühl konnten sie nur in kindlicher Weise erahnen. Der Krieger, dessen Pistole ich nach oben gerissen hatte, blickte Tars Tarkas fragend an, doch dieser gab ihm zu verstehen, mich in Ruhe zu lassen, und so kehrten wir zum Platz zurück, wobei Sola mich fest am Arm hielt und dicht hinter mir mein großes Wachtier trottete.

Zumindest besaß ich nun auf dem Mars zwei Freunde, eine junge Frau, die mit mütterlicher Sorge über mich wachte, und ein stummes Wachtier, hinter dessen armseligen, häßlichen Äußeren sich mehr Liebe, Treue und Dankbarkeit verbarg, wie ich später erfahren sollte, als man bei den ganzen fünf Millionen grünen Marsmenschen finden konnte, die in den verlassenen Städten und den ausgetrockneten Meeren des Mars umherstreifen.

Kindererziehung auf dem Mars

Nach dem Frühstück, das sich nicht im geringsten von der Mahlzeit am Vortage unterschied und genauso verlief wie jedes Essen während meines Verbleibs bei den grünen Marsmenschen, führte mich Sola zu dem Platz, auf dem sich die gesamte Gemeinschaft versammelt hatte und dabei zuschaute oder half, riesige, elefantenartige Tiere vor dreirädrige Karossen zu spannen. Davon gab es etwa zweihundertundfünfzig, und jede wurde von einem einzelnen Tier gezogen, obwohl ein jedes dem Aussehen nach die ganze Reihe voll beladener Fuhrwerke mühelos hätte allein bewegen können.

Die Karossen selbst waren geräumig und prächtig ausgestattet. In jeder saß eine weibliche Marsbewohnerin, geschmückt mit Geschmeide, Juwelen, Seidentüchern und Pelzen. Auf dem Rücken jedes Zugtieres saß ein junger Treiber. Gleich den Reittieren der Krieger trugen auch die schwereren Tiere weder Zaum noch Zügel, sondern wurden allein durch Willensübertragung geführt.

Diese Fähigkeit ist bei allen Marsbewohnern erstaunlich entwickelt, sie erklärt weitestgehend auch die Einfachheit ihrer Sprache und begründet, warum sogar im Verlaufe langer Unterhaltungen relativ wenige Worte gewechselt werden. Es ist die Universalsprache des Mars, durch dieses Medium vermögen die höherentwickelten Lebewesen dieser paradoxen Welt mit den weniger entwickelten einigermaßen zu kommunizieren -, inwieweit, hängt von den intellektuellen Fähigkeiten der Spezies und der Entwicklung des Einzelnen ab.

Als sich der Reiterzug in Marsch setzte, zog mich Sola in eine leere Kutsche, und wir begaben uns mit dem Zug dorthin, wo ich am Vortage in die Stadt eingeritten war. Die Spitze der Karawane bildeten etwa zweihundert Krieger, jeweils fünf nebeneinander, hinter uns noch einmal so viele, während sich je fünfundzwanzig oder dreißig Begleiter seitlich von uns hielten.

Alle außer mir - Männer, Frauen und Kinder - waren schwer bewaffnet. Hinter jeder Kutsche trottete ein Marshund, und auch meiner blieb dicht hinter mir. Während der folgenden zehn Jahre, die ich auf dem Mars verbrachte, verließ diese treue Kreatur mich eigentlich nie von sich aus. Der Weg führte durch das kleine Tal vor der Stadt, über die Hügel und hinab auf den Grund des toten Meeres, den ich auf dem Weg von der Brutstation zum Platz bereits durchquert hatte. Die Brutstation erwies sich dann auch als das Reiseziel des heutigen Tages, und da wir bei Erreichen des flachen Meeresgrundes in einen wilden Galopp ausbrachen, lag unser Ziel bald in Sichtweite.

Dort angelangt, hielten die Kutschen mit militärischer Genauigkeit neben den vier Seiten der Eingrenzung, und etwa zehn Krieger, darunter auch Tars Tarkas und einige niedere Befehlshaber, allen voran der riesige Anführer, saßen ab und näherten sich der Außenmauer. Ich konnte sehen, wie Tars Tarkas dem Oberbefehlshaber etwas erklärte, dessen Name übrigens, soweit ich es ins Englische übertragen kann, Lorquas Ptomel Jed lautete, wobei 'Jed' den Titel bezeichnete.

Bald erfuhr ich auch den Gegenstand des Gespräches, denn Tars Tarkas rief Sola zu, sie solle mich zu ihm zu bringen. Da ich mich inzwischen den Schwierigkeiten der Fortbewegung auf dem Mars angepaßt hatte, begab ich mich befehlsgemäß rasch zur anderen Seite der Brutstation, wo die Krieger standen.

Dort angelangt, zeigte mir ein Blick, daß die Jungen bis auf wenige Ausnahmen bereits geschlüpft waren und es auf der Brutstation von den häßlichen, kleinen Teufeln nur so wimmelte. Sie waren drei bis vier Fuß groß und bewegten sich innerhalb der Mauern ruhelos hin und her, als suchten sie nach Nahrung.

Tars Tarkas wies auf die Brutstation und sagte zu mir: 'Sak'. Ich verstand, daß er wünschte, ich solle die gestrige Vorstellung vor Lorquas Ptomel wiederholen, und da mir mein außergewöhnliches Können zugegebenermaßen nicht wenig Befriedigung verschaffte, reagierte ich schnell und sprang bis über die Kutschen auf der gegenüberliegenden Seite der Eingrenzung. Als ich zurückkehrte, grunzte Lorquas Ptomel mir etwas zu, wandte sich an seine Krieger und gab ihnen einige Befehle hinsichtlich der Brutstation. Sie achteten nicht weiter auf mich, und so konnte ich in der Nähe bleiben und verfolgen, wie sie eine Öffnung in die Wand brachen, die groß genug war, um die jungen Marsmenschen herauszulassen.

Vor dem Loch bildeten die Frauen und Jugendlichen eine ziemlich weit ins Flachland reichende Gasse zu den Kutschen. Die Kleinen sprangen darin wie Rehe umher. Man ließ sie bis zum Ende des

Ganges laufen, wo sie einer nach dem anderen von den Frauen und älteren Kindern eingefangen wurden. Der letzte in der Reihe griff sich den ersten Ankömmling, sein Gegenüber den zweiten, und so ging es weiter, bis alle die Brutstation verlassen hatten und von einem Jugendlichen oder einer Frau in Gewahrsam genommen worden waren. Hatte eine Frau einen Kleinen eingefangen, kehrte sie mit ihm zu ihrer Kutsche zurück, während die Jugendlichen den eingefangenen Wicht später einer der Frauen übergaben.

Ich sah, daß die Zeremonie vorbei war, falls man sie so umschreiben konnte, und machte Sola in unserer Kutsche ausfindig, die eine der entsetzlichen kleinen Kreaturen fest in den Armen hielt.

Die Erziehung der jungen, grünen Marsmenschen besteht lediglich darin, ihnen die Sprache sowie die Handhabung der Kriegsausrüstung beizubringen, mit der sie von klein auf überhäuft werden. Nach einer Brutzeit von fünf Jahren schlüpfen sie aus den Eiern und kommen, abgesehen von der Größe, voll entwickelt zur Welt. Sie sind die Kinder der Gemeinschaft, den leiblichen Müttern völlig unbekannt, die ihrerseits Schwierigkeiten hätten, auch nur annähernd zu sagen, wer ihre Väter sind. Die Erziehung wird der jeweiligen Frau überlassen, die sie gleich nach Verlassen der Brutstation einfängt.

Unter Umständen haben ihre Pflegemütter nicht einmal ein Ei in die Brutstation gelegt, wie es bei Sola der Fall war, die noch nicht zu legen begonnen hatte und erst vor einem knappen Jahr den Nachkommen einer anderen Frau aufgezogen hatte. Aber das zählt bei den grünen Marsmenschen wenig, denn Liebe zwischen Eltern und Kind ist ihnen ebenso unbekannt wie uns selbstverständlich. Ich sehe in diesem schrecklichen System, das seit Jahrhunderten existiert, den eigentlichen Grund für das Fehlen aller edleren Gefühle und aller höheren menschlichen Instinkte bei diesen armen Kreaturen. Von Geburt an wissen sie nichts von Vater- oder Mutterliebe, sie kennen nicht die Bedeutung des Wortes Zuhause, man lehrt sie, daß sie nur solange geduldet werden, bis sie durch ihre äußere Erscheinung und ihre Gewalttätigkeit beweisen, daß sie lebensfähig sind. Sollten sie sich in irgendeiner Form als verunstaltet oder unvollkommen erweisen, werden sie unverzüglich erschossen. Auch hegen sie kein Bedauern auch nur für eine der vielen Grausamkeiten, die ihnen von frühester Kindheit an angetan werden.

Ich meine damit nicht, daß die Erwachsenen auf dem Mars jungen Menschen gegenüber unnötigerweise oder absichtlich grausam sind, aber sie führen einen harten und erbarmungslosen Existenzkampf auf einem sterbenden Planeten, dessen natürliche Rohstoffe soweit abgenommen haben, daß die Erhaltung eines jeden zusätzlichen Lebens eine weitere Belastung für die jeweilige Gemeinschaft bedeutet.

Durch sorgfältige Auswahl ziehen sie nur die widerstandsfähigsten Exemplare jeder Gattung auf und regulieren mit fast übernatürlicher Voraussicht die Geburtenrate so, daß lediglich die Sterbefälle ausgeglichen werden. Jede erwachsene Frau auf dem Mars legt jährlich ungefähr dreizehn Eier, und alle, die einer bestimmten Größe und Gewicht entsprechen, werden in den Tiefen eines unterirdischen Gewölbes versteckt, wo die Temperatur zum Ausbrüten zu niedrig ist. Jedes Jahr untersucht ein Rat von zwanzig Anführern diese Eier sorgfältig, und von jeder jährlichen Ausbeute werden bis auf etwa einhundert der besten Eier alle anderen zerstört. Nach fünf Jahren sind vielleicht fünfhundert Eier von den Tausenden übriggeblieben. Diese werden in die fast luftdichten Brutstationen gebracht, wo sie im Verlaufe weiterer fünf Jahre von den Sonnenstrahlen ausgebrütet werden. Das Schlüpfen, wie wir es heute verfolgten, verlief in der üblichen Weise. Bis auf ein Prozent der Jungen schlüpfen alle innerhalb von zwei Tagen. Sollten aus den zurückgelassenen Eiern noch welche herausgekrochen sein, so erfuhren wir nie etwas von ihrem Schicksal. Sie waren ungewollt, da ihre Nachkommen die Tendenz zu verlängertem Ausbrüten vererben und so das System durcheinanderbringen würden, das jahrhundertelang funktioniert hatte und es den erwachsenen Marsmenschen erlaubte, auf die Stunde genau den richtigen Zeitpunkt zu errechnen, zu dem sie zu den Brutstationen zurückkehren mußten.

Die Brutstationen befanden sich in entlegenen Gebieten, wo nur wenig oder gar keine Wahrscheinlichkeit bestand, daß andere Stämme sie entdeckten. Ein solcher Fall hätte eine Katastrophe bedeutet, denn innerhalb der nächsten fünf Jahre gäbe es dann keine Kinder. Später sollte ich miterleben, welche Folgen es hatte, wenn Fremde auf einen solchen Inkubator stießen.

In dieser Gemeinschaft grüner Marsmenschen, wohin mich mein Schicksal verschlagen hatte, lebten etwa dreißigtausend Seelen. Sie bevölkerten ein riesiges Gebiet unfruchtbaren und öden Landes auf der südlichen Halbkugel, hauptsächlich den südwestlichen Teil nahe der Kreuzung zweier so genannter Marskanäle.

Da die Brutstation weit nördlich von dem eigenen Territorium in einem offenbar unbewohnten und wenig besuchten Gebiet errichtet worden war, stand uns eine gewaltige Reise bevor, von der ich natürlich nichts wissen konnte.

Wieder in der toten Stadt angelangt, verbrachte ich einige Tage in verhältnismäßigem Müßiggang. Am Tag nach unserer Rückkehr ritten alle Krieger früh am Morgen fort und kehrten erst kurz vor Einbruch der Dunkelheit zurück. Später erfuhr ich, daß sie sich zu den unterirdischen Höhlen begeben hatten, in denen die Eier gelagert wurden. Diese hatten sie nun zur Brutstation gebracht, dabei die Mauern erneuert und würden die Station aller Wahrscheinlichkeit nach während der nächsten fünf Jahre nicht wieder besuchen.

Die Gewölbe, in denen die Eier bis dahin lagerten, befanden sich viele Meilen südlich des Inkubators, wo ihnen der Rat der zwanzig Befehlshaber alljährlich einen Besuch abstattete. Warum sie die Höhlen und Brutstationen nicht näher bei ihrem Zuhause errichteten, blieb mir immer ein Rätsel, das wie viele andere Rätsel auf dem Mars ungelöst bleiben sollte, da es unserem irdischen Vorstellungsvermögen und unseren Gewohnheiten widersprach.

Nun hatten sich Solas Pflichten verdoppelt, denn sie mußte sich ebenso um den jungen Marsmenschen kümmern wie um mich, indes nahm keiner von uns viel Aufmerksamkeit in Anspruch, und da wir beide hinsichtlich unserer Fähigkeiten auf dem gleichen Stand waren, unterrichtete uns Sola zusammen.

Sie hatte ein Männchen erbeutet, ungefähr vier Fuß groß, sehr stark und von vollkommenem Körperbau. Es lernte schnell, und zumindest ich fand beträchtliches Vergnügen an dem Wettstreit mit ihm. Wie schon gesagt, ist die Sprache der Marsmenschen sehr einfach, und innerhalb einer Woche konnte ich meine Wünsche äußern und verstand selbst fast alles, was man mir mitteilte. Ähnlich entwickelte ich unter Solas Anleitung meine telepathischen Fähigkeiten, so daß ich bald darauf beinahe alles wahrnahm, was um mich herum vor sich ging.

Sola zeigte sich besonders überrascht, daß niemand auch nur das geringste von meinen Gedanken lesen konnte, während ich die Informationen anderer mühelos aufnehmen konnte, auch wenn sie oft nicht an mich gerichtet waren. Zuerst erschien mir das lästig, später war ich darüber sehr froh, da es mir einen unzweifelhaften Vorteil über die Marsmenschen verschaffte.

Eine hübsche Gefangene vom Himmel

Am dritten Tag nach der Zeremonie bei der Brutstation machten wir uns wieder auf den Weg, doch kaum befand sich die Spitze der Kolonne im Flachland vor der Stadt, wurde Befehl zum sofortigen, schnellen Rückzug gegeben. Als hätten sie sich darin jahrelang geübt, lösten sich die grünen Marsmenschen förmlich in Luft auf und verschwanden in den geräumigen Eingängen der nahegelegenen Gebäude, bis nach weniger als drei Minuten vom gesamten Reiterzug, den Fahrzeugen, Dickhäutern und berittenen Kriegern nichts mehr zu sehen war.

Sola und ich hatten uns in ein Gebäude am Stadtrand geflüchtet. Es war dasselbe, in dem ich damals mit den Affen zusammengetroffen war, und da ich wissen wollte, worin die Ursache des plötzlichen Rückzuges bestand, begab ich mich in ein höheres Stockwerk, lugte aus dem Fenster ins Tal und auf die dahinterliegenden Hügel und verstand, warum sie so hastig Schutz gesucht hatten. Ein riesiges graues Fahrzeug, lang und flach, glitt langsam über die nächste Erhebung. Dahinter folgte noch eins und noch eins, bis zwanzig von ihnen, dicht über dem Boden schwebend, majestätisch auf uns zu segelten.

Über den Aufbauten wehte von vorn bis achtern eine seltsame Fahne. Am Bug eines jeden war ein eigentümliches Sinnbild eingezeichnet, das im Sonnenlicht glänzte und sogar aus der Entfernung klar zu erkennen war. Ich konnte Gestalten sehen, die auf den Vorderdecks und Aufbauten der Flugzeuge umherwimmelten. Ob sie uns entdeckt hatten oder sich lediglich die verlassene Stadt anschauten, konnte ich nicht sagen. Auf jeden Fall wurde ihnen ein unfreundlicher Empfang bereitet, denn die grünen Marsmenschen gaben plötzlich und ohne Warnung von den Fenstern der dem Tal zugewandten Gebäude eine verheerende Salve auf die großen Schiffe ab, die so friedlich näherkamen.

Augenblicklich verwandelte sich die Szene wie durch Zauberei. Das vorderste Boot drehte uns die Seite zu, brachte die Waffen in Stellung und erwiderte das Feuer, bewegte sich kurze Zeit parallel zu uns und wendete dann, offensichtlich um einen großen Bogen zu beschreiben und uns abermals die Breitseite zuzukehren. Die anderen

Boote folgten dem ersten, wobei jedes das Feuer auf uns eröffnete, sobald es auf unserer Position war. Unser Feuer ließ nicht einen Moment nach, und ich zweifle, ob auch nur fünfundzwanzig Prozent unserer Schüsse das Ziel verfehlten. Noch nie hatte ich eine solch tödliche Treffgenauigkeit gesehen. Mir schien, als ob bei jedem Schuß auf einem der Boote eine kleine Gestalt darniedersank, während die Fahnen und Aufbauten sich in ein Flammenmeer auflösten, sobald die unfehlbaren Geschosse unserer Krieger auf sie niedergingen.

Das Feuer der Boote war äußerst unwirksam, da die erste Salve die Schiffsbesatzung gänzlich unvorbereitet traf und die Suchgeräte der Gewehre vor den Schüssen ungeschützt waren, wie ich später hörte.

Offensichtlich hat jeder grüne Krieger während des Gefechtes bestimmte Zielpunkte. Ein Teil von ihnen, immer die besten Schützen, nimmt beispielsweise bei einer angreifenden Marinetruppe die drahtlosen Such- und Sichtgeräte der Waffen aufs Korn, ein anderes kleines Kommando kümmert sich auf dieselbe Weise um die kleineren Waffen, andere wiederum um die Schützen, einige um die Offiziere, und bestimmte Gruppen konzentrieren sich auf die übrigen Mitglieder der Besatzung bei den Aufbauten, am Steuer und bei den Propellern.

Zwanzig Minuten nach der ersten Salve schwang die große Flotte herum und schleppte sich in der Richtung davon, aus der sie aufgetaucht war. Einige der Schiffe schwankten deutlich und befanden sich kaum noch unter der Kontrolle der geschwächten Mannschaft. Sie hatten das Feuer gänzlich eingestellt und schienen all ihre Energie nur noch auf das Entkommen zu konzentrieren. Nun stürmten unsere Krieger auf die Dächer unserer Gebäude und verfolgten den abziehenden Flottenverband mit einem anhaltend tödlichen Kugelhagel.

Dennoch tauchte ein Schiff nach dem anderen hinter den angrenzenden Hügeln ab, bis nur noch ein einziges, sich kaum bewegendes zu sehen war. Es hatte den Hauptstoß unseres Angriffs hinnehmen müssen und schien nun gänzlich herrenlos zu sein, da sich an Deck nichts mehr regte. Langsam kam es von seinem Kurs ab, zog einen Bogen und taumelte mitleiderregend auf uns zu. Sofort stellten die Krieger das Feuer ein, denn es war offensichtlich, daß das Schiff völlig wehrlos und weit davon entfernt war, uns Schaden zuzufügen, da es nicht einmal mehr fliehen konnte.

Als es sich der Stadt näherte, liefen die Krieger ihm entgegen, doch es war noch zu weit oben, als daß sie die Decks erreichen konnten. Von meiner günstigen Position konnte ich die Besatzung an Deck verstreut liegen sehen, aber leider nicht feststellen, um welche Art von Geschöpfen es sich handelte. Kein Lebenszeichen war auszumachen, als das Schiff von der leichten Brise langsam in südöstliche Richtung getragen wurde.

Es trieb etwa fünfzig Fuß über der Erde vor sich hin, gefolgt von allen Kriegern bis auf etwa einhundert, die zurück auf die Dächer befohlen worden waren, um gegen die mögliche Rückkehr der Flotte oder das Eintreffen von Verstärkung gewappnet zu sein. Bald wurde klar, daß das Luftschiff eines der Gebäude etwa eine Meile südlich von uns streifen würde, und während ich die Verfolgung beobachtete, sah ich einige Krieger vorausgaloppieren, absitzen und in das betreffende Gebäude rennen.

Kurz bevor das Flugzeug daran stieß, minderten die Marskrieger mit ihren langen Speeren von den Fenstern aus den Aufprall. Innerhalb weniger Augenblicke warfen sie Enterhaken aus, und das große Boot wurde von den Untenstehenden herabgezogen.

Nachdem sie es verankert hatten, durchforschten sie es von vorn bis achtern. Ich sah, wie sie nach Überlebenden suchten, und bald darauf tauchte eine Gruppe von unten auf, die eine kleine Gestalt mit sich zog. Das Geschöpf war nicht halb so groß wie die grünen Marskrieger. Von meinem Balkon aus konnte ich sehen, daß es aufrecht auf zwei Beinen ging, und ich vermutete, daß es sich um ein neues, seltsames und mißgebildetes Marswesen handelte.

Sie brachten den Gefangenen zum Boden und begannen, das Boot systematisch auszuplündern. Dies nahm mehrere Stunden in Anspruch, in denen viele Fuhrwerke dafür eingesetzt wurden, die Beute abzutransportieren, die aus Waffen, Munition, Seidentüchern, Pelzen, Juwelen, seltsam geformten Steingefäßen und Lebensmitteln bestand, einschließlich vieler Wasserfässer, der ersten, die ich seit meiner Ankunft auf dem Mars sah.

Nachdem alles fortgeschleppt worden war, befestigten die Krieger Leinen an dem Fahrzeug und zogen es in südwestlicher Richtung ins Tal hinaus. Einige gingen noch einmal an Bord und waren, soweit ich aus der Entfernung sehen konnte, emsig damit beschäftigt, einige Korbflaschen über den Toten, dem Deck und den Aufbauten des Schiffes auszuleeren.

Als sie damit fertig waren, kletterten sie schnell über die Bordwände und ließen sich an der Abspannung hinunter. Bevor der letzte Krieger das Deck verließ, wandte er sich noch einmal um, warf etwas auf Deck und wartete einen Moment auf das Ergebnis seines Tuns. Als dort, wo der Gegenstand aufgeschlagen war, eine schwache Flamme aufstieg, schwang er sich über die Bordwand und sprang zu Boden. Augenblicklich wurden die Leinen gekappt, und das große Kriegsschiff, durch das Ausplündern wesentlich erleichtert, schwang sich majestätisch auflodernd in die Lüfte, Decks und Aufbauten ein einziges Flammenmeer.

Langsam schwebte es gen Südosten und stieg in dem Maße immer höher, in dem die Flammen die hölzernen Aufbauten verzehrten und so das Gewicht verminderten. Vom Dach des Gebäudes beobachtete ich es stundenlang, bis ich es schließlich in der trüben Ferne aus dem Blick verlor. Der Anblick dieses mächtigen, losgelösten Scheiterhaufens, der herrenlos am öden Marshimmel entlangdriftete, flößte mir Ehrfurcht ein -, ein Wrack des Todes und der Zerstörung, ein Sinnbild für die Lebensgeschichte dieser seltsamen und furchteinflößenden Kreaturen, in deren unfreundliche Arme mich das Schicksal geworfen hatte.

Seltsamerweise war ich äußerst niedergeschlagen, als ich mich langsam nach unten auf die Straße begab. Die Szene, die ich miterlebt hatte, schien die Niederlage und Zerstörung eines mir verwandten Volkes zu bezeichnen, und nicht die Vernichtung einer Horde ähnlicher, unfreundlicher Kreaturen durch unsere grünen Krieger. Ich konnte dieses Gefühl nicht begreifen, noch konnte ich mich davon befreien. Doch irgendwo, tief in meinem Innersten, fühlte ich mich auf seltsame Weise zu diesen unbekannten Widersachern hingezogen und hoffte sehr, daß die Flotte zurückkehren und mit den grünen Kriegern abrechnen möge, die sie so gnadenlos und böswillig angegriffen hatten.

Mir folgte wie üblich Woola, der Hund, und als ich auf der Straße auftauchte, stürmte Sola auf mich zu, als habe sie mich schon gesucht. Der Reiterzug kehrte zum Forum zurück, da für diesen Tag der Heimmarsch abgeblasen worden war. Er wurde auch erst nach einer reichlichen Woche angetreten, da man einen Gegenangriff durch die Flugzeuge befürchtete.

Lorquas Ptomel war ein zu intelligenter und erfahrener Kriegsmann, als daß er sich im offenen Gelände mit einer Kolonne von

Fahrzeugen und Kindern überraschen lassen wollte. Daher blieben wir in der verlassenen Stadt, bis die Gefahr vorüber zu sein schien.

Als Sola und ich am Forum ankamen, geschah etwas, das mich über und über mit Hoffnung erfüllte, gemischt mit Furcht, Jubel und Trauer, wobei dennoch ein schwaches Gefühl von Erleichterung und Glück vorherrschte. Als wir uns der Menge näherten, fing ich einen Blick von dem Gefangenen aus dem Flugzeug auf, während er von einigen grünen Marsmenschen unsanft in ein nahes Gebäude gezerrt wurde.

Die schlanke, mädchenhafte Gestalt ähnelte in jedem Detail der der Frauen auf der Erde. Sie sah mich zuerst nicht, aber als sie im Eingang ihres Gefängnisses verschwand, wandte sie sich um, und unsere Blicke trafen sich. Sie hatte ein ovales, schön geschnittenes Gesicht, feine Züge, große, strahlende Augen und einen dichten Schopf rabenschwarzen, welligen Haares, das lose in einer seltsamen, aber anmutigen Frisur zusammengehalten wurde. Ihre Hautfarbe war hellrot wie Kupfer, das Rubinrot der edel geformten Lippen wirkte merkwürdig schillernd.

Wie die grünen Marsmenschen ihrer Begleitung war sie bar jeder Kleidung, mit Ausnahme des kunstvoll verarbeiteten Schmuckes also völlig nackt, doch hätte auch keinerlei Gewand die Schönheit ihrer vollkommenen, ebenmäßigen Figur mehr betonen können.

Als sie mich ansah, weiteten sich ihre Augen vor Erstaunen, und sie gab mir mit ihrer freien Hand ein kleines Zeichen, das ich natürlich nicht verstehen konnte. Wir blickten uns nur kurz an, dann verblaßte der hoffnungsvolle, zuversichtliche Blick, der ihr Antlitz noch verschönert hatte, und wich äußerster Mutlosigkeit, gemischt mit Abscheu und Verachtung. Ich verstand: Ich hatte ihr Zeichen nicht erwidert. Doch so wenig ich über Bräuche auf dem Mars Bescheid wußte, ich spürte intuitiv, daß sie mich um Beistand und Schutz gebeten hatte. Nur hatte ich auf Grund meiner unseligen Unwissenheit nicht antworten können. Dann wurde sie in den Tiefen des verlassenen Gebäudes meiner Sicht entzogen.

Ich erlerne die Sprache

Als ich wieder zu mir kam und zu Sola blickte, die diesen Zwischenfall mitverfolgt hatte, bemerkte ich zu meinem Erstaunen in ihrem Gesicht anstelle der gewohnten Gleichgültigkeit einen höchst seltsamen Ausdruck. Natürlich konnte ich ihre Gedanken nicht lesen, auch reichten meine Sprachkenntnisse lediglich für den täglichen Bedarf.

Am Eingang unseres Gebäudes erwartete mich eine merkwürdige Überraschung. Ein Krieger trat mit Waffen, Schmuck und vollständiger Kampfausrüstung auf mich zu und überreichte sie mir mit einigen unverständlichen Worten und einem ebenso respektvollen wie drohendem Gebaren.

Später paßte Sola mit Hilfe einiger anderer Frauen die Ausrüstung meinen kleineren Körpermaßen an, so daß ich fortan in voller Kriegsausrüstung umherlief.

Von da an unterwies mich Sola im Gebrauch der verschiedenen Waffen. Auch verbrachte ich viele Stunden für Übungen mit dem jungen Marsmenschen auf dem Forum. Noch war ich nicht sehr gewandt in der Handhabung der Waffen, doch da ich mit ähnlichen auf der Erde bestens vertraut war, wurde ich bald ein ungewöhnlich gelehriger Schüler und kam zu meiner Freude sehr schnell voran.

Um unsere Erziehung kümmerten sich ausschließlich die Frauen, doch bestand ihre Aufgabe nicht nur in der Ausbildung der Jugendlichen auf dem Gebiet der Selbstverteidigung und des Angriffs, sondern auch in der Herstellung jener Gegenstände, die die grünen Marsmenschen bei sich trugen. Sie produzierten das Pulver, die Patronen und die Gewehre. Im Grunde wurde alles von Wert von den Frauen erzeugt. In Kriegszeiten bildeten sie einen Teil der Reservetruppen, und wenn nötig, kämpften sie sogar intelligenter und grausamer als die Männer.

Die Männer werden in den höheren Bereichen der Kriegskunst ausgebildet; sie üben sich in Taktik und in größeren Truppenbewegungen. Gesetze schaffen sie sich nach Bedarf, es gibt für jeden Fall eine neue Regel. In der Rechtsprechung spielen Präzedenzfälle keine Rolle. Bräuche werden über Jahrhunderte überliefert, doch wenn einer einen mißachtet, richten die Mitmenschen des Schuldigen individuell über den Fall, und so denke ich, daß der Gerechtigkeit

Genüge getan wird und sie eher über das Gesetz zu herrschen scheint. Zumindest in einer Hinsicht sind die Marsmenschen ein glückliches Volk: Sie haben keine Rechtsgelehrten.

Ich sah die Gefangene erst einige Tage nach unserem ersten Zusammentreffen wieder, und auch da erhaschte ich nur einen flüchtigen Blick von ihr, als man sie zu dem großen Saal führte, wo ich zum ersten Mal mit Lorquas Ptomel zusammengetroffen war. Mir fiel die unnötige Grausamkeit und Brutalität auf, mit der die Wachen sie behandelten, da sie sich so sehr von der fast mütterlichen Fürsorge Solas und der respektvollen Haltung einiger weniger grüner Marsmenschen unterschied, sofern sie mich überhaupt eines Blickes würdigten.

In den zwei Fällen, in denen ich die Gefangene gesehen hatte, bemerkte ich, daß sie mit ihren Bewachern einige Worte wechselte. Demnach konnten sie sich in einer gemeinsamen Sprache unterhalten oder zumindest verständlich machen. Dadurch angespornt, drängte ich Sola noch mehr, meine Ausbildung zu beschleunigen, und innerhalb weniger Tage beherrschte ich die Sprache hinreichend, um mich einigermaßen unterhalten und alles Gehörte voll verstehen zu können.

Zu dieser Zeit lebten neben Sola, ihrem jungen Mündel, mir und meinem Hund noch drei oder vier Frauen und mehrere kürzlich geschlüpfte Jungen in unseren Schlafräumen. Wenn sie sich zur Nacht zurückgezogen hatten, pflegten sich die Erwachsenen noch für kurze Zeit über alles mögliche zu unterhalten, bevor sie in den Schlaf sanken. Da ich nun die Sprache verstand, wurde ich zu einem eifrigen Zuhörer, obwohl ich niemals selbst eine Bemerkung einwarf.

An dem Abend, nach dem die Gefangene im Audienzzimmer vorgeführt worden war, berührte die Unterhaltung schließlich auch dieses Thema, und ich war augenblicklich ganz Ohr. Ich hatte mich gescheut, Sola über die schöne Gefangene zu befragen, da ich immer wieder den seltsamen Gesichtsausdruck vor Augen hatte, den ich nach meinem Zusammentreffen mit der Gefangenen bei ihr beobachtet hatte. Ich will nicht sagen, daß er von Eifersucht zeugte, doch fühlte ich, zumal ich alles noch immer mit weltlichen Maßstäben maß, daß es besser war, Gleichgültigkeit vorzutäuschen, bis ich Solas Einstellung in dieser Angelegenheit besser kennengelernt hatte.

Sarkoja, eine der älteren Frauen, die mit uns die Schlafräume teilte, war als eine der Wachen im Audienzsaal anwesend gewesen, an sie wandten sich die Fragenden.

Eine der Frauen wollte wissen: "Wann können wir uns an den Todesqualen der Roten erfreuen? Oder behält Lorquas Ptomel, der Jed, sie wegen eines Lösegeldes?"

"Sie haben entschieden, sie mit zu Thark zu nehmen und ihren Todeskampf bei den großen Spielen vor Tal Hajus zur Schau zu stellen", erwiderte Sarkoja.

"Auf welche Art wird sie sterben?" erkundigte sie Sola. "Sie ist sehr klein und sehr schön, ich hatte gehofft, man würde ein Lösegeld für sie fordern."

Sarkoja und die anderen Frauen grunzten ärgerlich angesichts eines solchen Zeichens von Schwäche.

"Du hättest vor einer Million Jahre geboren werden müssen, Sola, als alle Mulden des Landes mit Wasser gefüllt und die Leute so weich waren wie das Zeug, auf dem sie segelten", schnauzte Sarkoja. "Zu unserer Zeit befinden wir uns auf einer Entwicklungsstufe, wo solche Gefühle Anzeichen von Schwäche und Rückfall in alte Verhaltensweisen bedeuten. Tars Tarkas sollte nicht zu Ohren kommen, daß du solche krankhaften Gefühle hegst, da ich bezweifle, daß er jemanden wie dich dann mit einer so ernsthaften Verantwortung wie Mutterschaft betraut."

"An meinem Interesse für diese rote Frau ist nichts Falsches", erwiderte Sola. "Sie hat uns nichts getan, auch würde sie uns keinen Schaden zufügen, wenn wir in ihre Hände fallen würden. Nur die Männer ihres Volkes stehen mit uns im Krieg, und ich denke, daß ihre Haltung uns gegenüber nur die unsrige ihnen gegenüber widerspiegelt. Mit all ihren Leuten leben sie in Frieden, außer, wenn die Pflicht sie zum Krieg auffordert, während wir mit niemandem auskommen, ewig mit allen Stämmen unserer Art in Fehde leben und einander sogar innerhalb unserer Gemeinschaft bekämpfen. Nein, es ist nur eine schreckliche Zeit pausenlosen Blutvergießens von der Stunde, in der wir die Schalen durchbrechen, bis wir uns glückselig den Armen des geheimnisvollen Flusses anvertrauen, des dunklen, uralten Iss', der uns in ein unbekanntes, zumindest aber nicht schrecklicheres und unerträglicheres Dasein trägt! Glücklich ist tatsächlich der, der einen frühen Tod erleidet. Erzähle Tars Tarkas, was du möchtest, er kann mir kein schlimmeres Schicksal bereiten als die Fortsetzung des entsetzlichen Daseins, das wir als unser Leben betrachten."

Die anderen Frauen waren von diesem leidenschaftlichen Ausbruch Solas derart überrascht und erschüttert, daß sie nach einigen allgemeinen Worten des Tadels verstummten und bald darauf einschliefen. Die Episode hatte mich jedoch davon überzeugt, daß Sola dem Mädchen gutgesinnt war, und daß ich großes Glück gehabt hatte, in ihre Hände zu fallen und nicht in die einer jener anderen Frauen. Ich wußte, daß sie mich mochte, und da ich nun herausgefunden hatte, wie sehr sie Grausamkeit und Barbarei haßte, war ich mir sicher, mich darauf verlassen zu können, daß sie mir und dem Mädchen bei der Flucht helfen würde, vorausgesetzt, eine solche lag im Rahmen des Möglichen.

Ich wußte nicht einmal, ob es irgendein besseres Dasein gab, wohin man flüchten konnte, doch strebte ich danach, mein Glück eher bei einem Volk zu versuchen, das mehr nach meiner Art geschaffen war, als länger bei den schrecklichen, blutrünstigen, grünen Marsmenschen zu bleiben. Doch wohin zu fliehen und wie, bereitete mir eben solches Kopfzerbrechen wie für den Erdenmenschen die jahrhundertelange Suche nach der Quelle des ewigen Lebens.

Ich beschloß, Sola bei der ersten Gelegenheit ins Vertrauen zu ziehen und sie ohne Umschweife um Hilfe zu bitten. Mit diesem festen Vorsatz wandte ich mich auf meinen Seidentüchern und Pelzen um und schlief bald den traumlosen und erfrischenden Schlaf eines Marsmenschen.

Kämpfer und Anführer

Am nächsten Morgen war ich schon früh auf den Beinen. Man ließ mir beträchtliche Freiheiten. Wie Sola mir mitgeteilt hatte, durfte ich kommen und gehen, wann und wohin ich wollte, nur nicht die Stadt verlassen. Dennoch warnte sie mich, unbewaffnet loszuziehen, da diese Stadt wie alle anderen ehemaligen Metropolen der vergangenen Zivilisation nun von den großen weißen Affen bevölkert wurde, mit denen ich an meinem zweiten Tag in Berührung gekommen war.

Sie wies mich nachdrücklich darauf hin, die Stadtgrenzen nicht zu überschreiten, und erklärte, daß Woola mich sowieso daran hindern würde. Ich solle keinesfalls seinen Unwillen erregen und seine Warnungen ignorieren, wenn ich dem verbotenen Gebiet zu nahe kam, denn es läge in seiner Natur, mich tot oder lebendig zurückzubringen, sollte ich auf meinen Willen beharren. "Höchstwahrscheinlich aber tot", meinte sie.

An diesem Morgen wollte ich eine neue Straße erkunden, als ich mich plötzlich am Stadtrand wiederfand. Vor mir lagen die flachen Gebirgszüge, durch die sich schmale, einladende Schluchten ihren Weg bahnten. Ich sehne mich danach, das Land vor mir zu durchforschen. Als Nachkomme von Pionieren wollte ich sehen, welche Landschaft sich mir von den unsichtbaren Gipfeln der Höhenzüge eröffnete.

Außerdem schien mir das eine ausgezeichnete Möglichkeit zu bieten, Woola auf die Probe zu stellen. Ich war überzeugt, daß mich das Tier liebte, hatte ich doch mehr Anzeichen von Zuneigung bei ihm feststellen können als bei jedem anderen Lebewesen vom Mars, und ich war überzeugt, daß seine Dankbarkeit, weil ich ihm zweimal das Leben gerettet hatte, sein Pflichtgefühl gegenüber den grausamen und lieblosen Herren mehr als aufwiegen würde.

Als ich mich der Grenzlinie näherte, lief Woola besorgt vor mich und warf sich mit ganzem Gewicht gegen meine Beine. Er wirkte mehr bittend als zornig. Weder bleckte er die großen Stoßzähne, noch stieß er irgendwelche furchteinflößenden, kehligen Laute aus. Da mir die Freundschaft und Geselligkeit meinesgleichen fehlte, hatte ich für Woola und Sola beträchtliche Zuneigung entwickelt, denn der normale Erdenmensch braucht für seine natürlichen Gefühle ein Objekt, deswegen beschloß ich, bei diesem riesigen Untier an einen ähnlichen Instinkt zu appellieren, überzeugt, nicht enttäuscht zu werden.

Ich hatte ihn bis dahin noch nie gestreichelt oder geliebkost. Nun aber setzte ich mich auf den Boden, legte ihm die Arme um den dicken Nacken, streichelte ihn und redete mit ihm in meiner neu erlernten Sprache, wie ich mit meinem Hund zu Hause oder mit jedem anderen Tier geredet hätte. Seine Reaktion auf meine Zärtlichkeiten war äußerst eindrucksvoll; er riß das Maul auf, so weit es ging, entblößte die obere Reihe der Stoßzähne und rollte die Lippe nach oben, bis die großen Augen durch die Falten beinah verborgen waren. Wenn der Leser jemals einen Collie hat lächeln sehen, kann er sich vielleicht vorstellen, wie Woola nun aussah.

Er warf sich auf den Rücken, wälzte sich förmlich zu meinen Füßen, hüpfte umher, sprang mich an, warf mich mit seinem großen Gewicht zu Boden und wand und krümmte sich wie ein Welpe, der einem den Rücken zuwendet, um die ersehnten Streicheleinheiten zu erlangen. Ich konnte der Komik der Situation nicht widerstehen, hielt mir die Seiten und barst vor Lachen, dem ersten, das mir seit vielen Tagen über die Lippen kam, eigentlich dem ersten seit jenem Morgen, als Powell das Lager verließ, sein Pferd, lange ungeritten, ihn unerwartet abwarf, und er kopfüber in einen Topf mit Bohnen stürzte.

Mein Gelächter erschreckte Woola, seine Possen nahmen ein jähes Ende, er kam mitleiderregend angekrochen und legte den häßlichen Kopf auf meinen Schoß. Da fiel mir ein, was Gelächter auf dem Mars bedeutete - Mißhandlung, Leiden und Tod. Ich versuchte, mich zu beruhigen, strich meinem armen Gefährten über Kopf und Rücken, sprach einige Minuten auf ihn ein, befahl ihm dann mit gebieterischer Stimme, mir zu folgen, erhob mich und machte mich auf den Weg zu den Anhöhen.

Fortan gab es zwischen uns weiter keine Fragen hinsichtlich der Autorität. Von diesem Moment an war Woola mein hingebungsvoller Sklave und ich sein einziger und unbestrittener Herr. Ich brauchte bis zu den Hügeln nur einige Minuten, doch blieb mein Interesse unbelohnt. Zahlreiche strahlend bunte und seltsam geformte wilde Blumen wuchsen hier und da in den Schluchten. Vom Gipfel des ersten Hügels erblickte ich in nördlicher Richtung andere Anhöhen, deren Ketten immer mehr anstiegen, bis sie sich in einem Gebirge eindrucksvoller Größe verloren. Später mußte ich allerdings feststellen, daß nur wenige Gipfel auf dem Mars höher als viertausend Fuß waren und höher wirkten als in Wirklichkeit.

Mein Morgenspaziergang besaß für mich eine große Bedeutung, denn nun verstand ich mich vollkommen mit Woola, in dessen sicherem Gewahrsam mich Tars Tarkas wähnte. Mir war klargeworden, daß ich trotz meiner eigentlichen Gefangenschaft frei war, und ich beeilte mich, in die Stadt zu kommen, bevor Woolas Treulosigkeit bei seinen vorherigen Herren ruchbar wurde. Ich entschied mich, nie mehr das mir vorgegebene Revier zu verlassen, bis ich mich ein für allemal herauswagen konnte, weil es andernfalls sicherlich die Einschränkung meiner Freiheiten und wahrscheinlich Woolas Tod zur Folge haben würde, falls man uns entdeckte.

Wieder auf dem Forum angekommen, erblickte ich die Gefangene zum dritten Mal. Sie stand mit ihren Wachen vor dem Eingang zum Audienzsaal, und bei meinem Näherkommen blickte sie mich hochmütig an und wandte mir den Rücken zu. Das Verhalten wirkte sehr fraulich, irdisch fraulich, und obwohl es meinen Stolz verletzte, wurde mir ganz warm ums Herz. Es war gut zu wissen, daß es auf dem Mars noch jemanden gab, der die Instinkte eines zivilisierten Menschen besaß, auch wenn sie sich derart schmerzhaft und kränkend offenbarten.

Hätte eine grüne Marsfrau ihre Abneigung oder Verachtung zeigen wollen, hätte sie es aller Wahrscheinlichkeit nach mit einem Schwertstoß oder der Bewegung des Fingers am Abzug getan. Da ihre Gefühle aber meist verkümmert waren, hätte es einer ernsthaften Verletzung bedurft, um ähnliche Empfindungen in ihr hervorzurufen. Ich muß hinzufügen, daß ich Sola niemals eine grausame oder rauhe Handlung begehen sah. Sie blieb immer unvermindert freundlich und gut. Tatsächlich trug sie Züge einer ausgestorbenen Generation in sich, wie ihre Mitmenschen sagten, liebenswerte Eigenschaften der freundlichen Vorfahren kamen in ihr wieder zum Vorschein.

Als ich sah, daß die Gefangene sich im Mittelpunkt der Aufmerksamkeit befand, blieb ich stehen, um das Geschehen mitzuverfolgen. Ich brauchte nicht lange zu warten, denn bald näherte sich Lorquas Ptomel mit den übrigen Befehlshabern, wies die Wache an, mit der Gefangenen zu folgen, und betrat den Saal. Da ich mir meiner bevorzugten Stellung bewußt und außerdem überzeugt war, daß die Krieger von meinen Sprachkenntnissen nichts ahnten, gelang es mir, den Audienzsaal zu betreten und der Anhörung zu lauschen. Ich hatte

Sola eindringlich gebeten, meine Kenntnisse für sich zu behalten, da ich nicht zum Reden gezwungen werden wollte, bevor ich die Sprache vollkommen beherrschte.

Der Rat hockte sich auf die Stufen des Podiums, während die Gefangene mit ihren zwei Wachen zu seinen Füßen stand. In einer von ihnen erkannte ich Sarkoja. Nun war mir klar, wie sie bei der Anhörung am vorhergehenden Tag anwesend sein konnte, von der sie den Insassen unseres Schlafraumes in der letzten Nacht berichtet hatte. Ihre Haltung gegenüber der Gefangenen war äußerst barsch und brutal. Wenn sie sie festhielt, drückte sie ihre Nägel in das Fleisch des armen Mädchens oder kniff sie auf sehr schmerzhafte Weise in den Arm. Mußten sie den Platz wechseln, versetzte sie ihr entweder einen heftigen Stoß oder schob sie unsanft vor sich her. Sie schien an dieser armen, hilflosen Kreatur all den Haß, die Grausamkeit, die Wildheit und den Groll ihrer neunhundert Jahre auszulassen, die sich in ihren wilden und brutalen Vorfahren im Laufe von Jahrhunderten angesammelt hatten.

Die andere Frau war weniger grausam, eher vollkommen gleichgültig, und hätte man die Gefangene ihr allein überlassen, wie es des Nachts zum Glück der Fall war, hätte sie diese normal behandelt oder überhaupt nicht beachtet.

Als Lorquas Ptomel die Gefangene ansprechen wollte, fiel sein Blick auf mich, und er wandte sich mit Worten und Gesten des Unwillens an Tars Tarkas. Dieser gab eine Antwort, die ich zwar nicht hören konnte, die Lorquas Ptomel jedoch ein Lächeln entlockte. Danach schenkten sie mir keine weitere Beachtung.

"Wie ist dein Name?" fragte Lorquas Ptomel die Gefangene.

"Dejah Thoris, Tochter des Mors Kajak von Helium."

"Welcher Art war eure Expedition?" setzte er fort.

"Sie diente ausschließlich wissenschaftlichen Zwecken. Unsere Gruppe wurde vom Vater meines Vaters, dem Jeddak von Helium, ausgesendet, um die Luftströme neu zu verzeichnen und die Dichte der Atmosphäre zu prüfen", erwiderte die hübsche Gefangene mit leiser und wohlklingender Stimme.

"Wir waren auf einen Kampf nicht vorbereitet, da wir uns auf einer friedlichen Mission befanden, wie unsere Fahnen und die Farben unserer Fahrzeuge zeigten", fuhr sie fort. "Die Arbeit, die wir verrichteten, lag ebenso in eurem Interesse wie in unserem, denn ihr wißt sehr wohl, daß es ohne unsere Bemühungen und unsere wissenschaftlichen Erkenntnisse auf dem Mars nicht einmal genug Luft und Wasser für einen einzigen Menschen gäbe. Jahrhundertelang haben wir die Luft- und Wasserversorgung ohne nennenswerte Verluste auf praktisch demselben Punkt gehalten, und das trotz eures brutalen und dummen Widerstandes.

Warum nur könnt ihr nicht lernen, mit euresgleichen in friedlichem Einvernehmen zu leben, warum geht ihr seit Jahrhunderten eurem endgültigen Aussterben entgegen und unterscheidet euch dabei nicht sehr von den stummen Kreaturen, die euch dienen! Ein Volk ohne Schrift, ohne Kunst, ohne Heimat, ohne Liebe, Opfer eines uralten, schrecklichen Gemeinschaftssinnes. Ihr besitzt alles gemeinschaftlich, sogar eure Frauen und Kinder, und im Ergebnis gehört euch überhaupt nichts. Ihr haßt einander, wie ihr alles außer euch selbst haßt. Kehrt um, lebt wie eure Vorfahren, tretet in das Licht der Freundlichkeit und Gemeinsamkeit. Der Weg steht euch offen, die roten Menschen reichen euch die Hand, um euch zu helfen. Gemeinsam können wir noch mehr tun, um unseren sterbenden Planeten neu zu gestalten. Die Enkelin des größten und mächtigsten der roten Jeddaks fragt euch. Werdet ihr kommen?"

Lorquas Ptomel und die Krieger blieben schweigend sitzen und blickten die junge Frau einige Augenblicke nach ihrer Rede forschend an. Was in ihren Köpfen vor sich ging, weiß kein Mensch, doch ich glaube, daß sie ernsthaft bewegt waren, und wenn ein Mann von Bedeutung unter ihnen stark genug gewesen wäre, sich den Bräuchen zu widersetzen, hätte dieser Moment den Beginn einer neuen und mächtigen Ära auf dem Mars bezeichnet.

Ich sah, wie Tars Tarkas sich erhob um zu antworten, ein Ausdruck auf seinem Gesicht, wie ich ihn noch bei keinem grünen Marskrieger gesehen hatte. Es sprach von einem mächtigen inneren Kampf mit sich selbst, mit dem Erbe, mit jahrhundertealtem Brauchtum, und als er den Mund auftat, erhellte für einen kurzen Moment ein beinahe gütiger, freundlicher Schein sein finsteres und furchteinflößendes Gesicht.

Welche bedeutenden Worte ihm auch über die Lippen kommen sollten, sie wurden nie gesprochen, da in diesem Augenblick ein junger Krieger, der offensichtlich die Gedankengänge der älteren Männer spürte, von den Stufen des Podiums sprang und der zierlichen Gefangenen einen kräftigen Schlag ins Gesicht versetzte, der sie zu Boden stürzen ließ. Dann setzte er den Fuß auf ihren Körper, wandte sich an den versammelten Rat und brach in ein dröhnendes und mitleidsloses Gelächter aus.

Einen Augenblick lang glaubte ich, Tars Tarkas würde ihn totschlagen, auch verhieß der Anblick von Lorquas Ptomel gegenüber dem Unhold nichts Gutes, doch die Stimmung verflog, das alte Ich erlangte bei ihnen wieder die Überlegenheit und sie lächelten. Dennoch war bemerkenswert, daß sie nicht laut lachten, denn nach dem Humorverständnis der grünen Menschen war die Handlung des Grobians eigentlich ungeheuer spaßig.

Ich habe jetzt einige Augenblicke darauf verwendet, einen Teil des Geschehens niederzuschreiben. Das bedeutet nicht, daß ich eine solch lange Zeit untätig geblieben wäre. Ich denke, ich muß das Kommende geahnt haben, denn mir fällt ein, daß ich bereits zum Sprung angesetzt hatte, als ich ihn zum Schlag ausholen sah, und noch bevor die Hand ihr nach oben gewandtes, flehentlich blickendes Gesicht traf, war ich unterwegs.

Kaum ließ er sein schreckliches Gelächter zum ersten Mal erschallen, da war ich schon auf ihm. Der Unhold war zwölf Fuß groß und bis an die Zähne bewaffnet, aber ich glaube, ich hätte es in meiner Wut mit dem ganzen Saal aufnehmen können. Ich sprang nach oben, und als er sich auf meinen Warnschrei hin umwandte, schlug ich ihn mitten ins Gesicht. Er griff zu seinem Dolch, und auch ich zückte meinen, sprang wieder hoch, hakte mich mit dem einen Bein an seinem Pistolengriff fest und packte mit der linken einen seiner riesigen Hauer, während ich ihm einen Dolchstoß nach dem anderen in die Brust versetzte.

Er konnte seinen Dolch nicht nutzen, da ich zu nahe bei ihm war. Auch gelang es ihm nicht, die Pistole zu ziehen. Das stand auch in scharfem Gegensatz zu der Sitte auf dem Mars, die es untersagte, einen Krieger des eigenen Stammes im Zweikampf mit einer Waffe zu bekämpfen, mit der man nicht angegriffen worden ist. Eigentlich konnte er nur versuchen, mich loszuwerden. Er tat dies mit aller Kraft, doch umsonst. Trotz seines massigen Körpers war er, wenn überhaupt, nur wenig stärker als ich, und es dauerte lediglich ein oder zwei Augenblicke, bis er leblos und blutüberströmt zu Boden sank.

Dejah Thoris hatte sich etwas aufgerichtet und den Kampf mit großen, überraschten Augen verfolgt. Als ich wieder auf den Füßen stand, nahm ich sie auf die Arme und trug sie zu einer der Bänke an einer Seite des Saales.

Wieder griff kein Marsmensch ein. Ich riß einen Streifen Seide von meinem Umhang und versuchte, das Blut zu stillen, das ihr aus der Nase strömte, mit gutem Erfolg, denn ihre Verletzungen waren kaum mehr als gewöhnliches Nasenbluten, und als sie sprechen konnte, legte sie mir die Hand auf den Arm, blickte mich an und sagte: "Warum hast du das getan? Du, der du mir in der ersten Stunde meines Leidens nicht einmal den freundlichen Erkennensgruß entbotest! Du riskierst dein Leben und tötest um meinetwillen einen deiner Kameraden. Ich verstehe das nicht. Welch seltsamer Mensch bist du, daß du mit den grünen Marsmenschen verkehrst, obwohl du aussiehst wie jemand aus meinem Volk, während deine Hautfarbe nur ein wenig dunkler ist als jene der weißen Affen. Sag mir, bist du ein Mensch oder mehr als ein Mensch?"

"Das ist eine seltsame Geschichte", erwiderte ich. "Sie ist zu lang, um sie dir jetzt zu erzählen, und von einer Art, daß ich sie selber nicht für wahr halten kann und nicht zu hoffen wage, daß andere sie mir glauben. Gib dich im Augenblick damit zufrieden, daß ich dein Freund bin, und soweit es unsere Bewacher erlauben, dein Beschützer und Diener."

"Dann bist auch du ein Gefangener? Warum besitzt du dann die Waffen und den Schmuck eines Befehlshabers von Thark? Wie ist dein Name? Wo befindet sich dein Land?"

"Ja, Dejah Thoris, auch ich bin ein Gefangener, mein Name ist John Carter und ich nenne Virginia meine Heimat, einen der Vereinigten Staaten von Amerika auf der Erde. Warum man mir erlaubt, Waffen zu tragen, weiß ich nicht, auch war mir unbekannt, daß meine Insignien die eines Anführers sind."

An dieser Stelle wurden wir von einem Krieger unterbrochen, der Waffen, Ausrüstung und Schmuck trug, und binnen einer Sekunde hatte sich eine ihrer Fragen erübrigt. Mir fiel es wie Schuppen von den Augen. Ich sah, daß man meinem toten Gegner die Ausrüstung abgenommen hatte, und erkannte in dem drohenden und gleichzeitig respektvollen Auftreten desjenigen, der mir diese Trophäen überreichte, dieselbe Einstellung wie damals, als mir der andere Krieger meine erste Ausrüstung gebracht hatte. Nun wurde mir zum ersten Mal bewußt, daß mein Kampf im Audienzsaal für meinen Gegner tödlich verlaufen war.

Damit wurde auch der Grund für die allgemeine Einstellung mir gegenüber deutlich. Ich hatte mir sozusagen meine Sporen verdient, nach jenem rauhen Recht, das die Angelegenheiten auf dem Mars immer regelte und mich den Mars unter anderem als Planet der Widersprüche bezeichnen läßt. Man erwies mir die Ehren, die dem Sieger gebührten und verlieh mir die Ausrüstung und die Position des Mannes, den ich getötet hatte. Ich besaß wahrhaftig Befehlsgewalt auf dem Mars, und wie ich später erfuhr, resultierte daraus meine Freiheit. Deswegen hatte man mich im Audienzsaal geduldet.

Als ich mich umwandte, um die Habseligkeiten des toten Kriegers in Empfang zu nehmen, bemerkte ich, daß Tars Tarkas und einige andere auf uns zukamen. Ersterer blickte mich spöttisch an und fragte: "Du sprichst die Sprache von Barsoom sehr flüssig für jemanden, der uns gegenüber noch vor einigen Tagen taubstumm war. Wo hast du sie gelernt, John Carter?"

"Du selbst bist dafür verantwortlich, Tars Tarkas, da du mir eine bemerkenswert gute Lehrerin gegeben hast; ich verdanke mein Wissen Sola", erwiderte ich.

"Sie hat gute Arbeit geleistet", entgegnete er. "Dennoch bedarf deine Erziehung noch der Vervollkommnung. Weißt du, was deine unerwartete Tollkühnheit dich gekostet hätte, wenn du keinen der beiden Anführer getötet hättest, deren Ausrüstung du nun an dir trägst?"

"Ich nehme an, daß einer von ihnen mich umgebracht hätte", antwortete ich lächelnd.

"Nein, da irrst du. Nur in Notwehr würde ein Marsmensch einen Gefangenen töten. Wir heben sie uns lieber für andere Zwecke auf." Sein Gesicht sprach Bände über die Möglichkeiten, die man besser schnell vergaß.

"Nur eine Sache kann dich nun retten", fuhr er fort. "Sollte Tal Hajus dich in Anerkennung deines bemerkenswerten Mutes, deiner Grausamkeit und deines außergewöhnlichen Könnens für wert erachten, ihm zu Diensten zu sein, würde man dich als voll berechtigten Thark in unsere Gemeinschaft aufnehmen. Bis wir das Hauptquartier von Tal Hajus erreichen, soll dir nach Lorquas Ptomels Willen für dein Handeln die gebührende Achtung zuteil werden. Du wirst von uns wie ein Befehlshaber von Thark behandelt, doch darfst du nicht vergessen, daß jeder Anführer deines Ranges dafür verantwortlich ist, dich unserem mächtigen und erbarmungslosen Herrscher unversehrt zu übergeben. Ich habe gesprochen."

"Ich habe gehört, Tars Tarkas", antwortete ich. "Wie du weißt, stamme ich nicht aus Barsoom, eure Gewohnheiten sind nicht die meinigen, und ich kann auch zukünftig nur so handeln wie bisher, in Übereinstimmung mit meinem Gewissen und nach den Regeln meines eigenen Volkes. Wenn du mich gehen läßt, werde ich in Frieden gehen. Wenn nicht, sollen die Bewohner von Barsoom, mit denen ich zu tun habe, entweder meine Rechte als Fremder respektieren, oder sich mit den etwaigen Folgen auseinandersetzen. Eines kann ich dir jedoch versichern: Was auch immer ihr mit dieser unglückseligen jungen Frau letztendlich zu tun beabsichtigt, wer sie in Zukunft verletzt oder beleidigt, muß damit rechnen, sich mir gegenüber dafür zu rechtfertigen. Ich verstehe, daß Gefühle wie Großzügigkeit und Liebenswürdigkeit für euch nicht zählen. Für mich sind sie jedoch wichtig, und ich kann auch eure tapfersten Krieger davon überzeugen, daß diese Eigenschaften die Fähigkeit zu kämpfen nicht ausschließen."

Normalerweise bin ich kein großer Redner, auch hatte ich mich nie zuvor zu schwülstigen Äußerungen hinreißen lassen. Doch ich hatte den Grundton in der Seele der grünen Marsmenschen gesucht und gefunden, denn meine leidenschaftliche Rede beeindruckte sie offenkundig zutiefst, und sie nahmen mir gegenüber danach eine noch ehrfürchtigere Haltung ein.

Tars Tarkas schien meine Antwort zufriedenzustellen, doch seine knappe Antwort blieb mehr oder weniger rätselhaft. "Und ich denke, ich kenne Tal Hajus, Jeddak von Thark."

Nun wandte ich meine Aufmerksamkeit Dejah Thoris zu, half ihr auf, wandte mich mit ihr dem Ausgang zu, und ignorierte dabei völlig die wartenden Harpyien und fragenden Blicke der Anführer. War ich nicht auch ein Anführer? Dann wollte ich auch die Verantwortung eines solchen übernehmen. Sie belästigten uns nicht weiter, und so verließen Dejah Thoris, Prinzessin von Helium, und John Carter, Gentleman von Virginia, gefolgt vom treuen Woola in völliger Stille den Audienzsaal von Lorquas Ptomel, dem Jed der Thark von Barsoom.

Mit Dejah Thoris

Draußen kamen die zwei Wachfrauen herbeigeeilt, die Dejah Thoris zugeteilt worden waren, und wollten sie wieder in ihren Gewahrsam nehmen. Ich spürte, wie das arme Mädchen meine Nähe suchte und sich mit ihren kleinen Händen an meinen Arm klammerte, scheuchte die Frauen weg und teilte ihnen mit, Sola würde sich von nun an um die Gefangene kümmern. Außerdem gab ich Sarkoja zu verstehen, daß jede weitere Grausamkeit gegenüber Dejah Thoris ihren plötzlichen und schmerzhaften Tod zur Folge haben würde.

Mit dieser unglückseligen Drohung tat ich Dejah Thoris keinen Gefallen, denn wie ich später erfuhr, töten Männer auf dem Mars keine Frauen und auch umgekehrt nicht. So funkelte sie uns lediglich böse an und verschwand, um weitere Teufeleien gegen uns auszuhecken.

Bald machte ich Sola ausfindig und erklärte ihr, daß ich wünschte, Dejah Thoris so zu bewachen wie mich. Sie möge bitte andere Schlafquartiere suchen, wo Sarkoja sie nicht belästigen könne. Schließlich teilte ich ihr mit, daß ich mir bei den Männern eine Bleibe suchen würde.

Sola blickte auf die Ausrüstung, die ich in der Hand und über der Schulter trug.

"Du mußt jetzt ein hoher Befehlshaber sein, John Carter, und ich muß dir gehorchen, obwohl ich dir in jedem Falle gern behilflich bin", sagte sie. "Der Mann, dessen Schmuck du trägst, war trotz seiner Jugend ein großer Krieger. Er hatte sich durch seine Siege eine Stellung unweit von Tars Tarkas erkämpft, der, wie du weißt, an zweiter Stelle nach Lorquas Ptomel kommt. Du bist der elfte. Es gibt nur zehn Anführer dieser Gemeinschaft, die auf Grund deiner Begabung mit dir auf einer Stufe stehen."

"Und wenn ich Lorquas Ptomel tötete?" fragte ich.

"Dann wärst du an erster Stelle, John Carter, doch wird dir die Ehre eines Zweikampfes mit Lorquas Ptomel nur nach dem Willen des gesamten Rates zuteil. Sollte er dich jedoch angreifen, kannst du dich verteidigen, und wenn du ihn tötest, gewinnst du den ersten Platz."

Ich lachte und wechselte das Thema, denn ich verspürte nicht den geringsten Wunsch, Lorquas Ptomel zu töten, und noch weniger den, ein Jed bei den Thark zu werden.

Ich begleitete Sola und Dejah Thoris auf der Suche nach einer neuen Bleibe, die wir schließlich in der Nähe des Audienzsaals fanden. Das Gebäude besaß eine weitaus anspruchsvollere Architektur als unsere vorherige Unterkunft. Hier entdeckten wir richtige Schlafräume mit altertümlichen Betten aus kunstvoll verarbeitetem Metall, die mit riesigen Goldketten an der Decke befestigt waren. Die Wände waren aufs außergewöhnlichste dekoriert. Im Unterschied zu den Fresken in den anderen Gebäuden zeigten sie auf den Bildern viele menschliche Figuren, Menschen wie mich, mit einer viel helleren Hautfarbe als Dejah Thoris. Sie trugen prächtige, wallende Gewänder, die reichhaltig mit Metallschmuck und Juwelen verziert waren. Ihr üppiges Haar besaß einen schönen goldenen und rötlichen Bronzeton. Die Männer waren bartlos, und nur wenige trugen Waffen. Die meisten Szenen zeigten hellhäutige, hellhaarige Menschen beim Spiel.

Dejah Thoris klatschte entzückt in die Hände, als sie diese prächtigen Kunstwerke einer längst ausgestorbenen Generation erblickte, während Sola sie hingegen offensichtlich gar nicht wahrnahm.

Wir entschieden, daß Sola und Dejah Thoris diesen Raum nutzen sollten. Er lag im zweiten Geschoß und gestattete einen Blick über den Platz, während im Nebenraum und im Hintergrund Raum für die Gerätschaften und zum Kochen war. Dann schickte ich Sola nach dem Bettzeug, Nahrung und anderen notwendigen Utensilien und versicherte ihr, Dejah Thoris bis zu ihrer Rückkehr zu bewachen.

Als Sola verschwunden war, wandte sich Dejah Thoris mit einem flüchtigen Lächeln an mich.

"Und wohin sollte deine Gefangene fliehen, wenn du sie verläßt, falls sie dir nicht folgt und dich um Schutz und darum bittet, ihr die grausamen Gedanken zu verzeihen, die sie in den vergangenen Tagen dir gegenüber hegte?"

"Du hast recht, es gibt für keinen von uns eine Fluchtmöglichkeit, es sei denn eine gemeinsame", antwortete ich.

"Ich habe deine Worte an jene Kreatur vernommen, die du Tars Tarkas nennst, und ich denke, ich kann deine Stellung in diesem Volk verstehen. Was ich jedoch nicht fassen kann, ist deine Behauptung, du seiest nicht von Barsoom.

Im Namen des ersten Menschen, woher sollst du sonst sein? Du ähnelst meinem Volk und bist doch so anders. Du sprichst meine Sprache, und dennoch hörte ich, wie du Tars Tarkas mitteiltest, du habest sie erst kürzlich gelernt. Alle Bewohner von Barsoom, von der nördlichen bis zur südlichen Eisdecke, sprechen dieselbe Sprache, auch wenn ihre Schrift sich unterscheidet. Nur im Tal Dor, wo der Fluß Iss in das Verlorene Meer von Korus mündet, soll es eine andere Sprache geben, und mit Ausnahme der Legenden unserer Vorfahren haben wir keinen Nachweis, daß jemals ein Bewohner von Barsoom vom Fluß Iss und den Ufern des Korus im Tal Dor zurückgekehrt ist. Sage nicht, daß du von dort stammst! Sie würden dich überall auf Barsoom auf entsetzliche Weise zu Tode bringen, wenn das der Wahrheit entspräche. Sage mir, daß es nicht so ist!"

Ihre Augen strahlten in einem sonderbaren, rätselhaften Licht, ihre Stimme klang flehentlich, und sie drückte ihre kleinen Hände gegen meine Brust, als wolle sie das 'Nein' förmlich aus mir herauspressen.

"Ich kenne eure Sitten nicht, Dejah Thoris, aber in meinem Virginia lügt ein Gentleman nicht, um sich zu retten. Ich stamme nicht aus dem Tal Dor, ich habe den rätselhaften Iss noch nie gesehen und das versunkene Meer von Korus ist für mich ein Rätsel. Glaubst du mir?"

Mir fiel auf, wie sehr mir daran lag, daß sie mir vertraute. Nicht, daß ich die Folgen fürchtete, falls man wirklich annahm, ich sei vom Himmel oder aus der Hölle von Barsoom zurückgekehrt, was auch immer das war. Warum dann? Warum sollte mich kümmern, was sie dachte? Ich blickte auf sie herab, in ihr emporgewandtes Gesicht. Ihre wunderschönen Augen eröffneten mir die Tiefen ihrer Seele, und als unsere Blicke sich trafen, erkannte ich den Grund und erschauderte.

Ähnliche Gefühle schienen sie zu bewegen. Mit einem Seufzer wandte sie sich von mir ab, wandte mir dann wieder das schöne, ernste Gesicht zu und flüsterte: "Ich glaube dir, John Carter. Zwar weiß ich nicht, was ein 'Gentleman' ist. Auch habe noch nie etwas von Virginia gehört, aber auf Barsoom lügt kein Mann. Will er nicht die Wahrheit sagen, schweigt er lieber. Wo liegt dein Land Virginia, John Carter?" fragte sie, und mir schien, als sei dieser reizvolle Name meiner reizvollen Heimat nie klangvoller ausgesprochen worden denn an jenem längst vergangenen Tag von diesen vollkommenen Lippen.

"Ich stamme aus einer anderen Welt, von dem großen Planeten Erde, der sich um unsere gemeinsame Sonne dreht und im Weltall der nächste Planet zu Barsoom ist, welchen wir unter dem Namen 'Mars' kennen", entgegnete ich. "Wie ich hierher gekommen bin, kann ich nicht sagen, da ich es nicht weiß. Aber ich bin nun einmal hier, und da meine Gegenwart es mir erlaubt, Dejah Thoris zu dienen, bin ich sehr froh darüber."

Sie sah mich lange und fragend an. Daß es schwierig war, meiner Behauptung Glauben zu schenken, wußte ich sehr wohl, auch konnte ich nicht darauf hoffen, so sehr ich mich nach ihrem Vertrauen und ihrem Respekt sehnte. Viel lieber hätte ich ihr überhaupt nichts von meinem Vorleben erzählt, doch könnte kein Mann ihr in die tiefen Augen blicken und ihr den kleinsten Wunsch abschlagen.

Schließlich lächelte sie, hob den Kopf und sagte. "Ich werde dir glauben müssen, obwohl ich nicht verstehe. Mir ist völlig klar, daß du nicht aus dem heutigen Barsoom stammst. Du bist wie wir und dennoch anders - aber warum sollte ich mir meinen armen Kopf über solch ein Problem zerbrechen, wenn mir mein Herz sagt, daß ich dir glaube, weil ich es will."

Es war eine gute Logik, eine irdische, weibliche Logik, und wenn es sie zufriedenstellte, konnte ich daran nichts aussetzen. Eigentlich war es die einzige Art von Logik, mit der man an mein Problem herangehen konnte. Danach unterhielten wir uns über allgemeine Dinge und stellten einander viele Fragen. Sie wollte unbedingt etwas über die Bräuche meines Volkes erfahren und verfügte über ein bemerkenswertes Wissen hinsichtlich der Geschehnisse auf der Erde. Als ich sie geradewegs fragte, wieso ihr diese so vertraut waren, lachte sie und rief: "Na, jeder Schuljunge von Barsoom kennt die Geographie eures Planeten und weiß ebenso gut über dessen Fauna und Flora sowie über eure Geschichte Bescheid wie über seinen eigenen. Können wir nicht alles sehen, was auf der Erde vor sich geht, wie du sie nennst, steht sie nicht deutlich sichtbar am Himmel?"

Ich muß zugeben, daß ich nun ebenso verblüfft war wie sie zuvor durch meine Erklärung, und teilte ihr dies mit. So erklärte sie mir dann die Grundprinzipien der Apparate, die ihr Volk seit Jahrhunderten nutzte und weiterentwickelt hatte. Sie ermöglichten es ihnen, ein geschlossenes Bild von dem, was auf jedem Planet und auf vielen Sternen vor sich ging, auf einen Bildschirm zu projizieren. Diese Abbildungen sind in jeder Hinsicht so makellos, daß man, wenn sie fotografiert und vergrößert sind, Gegenstände von der Größe eines Grashalmes deutlich darauf erkennen kann. Später, in Helium, sah ich viele dieser Bilder und auch die Instrumente, mit denen man sie herstellte.

"Wenn du über die Dinge auf der Erde so gut Bescheid weißt, warum erkennst du mich nicht als einen Bewohner dieses Planeten?" fragte ich.

Erneut lächelte sie nachsichtig, als sei ich ein Kind, dessen Fragerei sie ermüde.

"Weil sich fast auf jedem Planeten und jedem Stern mit ähnlich gearteter Atmosphäre wie Barsoom Formen von Leben zeigen, die dir und mir fast gleichen, und weil außerdem fast alle Erdenmenschen ihren Körper mit seltsamen, unansehnlichen Stoffstücken bedecken und ihre Köpfe mit fürchterlichen Apparaten, deren Sinn wir bisher nicht herausfinden konnten, während ich dich bei den Kriegern der Thark völlig ohne Schmuck und nicht im geringsten verunstaltet vorgefunden habe.

Die Tatsache, daß du keinen Schmuck trugst, ist ein eindeutiger Beweis dafür, daß du nicht von Barsoom bist, während das Fehlen jeglicher, grotesker Verhüllung Zweifel aufkommen läßt, daß du von der Erde stammst."

Ich erzählte ihr dann Einzelheiten über meine Abreise von der Erde, wie mein Körper in der Höhle lag, vollkommen verhüllt mit all den ihr seltsam erscheinenden Kleidungsstücken eines Erdenbürgers. In diesem Moment kehrte Sola mit unserem kümmerlichen Besitz und ihrem jungen Schützling zurück, der natürlich die Behausung mit ihnen teilen würde.

Sola fragte, ob wir während ihrer Abwesenheit Besuch gehabt hätten und schien sehr überrascht zu sein, als wir verneinten. Als sie sich dem Zugang zu den oberen Stockwerken genähert hatte, wo unsere Räume sich befanden, war ihr Sarkoja entgegengekommen. Wir schlußfolgerten, daß diese uns belauscht hatte, aber da wir uns nicht erinnern konnten, über etwas von Wichtigkeit gesprochen zu haben, taten wir die Sache als unwesentlich ab, wobei wir uns schworen, in Zukunft äußerst vorsichtig zu sein.

Dejah Thoris und ich begannen nun, uns die Ausgestaltung und Dekoration der schönen Gemächer unseres Hauses genauer anzuschauen. Sie erzählte mir, daß dieses Volk wahrscheinlich vor über einhunderttausend Jahren seine Blütezeit erlebt hätte. Es waren die frühen Vorfahren ihres Geschlechtes, die sich aber mit einer anderen großen Rasse der Frühzeit, die sehr dunkel, fast schwarz gewesen war, sowie mit einem rötlich gelben Volk vermischt hatten.

Diese drei großen, hochentwickelten Rassen sahen sich dazu

gezwungen, ein großes Bündnis einzugehen, da sie auf Grund des Austrocknens der Marsmeere die vergleichsweise wenigen und immer kleiner werdenden fruchtbaren Gebiete aufsuchen und sich unter den neuen Lebensbedingungen gegen die wilden Horden der grünen Menschen verteidigen mußten.

Dem jahrhundertelangen Zusammenleben entsprang das Volk der roten Menschen, dem auch Dejah Thoris angehörte. Im Verlaufe der Jahrhunderte andauernden Schwierigkeiten und der ständigen Kriege untereinander und mit den grünen Menschen gingen viele Errungenschaften der hochentwickelten Zivilisation sowie zahlreiche Kunstwerke der hellhaarigen Marsbewohner verloren, noch bevor man sich den veränderten Bedingungen angepaßt hatte. Die roten Menschen von heute glaubten, durch neue Erkenntnisse und eine angebrachte Lebensweise wieder ausgeglichen zu haben, was mit ihren Vorfahren unwiederbringlich dahingegangen war.

Die Marsmenschen von früher waren ein hochentwickeltes und gebildetes Volk, doch während jener mühsamen, jahrhundertelangen Anpassung an neue Lebensbedingungen kam nicht nur ihr Fortschritt und ihre Produktion zum Erliegen, sondern wurden auch all ihre Archive, Aufzeichnungen und ihre Literatur zerstört.

Dejah Thoris erzählte viele interessante Fakten und Legenden über ihre edlen und freundlichen Vorfahren. Sie sagte, die Stadt, in der wir unser Lager aufgeschlagen hatten, sei ein Handels- und Kulturzentrum mit Namen Korad gewesen. Man hatte es an einem schönen, natürlichen, von sanften Hügeln eingeschlossenen Hafen errichtet. Ihren Berichten zufolge war das kleine Tal im Westen der Stadt das einzige, was vom Hafen übriggeblieben war, während der Paß, der durch die Gebirge zum ehemaligen Meeresgrund führte, jener Kanal gewesen sei, durch den die Schiffe vor die Stadttore gelangten.

Überall an den Ufern der früheren Meere befanden sich solche Städte. Je weiter man sich auf dem ausgetrockneten Meeresgrund fortbewegte, desto weniger kleinere Siedlungen fand man, da die Menschen den zurückweichenden Ufern hatten folgen und schließlich zu den sogenannten Marskanälen Zuflucht nehmen müssen.

Die Betrachtung der Gemächer und unsere Unterhaltung hatten uns derart in Anspruch genommen, daß es spät am Nachmittag war, ehe wir uns versahen. Ein Bote brachte uns zurück in die Gegenwart. Lorquas Ptomel ließ mir ausrichten, ich solle unverzüglich zu ihm kommen. Ich verabschiedete mich von Dejah Thoris und Sola, befahl

Woola, auf sie aufzupassen, und eilte in den Audienzsaal, wo ich Lorquas Ptomel und Tars Tarkas auf dem Podium sitzend vorfand.

Ein mit Macht ausgestatteter Gefangener

Als ich eintrat und grüßte, hieß mich Lorquas Ptomel nähertreten, richtete die großen, gräßlichen Augen auf mich und hub an: "Du bist zwar erst einige Tage bei uns, hast dir in dieser Zeit durch dein außergewöhnliches Können jedoch schon eine hohe Position verschafft. Wie dem auch sei, du gehörst nicht zu uns und bist uns nichts schuldig."

„Deine Stellung ist eigentümlich", fuhr er fort. "Du bist ein Gefangener, und dennoch muß deinen Befehlen Folge geleistet werden. Du bist ein Fremder und dennoch ein Anführer der Thark. Du bist ein Zwerg, und dennoch vermagst du einen stattlichen Krieger mit einem einzigen Faustschlag zu töten. Nun wird uns zugetragen, daß du mit der anderen Gefangenen die Flucht planst, einer Gefangenen, die nach eigener Aussage halb glaubt, daß du aus dem Tal Dor zurückgekehrt bist. Jede von diesen beiden Anschuldigungen lieferte, sollte sie sich als wahr herausstellen, ausreichenden Anlaß für deine Hinrichtung, aber wir sind ein gerechtes Volk, und du sollst bei unserer Rückkehr nach Thark einen Prozeß haben, sofern Tal Hajus es befiehlt.

Solltest du mit dem roten Mädchen davonlaufen, bin ich es, der Tal Hajus dafür Rechenschaft ablegen muß, bin ich es, der gegen Tars Tarkas antreten und seine Befehlsgewalt nachweisen muß, oder das Metall meines Leichnams wird an einen besseren Mann übergehen, wie es der Brauch bei den Thark verlangt.

Ich habe mit Tars Tarkas keinen Streit, gemeinsam herrschen wir über die größte Gemeinschaft der grünen Menschen, und wir suchen keinen Zwist. Ich wäre froh, wenn du tot wärest, John Carter. Dennoch darfst du ohne Befehl von Tal Hajus nur unter zwei Bedingungen getötet werden: Wenn du einen von uns angreifst, oder wenn wir dich beim Fluchtversuch erwischen.

Der Gerechtigkeit halber teile ich dir mit, daß wir nur auf eine der beiden Gelegenheiten warten, um dich loszuwerden. Für uns ist die Übergabe des roten Mädchens an Tal Hajus von größter Wichtigkeit. Innerhalb der letzten tausend Jahre haben die Thark niemals einen solchen Fang gemacht. Sie ist die Enkelin des größten der roten Jeddaks, eines unser Erzfeinde. Ich habe gesprochen. Das rote Mädchen hat uns gesagt, wir wären bar jeden menschlichen Gefühls, aber wir sind ein gerechtes und ehrliches Volk. Du darfst gehen."

Ich wandte mich um und verließ das Audienzzimmer. So also sah Sarkojas Rache aus! Ich wußte, daß der Bericht, der so schnell Lorquas Ptomels zu Ohren gekommen war, von niemand anders stammen konnte, und nun fielen mir Bruchstücke unseres Gespräches wieder ein, soweit sie die Flucht und meine Herkunft betrafen.

Sarkoja war zu dieser Zeit Tars Tarkas älteste Vertraute. Als solche besaß sie einen großen Einfluß auf den Herrscher, denn keinem Krieger vertraute Lorquas Ptomels in dem Maße wie seinem fähigsten Stellvertreter, Tars Tarkas.

Anstelle mir jeden Fluchtgedanken ein für allemal auszutreiben, führte meine Audienz bei Lorquas Ptomel jedoch lediglich dazu, daß sich mein gesamtes Streben nunmehr diesem Ziel zuwandte. Mehr denn je war ich mir der absoluten Notwendigkeit der Flucht bewußt, denn ich war überzeugt, daß Dejah Thoris im Hauptlager bei Tal Hajus ein schreckliches Schicksal erwartete.

Nach Solas Beschreibung vereinten sich in diesem Monster Eigenschaften der grausamsten und brutalsten Vorfahren aller Jahrhunderte. Er war kalt, verschlagen und gab sich im Gegensatz zu seinen Mitmenschen jener triebhaften Leidenschaft hin, die aufgrund der schwindenden Notwendigkeit, sich auf diesem sterbenden Planeten fortzupflanzen, fast bei allen Marsmenschen verkümmert war.

Bei dem Gedanken, daß die göttliche Dejah Thoris einem solch degenerierten Unhold in die Klauen fallen konnte, brach mir der kalte Schweiß aus. Es war weitaus besser, sich Kugeln für den letzten Augenblick aufzusparen, wie es jene mutigen Pionierfrauen meines verlorenen Grenzlandes getan hatten, die sich lieber das Leben nahmen als in die Hände indianischer Krieger zu fallen.

Als ich, meinen düsteren Gedanken nachhängend, noch auf dem Platz umherlief, näherte sich mir Tars Tarkas, der aus dem Audienzsaal kam. Sein Auftreten mir gegenüber war unverändert, und er grüßte mich, als hätten wir uns nicht erst vor einigen Augenblicken getrennt.

"Wo ist deine Unterkunft, John Carter?" fragte er mich.

"Ich habe noch keine", entgegnete ich. "Es erschien mir am besten, mir etwas für mich allein zu suchen oder bei den anderen Kriegern zu wohnen. Ich wollte dich deshalb bei Gelegenheit um Rat fragen", sagte ich lächelnd. "Wie du weißt, sind mir noch nicht alle Bräuche der Thark geläufig."

"Komm", befahl er, und gemeinsam gingen wir über den Platz zu einem Gebäude, das zu meiner Freude an jenes grenzte, in dem Sola und ihre Schützlinge untergebracht waren.

"Meine Räume befinden sich im untersten Geschoß dieses Hauses, das zweite ist ebenfalls voll von Kriegern, aber das dritte und die übrigen Stockwerke sind frei, du kannst dir eines davon aussuchen.

Ich verstehe, daß du deine Frau der roten Gefangenen überlassen hast. Wie du gesagt hast, ist deine Art nicht die unsrige, aber du bist ein so guter Kämpfer, daß du tun kannst wie dir beliebt, und wenn du deine Frau der Gefangenen gibst, ist das deine Sache. Als Befehlshaber mußt du jedoch Diener haben, und entsprechend unseren Bräuchen darfst du dir aus dem Gefolge jener, deren Ausrüstung du nun trägst, einige oder alle Frauen nehmen."

Ich bedankte mich, versicherte ihm aber, sehr wohl ohne Hilfe zurechtzukommen, außer bei der Nahrungszubereitung, und er versprach, mir einige Frauen zu schicken, die sich auch um meine Waffen kümmern und Munition herstellten sollten, was seiner Ansicht nach nötig war. Ich bat darum, daß sie auch einige Seidenstoffe und Felle mitbrachten, die mir als Beute des Zweikampfes zustanden, da es des Nachts kalt war und ich keine eigenen besaß.

Er versprach mir Hilfe und verschwand. Auf der Suche nach einer geeigneten Bleibe stieg ich die Wendeltreppe zu den oberen Stockwerken empor. Die Pracht der anderen Gebäude wiederholte sich in diesem, und wie immer befand ich mich bald auf einem Erkundungsgang.

Schließlich wählte ich einen der vorderen Räume des dritten Stockwerkes aus, da ich Dejah Thoris dort näher war, deren Räume sich im zweiten Geschoß des Nebengebäudes befanden. Mich durchfuhr der Gedanke, daß wir irgendwelche Zeichen vereinbaren müßten, für den Fall, sie bräuchte meine Dienste oder meinen Schutz.

Neben meinem Schlafgemach lagen Bäder, Ankleideräume und andere Wohn- und Schlafzimmer, insgesamt zehn auf dem Stockwerk. Die Fenster der hinteren Räume blickten auf einen riesigen Innenhof, den vier Gebäude einschlossen und der nun die verschiedenen Tiere der Krieger aus den angrenzenden Gebäuden beherbergte.

Obwohl der Hof gänzlich von dem gelben Moos bewachsen war, das eigentlich die gesamte Marsoberfläche bedeckt, zeugten zahlreiche Springbrunnen, Skulpturen, Bänke und laubenartige Gebäude von der früheren Anmut dieser Einrichtung, die die blonden, glücklichen Menschen mit ihrer Anwesenheit verschönt hatten, um später von unerbittlichen und unwandelbaren kosmischen Gesetzen aus ihren Heimstätten vertrieben zu werden, so daß außer den Legenden über ihre Abstammung nichts mehr von ihnen bekannt war.

Mit Leichtigkeit konnte man sich das prächtige Laubwerk der reichhaltigen Pflanzenwelt des Mars vorstellen, die diese Szene mit Leben und Farbe erfüllt hatte, die anmutigen und wunderschönen Frauen, die aufrechten, gut aussehenden Männer, die glücklichen und ausgelassenen Kinder - überall eitel Sonnenschein, Glück und Friede. Es war schwierig, sich einzugestehen, daß sie ausgelöscht wurden, durch finstere Jahrhunderte der Ignoranz und Grausamkeit, bis ihre kulturellen und menschlichen Werte erneut in einem Volk auflebten, das sich aus vielen Rassen zusammengefügt hatte und nun auf dem Mars vorherrschte.

Meinen Gedanken wurde durch das Eintreffen einiger junger Frauen Einhalt geboten, die mit Waffen, Seidenstoffen, Fellen, Edelsteinen, Kochutensilien, Fässern mit Lebensmitteln sowie einem beträchtlichen Teil der Beute aus dem Flugzeug beladen waren. All diese Dinge hatten einst den beiden Befehlshabern gehört, die ich getötet hatte, und waren nun nach den auf dem Mars üblichen Bräuchen in meinen Besitz übergegangen. Auf meinen Befehl hin stellten sie die Sachen in einem der hinteren Räume ab und zogen sich zurück, um dann später mit einer neuen Ladung wiederzukommen, die nach ihrer Aussage den übrigen Teil meines Besitzes darstellte. Beim zweiten Mal wurden sie von zehn, fünfzehn weiteren Frauen und Jugendlichen begleitet, die das Gefolge der beiden Anführer gebildet hatten.

Sie waren nicht miteinander verwandt, weder ihre Frauen noch ihre Diener. Die Beziehungen waren eigentümlich und nach unseren Maßstäben schwer zu beschreiben. Bei den grünen Marsmenschen ist alles, mit Ausnahme der persönlichen Waffen, des Schmucks, der seidenen Schlafdecken und der Pelze, gemeinschaftlicher Besitz. Nur auf diese Dinge hat man ein unbestrittenes Recht, davon kann man mehr ansammeln, als man eigentlich benötigt. Die übrigen Sachen befinden sich in Treuhand. Wenn es die Notwendigkeit erfordert, werden sie den jüngeren Mitgliedern der Gesellschaft übergeben.

Die Frauen und Kinder aus dem Gefolge eines Mannes können mit einer militärischen Einheit verglichen werden, für die er auf verschiedene Weise verantwortlich ist. Er hat sie zu unterweisen, zum Gehorsam anzuhalten, für ihren Lebensunterhalt und ihre Bedürfnisse während des andauernden Umherziehens, den endlosen Auseinandersetzungen mit anderen Gemeinschaften sowie den roten Marsmenschen zu sorgen. Seine Frauen sind in keinerlei Hinsicht mit ihm verbunden. Für die grünen Marsmenschen gibt es nicht mal ein entsprechendes Wort für Ehefrau. Ihre Paarung erfolgt lediglich aus gemeinschaftlichem Interesse und ohne Rücksicht auf natürliche Auslese. Der Rat der Anführer jeder Gemeinschaft kontrolliert die Angelegenheit genauso wie der Besitzer eines Rennstalles in Kentucky die Zuchtmethoden bestimmt, um seinen Bestand insgesamt zu verbessern.

In der Theorie mag das gut klingen, wie das oft bei Theorien der Fall ist, doch das Ergebnis dieser unnatürlichen Praxis und des gemeinschaftlichen Engagements für die Nachkommen, das über die Mutterliebe gestellt wird, zeigt sich in den kalten und herzlosen Kreaturen und ihrem düsteren, lieblosen und unwürdigen Dasein.

Natürlich sind die grünen Marsmenschen äußerst anständig, sowohl die Frauen als auch die Männer, solche degenerierten Gestalten wie Tal Hajus ausgenommen, doch ein ausgewogenes Gleichgewicht menschlicher Eigenschaften wäre bei weitem besser, sogar wenn es gelegentlich einen geringen Verlust an Sittsamkeit zur Folge hätte.

Ich stellte fest, daß ich wohl oder übel die Verantwortung über diese Kreaturen übernehmen mußte. Ich beschloß, das beste daraus zu machen, und sandte sie in die oberen Stockwerke, um sich Unterkünfte zu suchen, so daß der dritte Stock mir überlassen blieb. Eines der Mädchen betraute ich mit meiner anspruchslosen Ernährung, die anderen überließ ich ihren verschiedenen Beschäftigungen. Danach sah ich nicht mehr viel von ihnen, und es war mir ganz recht so.

Liebe auf dem Mars

Nach dem Gefecht mit den Luftschiffen blieben wir einige Tage in der Stadt. Man schob den Heimmarsch so weit hinaus, um ganz sicher zu gehen, daß die Schiffe nicht zurückkehren. Selbst ein so kriegerisches Volk wie die grünen Marsmenschen wollten nicht im offenen Land von einem solchen Geschwader überrascht werden.

Während dieser Zeit der Untätigkeit unterwies mich Tars Tarkas in vielen Bräuchen und Kriegskünsten der Thark. So lernte ich reiten wie auch den Umgang mit den großen Reittieren. Diese Kreaturen, sogenannte Thoats, sind ebenso gefährlich und hinterlistig wie ihre Reiter, doch hat man sie einmal gezähmt, lassen sie sich weitgehendst für die Zwecke der grünen Marsmenschen nutzen.

Mir waren zwei dieser Tiere aus dem Besitz der Krieger zugefallen, deren Metall ich trug, und innerhalb kurzer Zeit beherrschte ich sie genauso gut wie die Marsmenschen. Es war nicht allzu kompliziert. Reagierten die Thoats nicht schnell genug auf die durch Gedankenübertragung erteilten Anweisungen, erhielten sie einen furchtbaren Schlag zwischen die Ohren. Wenn sie sich sträubten, setzte man diese Behandlung fort, bis die Untiere sich entweder unterworfen oder ihre Reiter abgeschüttelt hatten.

In letzterem Fall folgte daraufhin ein Kampf auf Leben und Tod zwischen Reiter und Tier. War der Krieger mit der Pistole schnell genug, konnte er sich ein anderes Tier suchen, wenn nicht, lasen seine Frauen die zerfleischten Überreste auf und verbrannten diese, wie es in Thark üblich war.

Auf Grund meiner Erfahrungen mit Woola entschied ich mich, erneut ein Experiment zu wagen und meinen Thoats eine gute Behandlung angedeihen zu lassen. Zuerst zeigte ich ihnen, daß es unmöglich war, mich abzuwerfen, und schlug sie sogar mit aller Kraft zwischen die Ohren, um ihnen zu bedeuten, wer ihr Herr und Meister war. Dann erarbeitete ich mir schrittweise ihr Vertrauen, wie ich es schon unzählige Male auf der Erde mit meinen Pferden getan hatte. Ich hatte bei Tieren immer eine glückliche Hand und behandelte sie stets freundlich und menschlich, auch weil es sich auf Dauer auszahlte und ersprießlicher war. Wenn nötig, konnte ich mit weitaus weniger Skrupeln einem Menschen das Leben nehmen als einem armen Tier, welches des Denkens nicht fähig und demzufolge für sein Handeln nicht verantwortlich war.

Schon nach wenigen Tagen wurden meine Thoats von der gesamten Gemeinschaft bewundert. Sie gehorchten mir wie Hunde, äußerten auf linkische Weise ihre Zuneigung, indem sie die großen Mäuler an meinem Körper rieben, und befolgten derart fügsam und bereitwillig jeden meiner Befehle, daß die Marsmenschen meinten, ich verfügte über irgendeine irdische, auf dem Mars unbekannte Kraft.

"Hast du sie verhext?" fragte mich Tars Tarkas eines Nachmittags, als er beobachtet hatte, wie ich meinen Arm tief in den Schlund eines meiner Thoats schob, dem ein Steinchen zwischen den Zähnen steckengeblieben war, als es vom Moos auf unserem Hof gefressen hatte.

"Durch Freundlichkeit", entgegnete ich. "Du siehst, Tars Tarkas, ein gefühlvolleres Herangehen ist sogar für einen Krieger von Wert. Ich weiß, daß meine Thoats sowohl im Kampfgetümmel als auch auf dem Marsch jedem meiner Befehle folgen werden. Daher erhöht sich meine Leistungsfähigkeit im Kampf und ich bin ein besserer Krieger, weil ich ein freundlicher Gebieter bin. Sollten deine anderen Krieger diese meine Methoden aufgreifen, werden sie feststellen, daß es sowohl für die Gemeinschaft als auch für sie von Vorteil ist. Erst vor einigen Tagen hast du mir erzählt, diese großen Tiere verwandelten auf Grund ihres unbeständigen Temperamentes oftmals einen Sieg in eine Niederlage, da sie sich im entscheidenden Moment womöglich entschließen, ihre Reiter abzuwerfen und zu zerfleischen."

"Zeig mir, wie du das erreicht hast", war Tars Tarkas' einziger Kommentar.

So ausführlich wie möglich erklärte ich ihm, wie ich bei den Tieren vorgegangen war. Später ließ er mich meine Methode vor Lorquas Ptomel und allen anderen Kriegern wiederholen. Dieser Moment kennzeichnete den Beginn eines neuen Dasein für die armen Thoats, und bevor ich die Gemeinschaft von Lorquas Ptomel verließ, beobachtete ich zu meiner Befriedigung ein Regiment derart gefügiger und gehorsamer Reittiere, wie man es gern zu sehen bekommt. Militärische Bewegungen konnten somit wesentlich genauer und schneller durchgeführt werden. Sie sorgten derart für Aufsehen, daß mir Lorquas Ptomel als Zeichen der Wertschätzung meiner Dienste für die Gemeinschaft einen massiv goldenen Fußring von sich schenkte.

Am siebten Tag nach der Schlacht mit den Luftschiffen nahmen wir erneut den Marsch nach Thark auf, da Lorquas Ptomel nun einen Angriff für wenig wahrscheinlich erachtete.

In den Tagen vor unserer Abreise sah ich nur wenig von Dejah Thoris, da ich völlig von der Ausbildung in der Kriegskunst und der Zähmung meiner Thoats in Anspruch genommen wurde. Die wenigen Male, die ich zu ihrer Unterkunft gegangen war, hatte ich sie nicht angetroffen, weil sie mit Sola spazieren ging oder gerade die Gebäude der näheren Umgebung erforschte. Ich hatte sie davor gewarnt, sich allzu weit vom Forum zu entfernen, da ich die großen weißen Affen fürchtete, deren Grausamkeit mir nur zu gut bekannt war. Dennoch bestand verhältnismäßig wenig Grund zur Beunruhigung, zumal Woola sie auf allen Ausflügen begleitete und Sola gut bewaffnet war.

Am Abend vor dem Abmarsch sah ich sie auf einer der großen Straßen herankommen, die aus dem Osten der Stadt zum Platz führte. Ich lief ihnen entgegen, teilte Sola mit, daß nunmehr ich auf Dejah Thoris aufpassen würde, und schickte sie unter irgendeinem nichtigen Vorwand in die Unterkunft. Ich mochte Sola und vertraute ihr, wollte jedoch mit Dejah Thoris allein sein, die für jene menschliche Anteilnahme stand, die ich auf der Erde zurückgelassen hatte. Uns schien äußerst viel miteinander zu verbinden, als wären wir unter demselben Dach geboren worden und nicht auf verschiedenen Planeten, die achtundvierzig Millionen Meilen voneinander entfernt waren.

Ich konnte sicher sein, daß sie in dieser Hinsicht meine Gefühle teilte, denn bei meinem Näherkommen wich der bedauernswert hoffnungslose Blick auf ihrem reizvollen Gesicht einem freudigen Begrüßungslächeln, als sie mir die kleine rechte Hand auf die linke Schulter legte, wie sich nur die roten Marsmenschen willkommen heißen.

"Sarkoja hat Sola erzählt, daß du ein echter Thark geworden bist und daß ich dich nun ebenso oft zu sehen bekommen werde wie jeden anderen Krieger", erzählte sie.

"Sarkoja ist ein Lügenmaul und wird dem stolzen Anspruch der Thark auf absolute Wahrheitstreue nicht gerecht", erwiderte ich.

Dejah Thoris lachte. "Ich wußte, auch wenn du ein Mitglied ihrer Gemeinschaft geworden bist, würdest du dennoch mein Freund bleiben. 'Ein Krieger kann sein Metall ändern, jedoch nicht sein Herz', lautet ein Sprichwort auf Barsoom. Ich denke, sie haben versucht, uns voneinander fernzuhalten. Immer wenn du keinen Dienst hattest, saugte sich eine der älteren Frauen aus Tars Tarkas Gefolge irgendeinen Vorwand aus den Fingern, damit du Sola und mich nicht zu Gesicht bekommst. Sie brachten mich in die Gewölbe unter den Gebäuden, ich mußte ihnen helfen, ihr schreckliches Radiumpulver zu mischen und die fürchterlichen Geschosse herzustellen. Du weißt, daß sie bei künstlichem Licht gefertigt werden müssen, denn sobald sie dem Sonnenlicht ausgesetzt werden, gehen sie in die Luft. Ist dir aufgefallen, daß ihre Kugeln explodieren, wenn sie auf einen Gegenstand treffen? Die undurchsichtige Hülle wird durch den Aufprall zerstört und setzt dabei einen fast festen Glaszylinder frei, in dessen Vorderteil sich ein winziges Partikel Radiumpulver befindet. In dem Augenblick, in dem Sonnenlicht, und sei es noch so diffus, an das Pulver kommt, explodiert dieses mit einer verheerenden Wirkung. Wenn du jemals einen Nachtkampf miterlebst, wird dir das Ausbleiben der Explosionen auffallen, während der darauffolgende Morgen beim ersten Sonnenlicht von lauten Detonationen der in der vorhergehenden Nacht abgesandten Kugeln erfüllt wird. In der Regel verwendet man des Nachts jedoch keine explosive Munition."[1]

Obwohl ich Dejah Thoris' Erklärungen über Details zur Kriegskunst auf dem Mars mit Interesse lauschte, beunruhigte mich eher, wie man sie behandelte. Daß man sie von mir fernhielt, war nicht überraschend. Doch daß man ihr gefährliche und mühsame Arbeiten zuwies, machte mich wütend.

"Haben sie dir irgendwelche Grausamkeiten oder Gemeinheiten zugefügt, Dejah Thoris?" fragte ich und spürte das heiße Blut meiner kriegerischen Vorfahren in mir aufwallen, während ich auf ihre Antwort wartete.

"Nur geringfügig, John Carter", entgegnete sie. "Sie können nur meinen äußeren Stolz verletzen. Schließlich wissen sie, daß ich die Tochter von zehntausend Jeddaks bin und meine Vorfahren ohne Unterbrechung bis zum Erbauer des ersten großen Wasserweges zurückverfolgen kann. Sie kennen nicht einmal ihre leiblichen Mütter und sind deshalb eifersüchtig. Im Innersten hassen sie ihr schreckliches Schicksal und lassen ihren Groll an mir aus, da ich für all das stehe, was sie nicht haben, wonach sie sich am meisten sehnen und was sie nie bekommen. Laß uns Erbarmen mit ihnen haben, mein Gebieter, denn auch wenn wir von ihrer Hand den Tod erleiden,

---

[1] Um dieses Pulver zu beschreiben, habe ich das Wort Radium genutzt, da ich auf Grund kürzlicher Entdeckungen auf der Erde annehme, daß dieses das Grundelement des Gemisches darstellt. Hauptmann Carter verwendet in seinem Manuskript immer die schriftsprachliche Bezeichnung von Helium. Diese Hieroglyphen sind sehr kompliziert und hier kaum wiederzugeben.

können wir uns dieses Mitleid leisten, denn wir stehen über ihnen, und sie wissen das."

Wäre mir bekannt gewesen, welche Bedeutung die Worte 'mein Gebieter' hatten, wenn sie von einer roten Marsfrau an einen Mann gerichtet waren, hätte ich die Überraschung meines Lebens erlebt, doch das erfuhr ich erst nach vielen Monaten. Ja, ich hatte auf Barsoom noch viel zu lernen.

"Ich nehme an, es ist klüger, wie tragen unser Schicksal so würdevoll wie möglich, Dejah Thoris. Nichtsdestoweniger hoffe ich, daß ich das nächste Mal dabei bin, wenn irgendein Marsmensch, sei er grün, rot, rosa oder violett, die Frechheit besitzt, dir gegenüber auch nur die Stirn zu runzeln, meine Prinzessin."

Bei meinen letzten Worten hielt Dejah Thoris den Atem an und starrte mich mit geweiteten Augen an. Dann atmete sie zusehends schneller, und schließlich schüttelte sie mit einem seltsamen kleinen Lachen, das neben ihren Mundwinkeln schelmische Grübchen entstehen ließ, den Kopf und rief: "Was für ein Kind! Ein großer Krieger und dennoch ein ungeschicktes kleines Kind."

"Was habe ich getan?" fragte ich schmerzhaft verlegen.

"Eines Tages wirst du es erfahren, John Carter, wenn wir dann noch am Leben sind. Aber nicht von mir. Und ich, die Tochter von Mors Kajak, dem Sohn von Tardos Mors, habe es ohne Groll vernommen", fügte sie abschließend hinzu.

Dann wurde sie wieder guter Dinge und lachte und scherzte mit mir über mein außergewöhnliches Können als Thark, das im Widerspruch zu meinem guten Herzen und meiner natürlichen Liebenswürdigkeit stand.

"Ich glaube, wenn du zufällig einen Feind verwundest, so nimmst du ihn dann mit nach Hause und pflegst ihn gesund", lachte sie.

"Genau so machen wir das auf der Erde, zumindest unter zivilisierten Menschen", entgegnete ich.

Auch das brachte sie zum Lachen. Sie konnte es nicht verstehen, denn trotz ihrer Zärtlichkeit und bezaubernden Fraulichkeit blieb sie doch ein Marsmensch, und für diesen ist nur ein toter Feind ein guter Feind, denn mit jedem toten Widersacher gibt es unter den Überlebenden mehr aufzuteilen.

Ich war sehr erpicht, zu erfahren, was ich vor einem Augenblick gesagt oder getan hatte, das sie so sehr bestürzt hatte, und so drängte ich sie weiterhin, mich aufzuklären.

"Nein, es genügt, daß du es gesagt hast und ich es vernommen habe. Doch wenn du es erfährst, John Carter, und ich dann schon nicht mehr am Leben sein sollte, was wahrscheinlich der Fall ist, bevor der zweite Mond noch zwölfmal Barsoom umkreist hat, dann erinnere dich daran, daß ich zugehört - und gelächelt habe."

Für mich war das alles völlig rätselhaft, doch je mehr ich auf sie einredete, desto deutlicher erteilte sie mir eine Abfuhr, und so gab ich schließlich äußerst entmutigt auf.

Der Tag hatte sich inzwischen verabschiedet, und als wir die Magistrale entlanggingen, die von den zwei Monden Barsooms erhellt wurde, und die Erde mit ihrem glänzenden grünen Auge zu uns herunterblickte, schien es, als befänden wir uns allein im Weltall, und zumindest ich war damit ganz zufrieden.

Die kühle Marsnacht griff nach uns. Ich nahm meinen seidenen Umhang ab und legte ihn Dejah Thoris um die Schultern. Als mein Arm einen Augenblick auf ihr ruhte, fühlte ich einen Schauer durch jede Faser meines Körpers laufen, wie es noch bei keiner Berührung mit einem Sterblichen geschehen war, und mir schien, daß sie sich leicht an mich lehnte. Doch ich war mir nicht sicher. Ich wußte nur, daß mein Arm länger als nötig auf ihrer Schulter lag und daß sie ihn weder abschüttelte noch etwas sagte. So gingen wir schweigend über den Boden einer sterbenden Welt, aber zumindest bei einem von uns war ein sehr altes und dennoch immer wieder neues Gefühl geweckt worden.

Ich liebte Dejah Thoris. Die Berührung ihrer nackten Schulter hatte mir gezeigt, was ich nicht mißverstehen konnte, und ich wußte, daß ich sie liebte, seit sich unsere Blicke auf dem Platz der toten Stadt Korad zum ersten Mal begegnet waren.

Ein Kampf auf Leben und Tod

Im ersten Moment wollte ich ihr eine Liebeserklärung machen, dann fiel mir jedoch die Aussichtslosigkeit ihrer Lage ein, wobei allein ich die Leiden ihrer Gefangenschaft mindern und sie mit meinen bescheidenen Mitteln vor den tausend Erzfeinden beschützen konnte, denen sie nach unserer Ankunft in Thark gegenübertreten mußte. Ich durfte ihr nicht zusätzlich Kummer und Schmerz bereiten, indem ich ihr meine Liebe erklärte, die sie wahrscheinlich auch nicht erwiderte. Handelte ich derart unbesonnen, so würde das ihr Dasein noch unerträglicher machen als bisher. Außerdem fiel mir ein, daß sie sich in ihrer Lage ausgenutzt fühlen könnte. Also blieb mein Mund dann endgültig verschlossen.

"Warum bist du so still, Dejah Thoris?" fragte ich. "Vielleicht möchtest du lieber zu Sola und in eure Unterkunft zurückkehren?"

"Nein", murmelte sie. "Hier bin ich glücklich. Ich weiß nicht, warum ich immer so glücklich und zufrieden bin, wenn du bei mir bist, ein Fremder namens John Carter. Doch dann fühle ich mich sicher, und ich habe ein Gefühl, als kehrte ich bald mit dir an den Hof meines Vaters zurück, spürte seine kräftige Umarmung, die Tränen meiner Mutter und ihre Küsse auf meiner Wange."

"Küssen sich denn die Menschen auf Barsoom?" fragte ich, als sie mir die Bedeutung des mir bis dahin unbekannten Wortes erklärt hatte.

"Eltern, Brüder, und Schwestern, ja - und Liebende", fügte sie leise und nachdenklich hinzu.

"Hast du Eltern, Brüder und Schwestern, Dejah Thoris?"

"Ja."

"Und steht jemand deinem Herzen nahe?"

Sie schwieg, und ich wagte nicht, die Frage zu wiederholen.

"Der Mann von Barsoom stellt einer Frau keine persönlichen Fragen, nur seiner Mutter und jener Frau, für die er gekämpft und gesiegt hat", erwiderte sie schließlich.

"Aber ich habe doch gekämpft -", begann ich, und dann hätte ich mir am liebsten auf die Zunge gebissen, denn kaum daß ich mich besonnen hatte und verstummte, wandte sie sich um, nahm das Seidentuch ab, hielt es mir schweigend hin und schritt erhobenen Hauptes mit der Haltung der Königin, die sie jedoch war, über den Platz zu ihrem Haus.

Ich versuchte gar nicht erst, ihr zu folgen, wartete, bis ich sie sicher am Haus ankommen sah, schickte ihr Woola hinterher, machte entmutigt kehrt und ging heim. Stundenlang saß ich schlechtgelaunt im Schneidersitz auf dem Bett und sann über die seltsamen Launen nach, mit denen das Schicksal uns arme Teufel im Leben bedenkt.

So also sah die Liebe aus! All die Jahre, die ich auf den fünf Kontinenten und den Weltmeeren umherzog, war sie mir erspart geblieben, obwohl ich viele schöne Frauen kennengelernt und sich mir reichlich Gelegenheit dazu geboten hatte; obwohl ich immer geliebt werden wollte und ständig nach einem Ideal gesucht hatte. Mir war es beschieden, mich ungestüm und hoffnungslos in ein Wesen aus einer anderen Welt zu verlieben, ein Lebewesen einer ähnlichen Rasse, die dennoch anders war. Eine Frau, die aus einem Ei geschlüpft war, und deren Lebensspanne unter Umständen mehr als ein Jahrtausend umfaßte; deren Volk seltsame Bräuche und Ansichten hatte; eine Frau, deren Hoffnungen und Freuden, deren Maßstäbe von Tugend, Recht und Unrecht unter Umständen so sehr von den meinen abwichen wie meine von denen der grünen Marsmenschen.

Ja, ich war töricht, doch war ich verliebt, und obwohl ich litt wie noch nie, hätte ich es um all der Reichtümer von Barsoom nicht anders haben wollen. So ist die Liebe, und so sind die Liebenden, wo immer es Liebe gibt.

Für mich verkörperte Dejah Thoris Vollkommenheit, Tugend, Schönheit, alles Edle und Gute. Ich glaubte es von ganzem Herzen, während ich in dieser Nacht in Korad mit gekreuzten Beinen auf meinem seidenen Lager saß, der erste Mond von Barsoom über den westlichen Himmel gen Horizont eilte und dabei das Gold, den Marmor und die Edelsteinmosaiks in meinem antiken Gemach anstrahlte. Heute, da ich in meinem Arbeitszimmer am Schreibtisch sitze, von wo ich auf den Hudson blicken kann, kommt es mir vor, als sei es Gegenwart. Dabei sind zwanzig Jahre seitdem vergangen. Zehn davon habe ich für Dejah Thoris und ihr Volk gelebt und gekämpft, zehn weitere von der Erinnerung an sie gelebt.

Der Tag des Abmarsches nach Thark begann klar und heiß wie jeder Tag auf dem Mars, mit Ausnahme jener sechs Wochen, wenn an den Polen der Schnee schmilzt.

Ich machte Dejah Thoris inmitten der abfahrenden Fuhrwerke ausfindig, doch sie zeigte mir die kalte Schulter, und ich konnte sehen, wie ihr das Blut in die Wangen stieg. Mit der törichten Starrköpfigkeit des Verliebten gab ich mich zufrieden, wo ich mich hätte damit entschuldigen können, daß ich gar nicht wußte, womit ich sie derart gekränkt hatte, und wofür sie mir schlimmstenfalls nur halb vergeben hätte.

Mein Pflichtgefühl ließ mich überprüfen, ob sie bequem untergebracht war, und so blickte ich in ihre Kutsche und richtete ihre Seidentücher und Pelze. Dabei stellte ich mit Entsetzen fest, daß sie mit einer schweren Fußkette ans Fahrzeug gefesselt war.

"Was soll das heißen?" schrie ich Sola an.

"Sarkoja hielt es für das Beste", entgegnete sie, wobei ihre Miene mir zeigte, wie wenig sie die Maßnahme billigte.

Als ich mir die Kette genauer ansah, bemerkte ich, daß sie mit einem wuchtigen Schloß versehen war.

"Wo ist der Schlüssel, Sola? Bitte gib ihn mir!"

"Sarkoja hat ihn", entgegnete sie.

Wortlos wandte ich mich um, suchte Tars Tarkas auf und machte ihm Vorhaltungen ob der unnötigen Demütigungen und Grausamkeiten gegenüber Dejah Thoris, wie sie einem Liebenden ja vorkommen mußten.

"John Carter, solltest du und Dejah Thoris überhaupt je die Flucht von den Thark wagen, dann auf dieser Reise. Wir wissen, daß du ohne sie nicht gehen wirst. Du hast dich als tüchtiger Kriegsmann erwiesen, und wir möchten dich nicht anketten. Also halten wir euch beide auf die einfachste und gleichzeitig zuverlässigste Weise fest, die es gibt. Ich habe gesprochen", entgegnete er.

Ich erkannte augenblicklich die Logik dieser Schlußfolgerung und wußte, daß es sinnlos war, ihn von seiner Entscheidung abbringen zu wollen. Dennoch bat ich ihn, Sarkoja den Schlüssel wegzunehmen und ihr zu befehlen, die Gefangene in Zukunft in Ruhe zu lassen.

"So viel kannst du für mich schon als Gegenleistung für die Freundschaft tun, die ich dir zugegebenermaßen entgegenbringe."

"Freundschaft?" entgegnete er. "So etwas gibt es nicht, John Carter. Aber du sollst deinen Willen haben. Ich werde Sarkoja befehlen, das Mädchen nicht mehr zu belästigen, und nehme den Schlüssel selbst in Gewahrsam."

"Falls du nicht mir die Verantwortung übertragen willst", erwiderte ich lächelnd.

Er blickte mich lange Zeit ernst an und erwiderte dann: "Wenn du mir dein Wort gibst, daß weder du noch das Mädchen zu fliehen versucht, bis wir sicher am Hof von Tal Hajus angekommen sind, kannst du den Schlüssel haben und die Ketten dem Fluß Iss übergeben."

"Dann ist es besser, du behältst den Schlüssel, Tars Tarkas", entgegnete ich.

Er lächelte und sagte nichts mehr, aber als wir das Nachtlager aufgeschlagen hatten, beobachtete ich ihn, wie er Dejah Thoris' Ketten eigenhändig löste.

Trotz seiner Grausamkeit und Kälte hatte man bei ihm das Gefühl, daß er sich ständig im Widerstreit mit sich befand. War es möglich, daß irgendeiner seiner Ahnen ihm einen menschlichen Instinkt vererbt hatte, der ihm nun die Sitten und Gebräuche des eigenen Volkes widerwärtig erscheinen ließ?

Als ich mich Dejah Thoris' Kutsche näherte, kam ich an Sarkoja vorbei, und der finstere, Blick, den sie mir zuwarf, wirkte seit vielen Stunden auf mich wieder einmal wie Balsam. Großer Gott, wie sehr sie mich verachtete! Ihr Haß war so greifbar, man hätte ihn mit einem Schwert zerteilen können.

Einige Augenblicke später sah ich sie ins Gespräch mit einem Krieger namens Zad vertieft, einem großen, massigen und starken Unhold, der indes noch nie einen der Anführer geschlagen hatte und demzufolge noch immer ein o mad war, ein Mann mit nur einem Namen. Er konnte sich nur mit dem Metall eines Anführers einen Zweitnamen verdienen. Derselbe Brauch berechtigte mich, den Namen eines der beiden Anführer zu tragen, die ich getötet hatte, wobei mich einige mit Dotar Sojat ansprachen, einer Kombination der Vornamen jener beiden Krieger, deren Metall ich genommen, oder die ich, mit anderen Worten, in fairem Kampf besiegt hatte.

Als Sarkoja mit Zad redete, blickte er gelegentlich zu mir hin, während sie ihn offensichtlich bedrängte, etwas Bestimmtes zu unternehmen. Damals schenkte ich alledem kaum Beachtung, doch am nächsten Tag hatte ich guten Grund, mich dessen zu entsinnen und mir darüber klar zu werden, welche Ausmaße Sarkojas Haß annehmen konnte, und zu welchen Dingen ihre schrecklichen Rachegelüste sie treiben konnten.

Dejah Thoris wollte mich an diesem Abend nicht mehr sehen. Als ich sie anredete, schwieg sie und verzog keine Miene, so daß ich nicht wußte, ob sie mich überhaupt wahrnahm. In meiner Not tat ich, was die meisten anderen Liebenden getan hätten. Ich versuchte, durch eine Vertraute mehr zu erfahren. In diesem Falle war es Sola, die ich in einem anderen Teil des Lagers aufstöberte.

"Was ist mit Dejah Thoris? Warum möchte sie nicht mit mir reden?" platzte ich heraus.

Soja schien selbst etwas durcheinander zu sein, denn solch merkwürdiges Gebaren seitens zweier Menschen war ihr offenbar einfach zuviel.

"Sie behauptet, du habest sie verärgert. Mehr möchte sie nicht sagen, außer, daß sie die Tochter eines Jed und die Enkelin eines Jeddaks ist und von einer Kreatur beleidigt wurde, die nicht einmal die Zähne des Soraks ihrer Großmutter putzen könnte."

Ich dachte eine Weile über diese Äußerung nach und fragte schließlich: "Was ist denn ein Sorak, Sola?"

"Ein kleines Tier von der Größe meiner Hand, was sich die roten Marsfrauen halten, um damit zu spielen", erklärte Sola.

Außerstande, die Zähne der Katze ihrer Großmutter zu putzen! Dejah Thoris muß ziemlich wenig von dir halten, dachte ich. Dennoch brachte mich die seltsame Redensart zum Lachen, sie klang so vertraut, als stamme sie von der Erde. Ich bekam Heimweh, denn sie klang fast wie: "...ich würde ihm nicht einmal ihre Schuhe putzen lassen." Nun kamen mir völlig neue Gedanken. Ich fragte mich, was meine Leute zu Hause wohl gerade taten. Seit Jahren hatte ich sie nicht mehr gesehen. Es gab eine Familie Carter in Virginia, enge Verwandte, ich war wohl der Großonkel oder etwas ähnlich Albernes. Überall hielt man mich für fünfundzwanzig oder dreißig Jahre, und es erschien mir völlig absurd, daß ich ein Großonkel sein sollte, denn meine Gedanken und Gefühle waren die eines Jungen. Die Carters hatten zwei kleine Kinder, die ich liebte, und die davon überzeugt waren, daß es auf der ganzen Welt niemanden gab wie Onkel Jack. Ich sah sie deutlich vor mir, als ich im Mondlicht in Barsoom stand, und ich sehnte mich nach ihnen, wie ich mich noch nie zuvor nach jemandem gesehnt hatte. Von Natur aus Weltenbummler, hatte ich niemals den wahren Sinn des Wortes Zuhause kennengelernt, doch die große Vorhalle der Carters hatte immer für all das gestanden, was das Wort mir bedeutete. Bei den kalten und unfreundlichen Menschen, in deren Mitte mich das Schicksal geworfen hatte, wandte sich mein Herz nun diesem Zuhause zu. Denn verachtete mich nicht sogar Dejah Thoris? Ich war eine nichtswürdige Kreatur, so nichtswürdig, daß sie mich nicht einmal die Zähne der Katze ihrer Großmutter putzen lassen würde. Dann rettete mich zum Glück mein Sinn für Humor. Lachend wandte ich mich auf meinem Lager aus Seidentüchern und Fellen um und schlief auf dem mondbeschienenen Boden den Schlaf des müden und gesunden Kämpfers.

Am nächsten Tag brachen wir das Lager frühzeitig ab und marschierten mit nur einem einzigen Halt bis kurz vor Einbruch der Dunkelheit. Zwei Ereignisse unterbrachen unseren eintönigen Marsch. Gegen Mittag erspähten wir weit zu unserer Rechten etwas ähnliches wie einen Inkubator, worauf Lorquas Ptomel Tars Tarkas aussandte, um ihn zu erforschen. Dieser wählte wiederum ein Dutzend Krieger, darunter auch mich, aus, und wir stürmten über den samtigen Moosteppich auf die kleine Eingrenzung zu.

Es war tatsächlich eine Brutstation, doch waren die Eier im Vergleich mit denen, die ich bei meiner Ankunft beim Ausbrüten beobachtet hatte, sehr klein.

Tars Tarkas saß ab, untersuchte eingehend die Eingrenzung und verkündete schließlich, die Station gehöre den grünen Menschen von Warhoon, der Zement an der Außenmauer sei noch nicht getrocknet.

"Sie müssen kaum einen Tagesmarsch vor uns sein", rief er aus, und Kampfesfreude malte sich auf sein grimmiges Gesicht.

Unser Aufenthalt bei der Brutstation war von kurzer Dauer. Die Krieger rissen den Eingang auf, einige krochen hinein und hatten mit den kurzen Schwertern bald alle Eier zerstört. Wir saßen wieder auf und gesellten uns zur Karawane. Unterwegs ergriff ich die Gelegenheit beim Schopfe und fragte Tars Tarkas, ob diese Warhoon, deren Eier wir zerstört hatten, ein kleinwüchsigeres Volk seien als die Thark.

"Ich habe bemerkt, daß ihre Eier viel kleiner waren als jene, die ich in eurer Brutstation beim Schlüpfen beobachtet habe", fügte ich hinzu.

Er erklärte mir, daß die Eier gerade abgelegt worden seien, wie alle Eier der grünen Marsmenschen aber im Laufe der fünfjährigen Brutzeit noch wachsen würden, bis sie die Größe jener Eier erreicht hatten, wie ich sie am Tage meiner Ankunft auf Barsoom gesehen hatte. Das war wirklich interessant, denn es hatte mich verblüfft, daß die grünen Marsfrauen, wie groß sie auch waren, solche riesigen Eier hervorbrachten, aus denen ich die vierfüßigen Kinder hatte zum Vorschein kommen sehen. In Wirklichkeit ist das neugelegte Ei nur wenig größer als ein gewöhnliches Gänseei, und da es erst zu wachsen beginnt, wenn man es dem Sonnenlicht aussetzt, ist es für die Befehlshaber nicht sehr schwer, mit einem Ritt einige Hundert von ihnen aus den Gewölben, in denen sie lagern, zu den Brutstationen zu transportieren.

Kurz nach dem Zwischenfall mit den Warhoon-Eiern machten wir halt, damit sich die Tiere ausruhen konnten. Dabei kam es zu dem zweiten interessanten Vorkommnis des Tages. Ich war gerade dabei, die Reitutensilien von einem meiner Thoats auf das zweite zu packen, da ich die Strecke immer zwischen ihnen aufteilte, als Zad herankam und meinem Tier mit dem langen Schwert wortlos einen schrecklichen Schlag versetzte.

Ich benötige keinen Leitfaden zu der auf dem Mars üblichen Etikette um zu wissen, wie ich darauf zu reagieren hatte. Eigentlich war ich so wütend, daß ich mich kaum zurückhalten konnte, meine Pistole zu ziehen und den Grobian niederzuschießen, doch er wartete mit gezogenem Schwert, und ich hatte nur die einzige Möglichkeit, mein eigenes zu ziehen und ihm einen fairen Kampf zu liefern, und zwar mit der von ihm gewählten oder einer kleineren Waffe.

Letzteres ist immer erlaubt, deswegen hätte ich je nach Lust und Laune das Kurzschwert, den Dolch, das Kriegsbeil oder die Fäuste wählen können und dem Recht völlig Genüge getan. Hingegen durfte ich nicht zu Schußwaffen oder zum Speer greifen, wenn er nur ein langes Schwert in der Hand hielt.

Ich entschied mich für dieselbe Waffe, denn ich wußte, daß er auf ihre Handhabung besonders stolz war, und wenn schon, dann wollte ich ihn mit seiner eigenen Waffe schlagen. Der nun folgende Kampf dauerte lange, wodurch sich der Weitermarsch um eine Stunde verschob. Die gesamte Gemeinschaft scharte sich um uns, und ließ uns dabei einen Freiraum von etwa einhundert Fuß Durchmesser.

Zuerst versuchte Zad, mich niederzustampfen wie ein Bulle den Wolf, doch war ich viel zu schnell für ihn und wich aus. Wenn er dann an mir vorbeistürzte, versetzte ich ihm mit dem Schwert jedes Mal einen leichten Schlag auf Arm oder Rücken. Bald blutete er aus einem halben Dutzend kleinerer Wunden, doch kam ich nicht dazu, ihn ernsthaft zu verletzen. Dann änderte er seine Taktik, kämpfte vorsichtig und äußerst geschickt und versuchte, mit Verstand zu erreichen, was er mit brutaler Kraft nicht hatte ausrichten können. Ich muß zugeben, daß er ein ausgezeichneter Schwertkämpfer war, und hätte ich nicht größere Ausdauer besessen und die außergewöhnliche

Beweglichkeit, wie sie mir der Mars verlieh, hätte ich ihm nicht einen derart würdigen Kampf liefern können.

Eine Zeitlang umkreisten wir uns, ohne einander Schaden zuzufügen. Die langen, spitzen Schwerter gleißten im Sonnenlicht und durchbrachen die Stille beim Aufeinandertreffen mit einem metallischen Klang. Als Zad bemerkte, daß er schneller ermüdete als ich, beschloß er, den Kampf durch einen letzten ruhmvollen Schlag für sich zu beenden, und als er auf mich zustürmte, blendete mich etwas, so daß ich sein Näherkommen nicht sehen und nur blindlings zu Seite springen konnte, um der mächtigen Klinge zu entgehen, die ich schon in mir spürte. Ich hatte nur zum Teil Erfolg, wie mir ein scharfer Schmerz in der linken Schulter zeigte, aber als mein Blick suchend umherschweifte, um meinen Gegner erneut ausfindig zu machen, bot sich meinen Augen eine Szene, die mich für die Wunde entschädigte, die ich der zeitweiligen Blendung zu verdanken hatte. Drei Gestalten waren auf Dejah Thoris' Kutsche geklettert, um den Kampf über die Köpfe der Thark hinweg mitzuverfolgen. Es waren Dejah Thoris, Sola und Sarkoja, und was ich nun sah, grub sich tief in mein Gedächtnis ein, so daß ich es mein Lebtag nicht vergessen sollte.

Genau in dem Moment fiel Dejah Thoris wütend wie eine junge Tigerin über Sarkoja her und schlug ihr einen Gegenstand aus der erhobenen Hand, der im Sonnenlicht aufblitzte, als er auf dem Boden aufschlug. Nun verstand ich, was mich in diesem entscheidenden Moment des Kampfes geblendet hatte, und welchen Weg Sarkoja gefunden hatte, mich zu töten, ohne selbst Hand anzulegen. Dann erlebte ich noch etwas, was mich fast das Leben kostete, denn es nahm für den Bruchteil eines Augenblicks meine gesamte Aufmerksamkeit in Anspruch. Als Dejah Thoris Sarkoja den winzigen Spiegel aus der Hand stieß, zog Sarkoja mit haßerfülltem Gesicht wutentbrannt den Dolch, um Dejah Thoris einen tödlichen Stoß zu versetzen. In diesem Moment warf sich Sola, unsere liebe und treue Sola, dazwischen, und ich sah als letztes das große Messer über ihrer Brust niedergehen.

Inzwischen hatte sich mein Feind von dem Hieb erholt und forderte erneut meine ganze Konzentration, so daß ich mich widerwillig meiner unmittelbaren Gegenwart widmen mußte, obwohl ich nicht bei der Sache war.

Wütend drangen wir immer wieder aufeinander ein, bis ich plötzlich die scharfe Spitze seines Schwertes auf meiner Brust spürte. Ich hatte den Schlag weder parieren noch ihm ausweichen können, so daß ich mich mit ausgestrecktem Schwert und dem ganzen Gewicht auf ihn warf, fest entschlossen, wenigstens nicht allein zu sterben. Ich fühlte den Stahl in meine Brust dringen, mir wurde schwarz vor Augen, in meinem Kopf drehte sich alles, und ich spürte, wie die Knie unter mir nachgaben.

Solas Geschichte

Als ich das Bewußtsein wiedererlangte -, wie ich bemerkte, mußte ich nur kurze Zeit besinnungslos gewesen sein -, sprang ich auf und suchte nach meinem Schwert. Es steckte bis zum Heft in Zads Brust, der entseelt auf dem ockerfarbenen Moos des ehemaligen Meeresbodens lag. Wieder Herr meiner Sinne, stellte ich fest, daß seine Waffe in meine linke Brust gefahren war, doch hatte sie nur das über den Rippen liegende Muskelgewebe verletzt und kam unterhalb der Schulter wieder heraus. Bei meinem Sprung hatte ich mich gedreht, so daß das Schwert lediglich eine schmerzhafte, aber ungefährliche Fleischwunde hinterlassen hatte.

Ich zog es heraus, holte meine Waffe, wandte dem häßlichen Kadaver den Rücken zu und schleppte mich unter Schmerzen und voller Widerwillen zu meinem Gefolge. Das anerkennende Raunen der Marsmenschen begrüßte mich, jedoch ging es an mir vorbei.

Blutend und geschwächt erreichte ich meine Frauen, die, an derartige Vorfälle gewöhnt, die Wunden verbanden und mit den wunderbaren und wirkungsvollen Heilmitteln versorgten, die lediglich gegen unmittelbar tödliche Verletzungen nichts mehr auszurichten vermochten. Man lasse eine Marsfrau gewähren, und der Tod muß sich noch etwas gedulden. Bald hatten sie mich wieder zusammengeflickt, so daß ich, abgesehen von der mit dem Blutverlust zusammenhängenden Schwäche und einer kleinen Entzündung am Rand der Wunde nicht weiter unter diesem Stich zu leiden hatte, der mich auf der Erde unweigerlich für einige Tage aufs Krankenlager geschickt hätte.

Sobald sie mit mir fertig waren, eilte ich zur Kutsche von Dejah Thoris, wo ich meine arme Sola vorfand, den Brustkorb mit Verbänden dick umwickelt. Doch offenbar war sie nicht allzu schwer verwundet, da Sarkojas Dolch den Rand von Solas metallenen Brustornamenten getroffen hatte, so daß er, derart abgelenkt, nur zu einer leichten Kratzwunde geführt hatte.

Beim Nähertreten fand ich Dejah Thoris mit dem Gesicht nach unten auf ihren Seidentüchern und Pelzen liegen. Ihr zierlicher Körper wurde von Schluchzen geschüttelt. Sie bemerkte mich nicht, auch hörte sie nicht, wie ich mit Sola vor der Kutsche redete.

"Ist sie verletzt?" fragte ich Sola, mit einer Kopfbewegung auf Dejah Thoris weisend.

"Nein, sie denkt, du bist tot", entgegnete sie.

"Und glaubt, daß nun niemand mehr da ist, der der Katze ihrer Großmutter die Zähne putzen kann?" erkundigte ich mich lächelnd.

"Ich glaube, du tust ihr Unrecht, John Carter", erwiderte Sola. "Ich verstehe weder dein noch ihr Verhalten, doch ich bin überzeugt, die Enkelin der zehntausend Jeddaks würde sich niemals über den Tod eines Menschen derart grämen, von dem sie nichts hält, oder überhaupt über niemanden, dem sie nicht äußerst zugeneigt wäre. Sie sind ein stolzes Volk, aber sie sind gerecht wie alle Barsoomier, und du mußt sie verletzt oder ihr ernsthaft unrecht getan haben, so daß sie dich nicht wahrnimmt und dich als tot beweint, obgleich du am Leben bist."

„Tränen sind auf Barsoom sehr selten", fuhr sie fort. "Daher fällt es mir sehr schwer, sie zu erklären. Ich habe in meinem ganzen Leben außer Dejah Thoris nur zwei Leute weinen sehen; den einen aus Kummer, den anderen vor unterdrückter Wut. Das erste Mal war es meine Mutter, bevor sie vor Jahren getötet wurde; das andere Mal Sarkoja, als man sie heute von mir wegzog."

"Deine Mutter?" rief ich aus. "Sola, du kannst deine Mutter doch gar nicht kennen, du Kind."

"Doch. Und auch meinen Vater", fügte sie hinzu. "Wenn du die seltsame und in Barsoom einmalige Geschichte hören willst, komm heute abend zu meinem Wagen, John Carter, und ich erzähle dir etwas, worüber ich in meinem Leben noch nie gesprochen habe. Jetzt mußt du gehen, das Signal zum Abmarsch wurde gegeben."

"Ich komme, Sola", versprach ich. "Vergiß nicht, Dejah Thoris zu erzählen, daß ich am Leben bin und es mir gut geht. Ich werde mich ihr nicht aufdrängen, und laß sie, bitte, auch nicht erfahren, daß ich sie habe weinen sehen. Wenn sie mit mir sprechen möchte, warte ich nur auf ihren Befehl."

Sola setzte sich in ihr Fahrzeug, das sich an der richtigen Stelle einreihte, während ich zu meinem wartenden Thoat eilte und zu meinem Platz neben Tars Tarkas am Ende des Zuges galoppierte.

Es mußte ein höchst beeindruckender und wirkungsvoller Anblick sein, wie unsere Kolonne sich weit über die gelbe Landschaft hinzog; die zweihundertfünfzig verzierten und in leuchtenden Farben bemalten Fahrzeuge, angeführt von etwa zweihundert berittenen Kriegern und Befehlshabern, die jeweils im Abstand von einhundert Yards zu fünft nebeneinander ritten, und den mindestens zwanzig Kriegern, die den Zug zu beiden Seiten begleiteten. Dann kamen fünfzig Dickhäuter, jene schweren Zugtiere, die man als Zitidars bezeichnete, danach fünf- bis sechshundert unberittene Thoats, die von einigen Kriegern vorangetrieben wurden. Das glänzende Metall und die Edelsteine, mit denen Männer und Frauen reichhaltig geschmückt waren, verdoppelt im Zaumzeug der Zitidars und Thoats, sowie die eingestreuten strahlend bunten und prunkvollen Seidentücher, Pelze und Federn verliehen der Karawane eine unvorstellbare Pracht, angesichts derer ein ostindischer Maharadscha vor Neid erblaßt wäre.

Die extrem breiten Räder der Fahrzeuge und die dickgepolsterten Pfoten der Tiere bewegten sich geräuschlos auf dem einstigen, nun moosbedeckten Meeresgrund, so daß wir wie ein riesiges Phantom erschienen. Lediglich der kehlige Laut eines Zitadars oder das Geschrei miteinander kämpfender Thoats unterbrachen die Stille. Die grünen Marsmenschen unterhalten sich nur wenig, und dann gewöhnlich so einsilbig und gedämpft, daß es wie das schwache Grollen eines entfernten Gewitters klingt.

Wir querten eine unberührte, moosbewachsene Einöde. Die Pflanzen gaben dem Druck der breiten Räder oder der dicken Pranken nach und richteten sich hinter uns wieder auf, so daß wir nicht die geringste Spur hinterließen. In der Tat hätten wir Geister jener im toten Meer dieses sterbenden Planeten längst Dahingegangenen sein können, solche Totenstille herrschte vor. Zum ersten Mal erlebte ich, daß ein derart riesiger Zug von Menschen und Tieren keinerlei Spuren oder Verschmutzungen zurückließ. Auf dem Mars gibt es keinen Schmutz, außer während der Wintermonate in den kultivierten Gegenden, und sogar diesen bemerkt man kaum, da kein belebender Wind weht.

In dieser Nacht schlugen wir ein Lager am Fuß der Berge auf, die wir seit zwei Tagen ansteuerten. Sie befanden sich am südlichen Ufer des früheren Meeres. Unsere Tiere hatten seit zwei Tagen nichts getrunken, seit fast zwei Monaten überhaupt kein Wasser bekommen, zuletzt kurz nach der Abreise aus Thark, doch Tars Tarkas erklärte mir, daß sie nur wenig benötigten und sich fast unbegrenzte Zeit von dem Moos erhalten könnten, das ganz Barsoom überzieht und in seinen winzigen Zellen genügend Flüssigkeit speichert, um den bescheidenen Flüssigkeitsbedarf der Tiere zu decken.

Nachdem ich meine Abendmahlzeit aus jener käseartigen Substanz und der Pflanzenmilch zu mir genommen hatte, suchte ich Sola auf, die beim Schein einer Fackel gerade an einem von Tars Tarkas Umhängen arbeitete. Bei meinem Nähertreten hob sie den Kopf, und ihr Gesicht hellte sich vor Willkommensfreude auf.

"Ich bin froh, daß du gekommen bist", sagte sie. "Dejah Thoris schläft, und ich fühle mich einsam. Meine eigenen Leute kümmern sich nicht um mich, John Carter, ich unterscheide mich zu sehr von ihnen. Es ist ein trauriges Dasein, da ich mein Leben unter ihnen fristen muß, und ich wünsche mir oft, ich wäre eine echte grüne Marsfrau ohne Gefühl und Glauben. Doch habe ich die Liebe kennengelernt, und so bin ich verloren.

Ich habe versprochen, dir meine Geschichte zu erzählen, oder besser die meiner Eltern. Nach dem, was ich über dich und die Sitten deines Volkes erfahren habe, bin ich überzeugt, daß dieser Bericht dir nicht seltsam vorkommen wird. Doch unter den grünen Marsmenschen kann sich nicht einmal der älteste erinnern, daß so etwas schon einmal vorgekommen ist. Auch wird in unseren Legenden über Ähnliches nicht berichtet.

Meine Mutter war sehr klein, eigentlich zu klein, und so erlaubte man ihr nicht, die Verantwortungen der Mutterschaft zu übernehmen, da es dem Willen unserer Anführer zufolge bei der Züchtung ausschließlich nach der Größe geht. Auch war sie weniger kaltherzig und grausam als die meisten grünen Marsfrauen. Sie legte wenig Wert auf deren Gesellschaft, streifte oft allein durch die menschenleeren Straßen von Thark, setzte sich zu den wilden Blumen, die die nahegelegenen Hügel schmückten, und hing Gedanken und Wünschen nach, die von allen Frauen von Thark allein ich verstehen kann, denn bin ich nicht meiner Mutter Kind?

Dort bei den Hügeln traf sie einen jungen Krieger, der die weidenden Zitidars und Thoats bewachen und darauf achten sollte, daß sie sich nicht hinter die Hügel verirrten. Zuerst unterhielten sie sich über allgemeine Dinge, die bei den Thark von Interesse sind, doch da sie sich häufiger trafen und nicht länger durch Zufall, worüber sich beide ziemlich im klaren waren, sprachen sie viel über sich, die Dinge, die sie mochten, ihre Pläne und Hoffnungen. Sie vertraute ihm und erzählte ihm von dem großen Abscheu, den sie für die Grausamkeiten ihrer Leute hegte, für das schreckliche, lieblose Leben, das sie führen mußten. Dann wartete sie, daß sich ein Sturm verächtlicher

Entrüstung von seinen kalten Lippen ergoß, doch statt dessen nahm er sie in die Arme und küßte sie.

Sechs lange Jahre hielten sie ihre Liebe geheim. Sie, meine Mutter, gehörte dem Gefolge des großen Tal Hajus an, während ihr Geliebter ein einfacher Krieger war, der nur sein eigenes Metall trug. Wäre ihr Bruch mit den Traditionen der Thark entdeckt worden, so hätten beide in der großen Arena vor Tal Hajus und der anwesenden Horde dafür bezahlen müssen.

Das Ei, aus dem ich schlüpfte, war auf dem höchsten und unzugänglichsten der teilweise zerstörten Türme des einstigen Thark unter einem großen Glasgefäß versteckt worden. Einmal jährlich besuchte meine Mutter es während der fünf langen Jahre des Ausbrütens. Sie traute sich nicht häufiger zu kommen, da sie sich ob ihres schuldbeladenen Gewissens ständig beobachtet fühlte. Während dieser Zeit erlangte mein Vater große Anerkennung als Krieger. Er hatte inzwischen das Metall verschiedener Anführer erbeutet. Seine Liebe zu meiner Mutter war unvermindert geblieben, und eines seiner Lebensziele war, Tal Hajus das Metall zu abzunehmen, um sich dann als Herrscher der Thark öffentlich zu ihr bekennen zu können und kraft seiner Macht das Kind zu beschützen, das man anderenfalls schnell töten würde, sollte die Wahrheit ans Licht kommen.

Es war ein kühner Traum, innerhalb nur fünf kurzer Jahre Tal Hajus das Metall entreißen zu wollen. Doch er machte schnell Fortschritte und hatte unter den Räten der Thark bald einen hohen Rang inne. Eines Tages ging die Möglichkeit jedoch für immer verloren, die geliebte Familie zu retten, denn er wurde zu einer langen Expedition in den eisbedeckten Süden verpflichtet, um mit den dortigen Bewohnern Krieg zu führen und Felle zu erbeuten. So sind die grünen Barsoomier: Sie arbeiten nicht für Dinge, die sie anderen mit Gewalt wegnehmen können.

Er war vier Jahre fort, und als er zurückkehrte, war es schon drei Jahre zu spät, denn ungefähr ein Jahr nach seiner Abreise war das Junge ausgeschlüpft, kurz vorm Eintreffen eines Trupps, der die Früchte der Gemeinschaft aus dem Inkubator holen sollte. Meine Mutter hielt mich daraufhin in dem alten Turm versteckt, besuchte mich des Nachts und überhäufte mich mit all der Liebe, der uns die Gemeinschaft beraubt hätte. Sie hoffte, mich nach Rückkehr des Trupps von der Brutstation unter die anderen Jungen mischen zu können, die dem Gefolge Tal Hajus zugeteilt waren, um mir so das Schicksal zu ersparen, das der Entdeckung ihres sündhaften Verstoßes gegen die jahrhundertealten Traditionen der grünen Menschen mit Sicherheit folgen würde.

Schnell lehrte sie mich die Sprache und Bräuche unseres Volkes, und eines Nachts erzählte sie mir die Geschichte, wie ich sie dir bisher berichtet habe. Sie wies mich nachdrücklich darauf hin, alles absolut geheim zu halten und äußerst vorsichtig zu sein, wenn sie mich zu den anderen Jungen gebracht hatte, damit niemand errate, daß ich von der Bildung her weiter war. Auch sollte ich in Gegenwart anderer in keiner Weise meine Zuneigung für sie zu erkennen geben oder offenbaren, daß ich meine Eltern kannte. Dann zog sie mich an sich und flüsterte mir den Namen meines Vaters ins Ohr.

In diesem Augenblick blitzte ein Licht in der Dunkelheit des Turmgemaches auf, und vor ihr stand Sarkoja, deren unheilvoll funkelnde Augen voll Abscheu und in rasender Verachtung auf meine Mutter gerichtet waren. Der Schwall von Haß und Beschimpfungen, der sich über sie ergoß, lähmte all meine Glieder. Offensichtlich hatte Sarkoja die ganze Geschichte mitgehört. Die lange nächtliche Abwesenheit meiner Mutter hatte sie mißtrauisch gemacht. Das erklärte ihre Anwesenheit in dieser schicksalsvollen Nacht.

Etwas hatte sie jedoch nicht gehört: Den Namen meines Vaters. Das wurde offensichtlich, da sie meine Mutter fortwährend bedrängte, den Namen des anderen Sünders preiszugeben. Doch selbst noch so viele Beschimpfungen und Drohungen konnten ihr diesen nicht entreißen. Um mich vor sinnlosen Qualen zu retten, log sie und erzählte Sarkoja, daß nur sie allein den Namen wußte und ihn nicht einmal dem Kind mitteilen würde.

Mit einer letzten Schimpfkanonade eilte Sarkoja zu Tal Hajus, um ihm ihre Entdeckung zu hinterbringen. Währenddessen wickelte mich meine Mutter in die Seidentücher und Felle des Nachtlagers, so daß ich kaum zu sehen war, lief auf die Straße und rannte ziellos zum Stadtrand, gen Süden, zu jenem Mann, auf dessen Schutz sie nicht hoffen konnte, dessen Gesicht sie aber noch einmal sehen wollte, bevor sie starb.

Als wir uns der Stadtgrenze näherten, drang aus dem moosigen Flachland Lärm an unsere Ohren, aus jener Richtung, wo sich der einzige Paß durchs Gebirge schlängelte, der zu den Stadttoren führte, jener Weg, den eintreffende Karawanen in die Stadt nehmen mußten. Wir vernahmen das Schreien der Thoats, das Brummen der Zitidars und gelegentliches Waffengeklirr, das die Ankunft eines Kriegstrupps ankündigte. Ihr erster Gedanke war, daß mein Vater von der Expedition zurückkehrte, doch die Schläue der Thark hielt sie davor zurück, ihnen unüberlegt und kopflos entgegenzustürzen.

Sie zog sich in den Schatten eines Tores zurück und erwartete das Eintreffen der Schar, die kurz darauf zu sehen war, wobei sich die Truppe auflöste und die Straße entlangdrängte. Als die ersten an uns vorbeikamen, stieg der kleinere, deutlich sichtbare Mond über den überhängenden Dächern auf und erhellte die Szene mit seinem strahlenden Schein. Meine Mutter wich tiefer in die schützenden Schatten zurück und sah, daß es nicht die Gruppe meines Vaters war, sondern die Karawane mit den jungen Thark. Augenblicklich war ihr Plan gefaßt, und als ein großes Fahrzeug dicht an unserem Versteck vorbeigeschaukelt kam, schlüpfte sie leise über die hintere Ladeklappe hinein, hockte sich in den Schatten der hohen Seitenwand und preßte mich in unbändiger Liebe an ihren Busen.

Im Gegensatz zu mir wußte sie, daß sie mich nach dieser Nacht nie wieder an sich drücken würde. Auch war es höchst unwahrscheinlich, daß wir einander je wieder in die Augen sehen würden. In dem allgemeinen Durcheinander auf dem Platz mischte sie mich unter die anderen Kinder, deren Wächter nach der Reise von ihrer Mission entbunden worden waren. Man brachte uns in einen großen Raum. Einige Frauen, die nicht an der Expedition teilgenommen hatten, fütterten uns, und am nächsten Tag teilte man uns dem jeweiligen Gefolge verschiedener Anführer zu.

Nach dieser Nacht sah ich meine Mutter nie wieder. Tal Hajus ließ sie einsperren, man unternahm jegliche Anstrengung, einschließlich der schrecklichsten und erniedrigendsten Folter, ihr den Namen meines Vaters zu entreißen, doch sie blieb standfest und treu und starb schließlich unter dem Gelächter von Tal Hajus und seinen Befehlshabern während einer entsetzlichen Marter.

Später erfuhr ich, daß sie ihnen erzählt hatte, sie habe mich getötet und meinen Leichnam den weißen Affen vorgeworfen, um mir ein ähnliches Schicksal zu ersparen. Nur Sarkoja glaubte ihr nicht, und bis heute spüre ich, daß sie meine wahre Herkunft weiß, sie jedoch unter den gegenwärtigen Umständen nicht zu enthüllen wagt, da sie, wie ich vermute, auch ahnt, wer mein Vater ist.

Als dieser von der Expedition zurückkehrte und vom Schicksal meiner Mutter erfuhr, war ich dabei. Er verriet seine Gefühle jedoch durch keinerlei Geste, lachte nur nicht, als Tal Hajus voller Entzücken ihre Todesqualen ausmalte. Von diesem Augenblick an wurde er zu einem der grausamsten Kämpfer, und ich sehne den Tag herbei, an dem er sein Ziel erreicht und den Fuß auf Tal Hajus Leichnam setzt, denn ich bin felsenfest davon überzeugt, daß er nur auf die Gelegenheit wartet, sich aufs schrecklichste zu rächen, und daß die Liebe in seiner Brust noch genauso stark ist wie vor vierzig Jahren, als sie zum ersten Mal von ihm Besitz ergriff, wie ich hier am Rande eines uralten Ozeans sitze, während vernünftige Leute schlafen."

"Ist dein Vater nun bei uns, Sola?" fragte ich.

"Ja, aber er kennt mich nicht und weiß auch nicht, wer meine Mutter an Tal Hajus verraten hat", entgegnete sie. "Ich allein kenne seinen Namen, und nur ich, Tal Hajus und Sarkoja wissen, daß sie die Geschichte preisgegeben hat, die letztendlich seiner Geliebten Qual und Tod brachten."

Wir schwiegen kurze Zeit, sie voll düsterer Gedanken über ihre schreckliche Vergangenheit, ich voller Mitleid für die armen Kreaturen einer Rasse, deren herzlose und unsinnige Bräuche sie zu einem lieblosen Dasein voller Grausamkeit und Haß verdammten. Dann hub sie erneut an: "John Carter, wenn jemals ein echter Mann die kalte, tote Oberfläche des Mars betreten hat, bist du es. Ich weiß, daß ich dir vertrauen kann, und da dieses Wissen eines Tages dir, ihm, Dejah Thoris oder mir helfen kann, will ich dir sagen, wer mein Vater ist, ohne dir Einschränkungen oder Bedingungen aufzuerlegen. Ist die Zeit reif, dann sage die Wahrheit, sofern du es für richtig hältst. Ich vertraue dir, da ich weiß, daß du nicht zu jener absoluten und unerschütterlichen Treue verdammt bist, sondern lügen würdest, wie es jeder Gentleman von Virginia tun würde, wenn diese Lüge anderen Leid und Leiden ersparte. Der Name meines Vaters ist Tars Tarkas."

Fluchtpläne

Der Rest der Reise nach Thark verlief ohne weitere Vorkommnisse. Wir waren zwanzig Tage unterwegs und passierten zwei ausgetrocknete Meere sowie zahlreiche verfallene Städte, wovon die meisten kleiner als Korad waren. Zweimal überquerten wir die berühmten Wasserwege des Mars, von unseren Astronomen auf der Erde auch Marskanäle genannt. Als wir uns diesen näherten, wurde ein Krieger mit einem starken Feldstecher ausgesandt, um nach größeren Truppen roter Marsmenschen Ausschau zu halten. Heimlich schlichen wir uns heran, so weit es ging, und da wir unbemerkt bleiben wollten, machten wir bis zum Einbruch der Dunkelheit Rast und bewegten uns erst dann langsam auf das kultivierte Land zu. Auf einer der zahlreichen, breiten Straßen, die dieses Gebiet in regelmäßigen Abständen kreuzten, stahlen wir uns vorsichtig an das unfruchtbare Gelände auf der anderen Seite heran. Wir brauchten ohne Pause fünf Stunden bis zur nächsten Kreuzung, und der Marsch zur nächsten nahm die ganze Nacht in Anspruch. Es wurde bereits hell, als wir die von hohen Mauern eingegrenzten Felder verließen.

Beim Marsch im Dunkeln konnte ich nicht das geringste erkennen, immer nur dann, wenn der erste Mond forsch seine unablässige Bahn über den Himmel von Barsoom zog, dabei zeitweise kleine Flecken der Umgebung, eingegrenzte Felder sowie flache, unregelmäßig gebaute Gebäude erhellte, die fast so aussahen wie auf der Erde unsere Farmen. Hier wuchsen viele Bäume, man hatte sie in regelmäßigen Abständen angepflanzt. Einige davon waren von stattlicher Größe. In manchen Gehegen stand Vieh, das seine Anwesenheit durch erschrecktes Schreien und Schnauben zu erkennen gab, sobald es die sonderbaren wilden Tiere und die noch wilderen Menschenwesen witterte.

Nur einmal entdeckte ich ein menschliches Wesen, und zwar an einem weißen, großen Schlagbaum, wo unsere Straße einen der Wege kreuzte, der jedes bebaute Feldstück in der Mitte durchzog. Der Mann mußte neben der Straße geschlafen haben, denn als ich an ihm vorbeiritt, richtete er sich etwas auf, sprang nach einem kurzen Blick auf die herannahende Karawane schreiend davon, stürzte blindlings die Straße entlang und verschwand behend wie eine erschreckte Katze hinter der nächsten Eingrenzung. Die Thark schenkten ihm keine Beachtung, denn sie hegten keine kriegerischen Absichten. Das einzige, was darauf hinwies, daß sie ihn gesehen hatten, war, daß sie ihren Schritt in Richtung der angrenzenden Wüste beschleunigten, an der Tal Hajus' Reich begann.

Kein einziges Mal sprach ich mit Dejah Thoris, da sie mich nicht wissen ließ, daß ich in ihrer Kutsche willkommen sei. Mein törichter Stolz hielt mich davon ab, von allein die Initiative zu ergreifen. Ich bin fest überzeugt: Je kühner ein Mann unter seinesgleichen auftritt, desto unsicherer ist sein Verhalten Frauen gegenüber. Dem Schwächling und Hohlkopf fällt es oft leicht, das schöne Geschlecht für sich zu gewinnen, während der Krieger, der sonst ohne Zaudern tausend wirklichen Gefahren die Stirn bietet, sich wie ein ängstliches Kind in den Schatten flüchtet.

Genau dreißig Tage nach meiner Ankunft auf Barsoom erreichten wir das altehrwürdige Thark, die uralte Stadt jenes vor Zeiten untergegangenen Volkes, dessen Namen sich diese grüne Horde zu eigen gemacht hatte. Etwa dreißigtausend Menschen hausten hier, sie teilten sich in fünfundzwanzig Gemeinschaften auf. Eine jede von ihnen besaß ihren eigenen Jed und niedere Befehlshaber, doch standen alle unter der uneingeschränkten Herrschaft von Tal Hajus, Jeddak von Thark. Fünf Gemeinschaften hatten ihren Wohnsitz ausschließlich in Thark, der Rest hauste vereinzelt in anderen verlassenen Städten des Gebietes, das Tal Hajus für sich beanspruchte.

Am frühen Nachmittag trafen wir auf dem großen Zentralplatz ein. Die Willkommensfreude gegenüber den Ankömmlingen hielt sich in Grenzen. Die zufällig Anwesenden nannten bei ihrer formellen Begrüßung jene Krieger und Frauen beim Namen, mit denen sie in Berührung kamen. Als jedoch bekannt wurde, daß der Zug zwei Gefangene mit sich führte, wurde das Interesse größer, Dejah Thoris und ich rückten in den Mittelpunkt des Geschehens.

Man teilte uns bald neue Unterkünfte zu. Den Rest des Tages verbrachten wir damit, uns einzurichten. Meine Wohnung befand sich an der südlichen Ausfallstraße, die wir, von den Stadttoren kommend, entlangmarschiert waren. Sie führte zum Zentralplatz. Ich hatte das Gebäude ganz für mich allein, es lag am hinteren Teil des Viertels. Jene Erhabenheit, durch die sich die Architektur von Korad ausgezeichnet hatte, war auch hier zu finden, nur in größeren Dimensionen, wenn das überhaupt möglich war. Meine Bleibe hätte dem mächtigsten Kaiser der Erde als Unterkunft wohl angestanden, doch diese seltsamen Kreaturen beeindruckte daran nur die Größe der Bauwerke und Gemächer. Je weiträumiger ein Gebäude war, desto begehrter war es. So belegte Tal Hajus ein Haus, das früher öffentlichen Zwecken gedient haben mußte. Es war riesengroß und als Unterkunft gänzlich ungeeignet. Das zweitgrößte war Lorquas Ptomel vorbehalten, das nächste dem niedrigeren Jed, und so weiter bis zum letzten der fünf Jeds. Die Krieger hausten in den Gebäuden der Befehlshaber, deren Gefolge sie angehörten, oder suchten sich, wenn sie wollten, ihre Bleibe in einem der vielen tausend unbewohnten Baulichkeiten der unmittelbaren Umgebung, denn jeder Gemeinschaft war ein bestimmtes Stadtviertel zugeteilt worden. Dementsprechend hatte auch die Auswahl der Unterkünfte zu erfolgen. Lediglich die Jeds bildeten eine Ausnahme, sie bewohnten alle Gebäude am Zentralplatz.

Als ich mich in meiner Bleibe endlich eingerichtet, oder besser gesagt, dabei zugesehen hatte, war es kurz vor Sonnenuntergang, und ich eilte hinaus, um Sola und ihre Schützlinge ausfindig zu machen. Ich wollte unbedingt mit Dejah Thoris sprechen, sie zumindest zu einer Art Waffenstillstand bewegen, bis ich einen Weg gefunden hatte, wie ich ihr bei der Flucht behilflich sein konnte. Der obere Rand der großen, roten Sonne verschwand gerade am Horizont, und ich war noch immer auf der Suche, als ich den häßlichen Kopf Woolas erspähte, der im ersten Stock eines gegenüberliegenden Gebäudes aus dem Fenster blickte. Es befand sich in eben meiner Straße, lag nur mehr zum Platz hin.

Ohne auf eine Einladung zu warten, stürmte ich die Wendeltreppe hoch und betrat einen großen Raum auf der Vorderseite des Hauses. Woola begrüßte mich stürmisch und warf sich mit ganzem Gewicht auf mich, so daß ich beinahe umkippte. Der wackere Geselle freute sich derart über das Wiedersehen, daß ich glaubte, er wolle mich auffressen. Er grinste koboldartig übers ganze Gesicht und entblößte dabei die drei Reihen Stoßzähne bis zu den Ohren.

Ich beruhigte ihn mit einem Wort und einer Liebkosung und versuchte fieberhaft, Dejah Thoris im Halbdunkel ausfindig zu machen. Da ich sie nicht sehen konnte, rief ich sie beim Namen. Ein Murmeln aus einer Ecke des Raumes war die Antwort. Mit einigen schnellen Schritten war ich bei ihr. Sie hockte auf einem altertümlichen, geschnitzten Holzstuhl inmitten von Fellen und Seidentüchern. Da ich wartete, erhob sie sich, blickte mir in die Augen und sagte:

"Was möchte Dotar Sojat, Thark, von seiner Gefangenen Dejah Thoris?"

"Dejah Thoris, ich weiß nicht, womit ich dich verärgert habe. Es lag mir völlig fern, dich zu verletzen oder zu beleidigen, wo ich dich beschützen und trösten wollte. Wenn es dein Wille ist, bekommst du mich nicht mehr zu Gesicht. Aber laß mich dir bei der Flucht behilflich sein, sofern diese im Rahmen des Möglichen liegt, und das ist keine Bitte, sondern ein Befehl. Wenn du dann am Hof deines Vaters bist, kannst du mit mir nach Belieben verfahren. Bis dahin bin ich jedoch dein Gebieter, dem du gehorchen und helfen wirst."

Sie blickte mich lange sehr ernst an, und ich hatte den Eindruck, daß sie sich mir gegenüber etwas öffnete.

"Deine Worte verstehe ich, Dotar Sojat, doch nicht ihren Sinn", entgegnete sie. "Du bist eine seltsame Mischung aus Kind und Mann, Grobian und Edelmann. Ich wünschte, ich könnte in deinem Herzen lesen."

"Sieh zu deinen Füßen, Dejah Thoris, dort liegt es seit jener Nacht in Korad. Es wird allein für dich so lange schlagen, bis der Tod es für immer zum Schweigen bringt."

Sie trat ein Stück auf mich zu, die Hände in einer seltsamen, tastenden Geste ausgestreckt.

"Was meinst du damit, John Carter?" flüsterte sie. "Was willst du damit sagen?"

"Ich spreche aus, was ich mir geschworen hatte, dir nicht zu sagen, zumindest solange du eine Gefangene der grünen Menschen bist, und was ich dir nach deinem Verhalten mir gegenüber in den letzten zwanzig Tagen niemals sagen wollte. Dejah Thoris, ich bin mit Leib und Seele der deine, ich will dir dienen, für dich kämpfen und sterben. Als Gegenleistung bitte ich nur um eines: Daß du mit keiner Miene und keinem Zeichen deinen Unwillen oder dein Einvernehmen zu erkennen gibst, bis du bei deinem Volk bist, und daß du darauf achtest, deine Gefühle nicht von Dankbarkeit beeinflussen zu lassen, welcher Art sie auch immer sein mögen. Denn was ich für dich tue, geschieht einzig und allein aus selbstsüchtigen Motiven, da ich mehr Freude daran habe, dir zu dienen, als nichts zu tun."

"Ich respektiere deinen Wunsch, John Carter, und da ich verstehen kann, warum du so handelst, nehme ich deine Dienste ebenso gern an, wie ich mich dir unterordne. Dein Wort soll mein Gesetz sein. Zweimal habe ich dir in Gedanken unrecht getan, und wieder bitte ich dich um Vergebung."

Dem weiteren persönlichen Gespräch wurde durch Solas Erscheinen Einhalt geboten, die sehr aufgeregt war, ganz im Gegensatz zu ihrem gewöhnlich ruhigen, beherrschten Wesen.

"Diese fürchterliche Sarkoja war bei Tal Hajus", rief sie aus. "Nach allem, was ich auf dem Platz vernommen habe, gibt es für keinen von euch Hoffnung."

"Was sagen sie denn?" erkundigte sich Dejah Thoris.

"Daß ihr bald den wilden Calots (Hunden) in der Arena vorgeworfen werdet, sobald sich die Horden zu den alljährlichen Spielen versammelt haben."

"Sola, du bist eine Thark, doch du haßt und verachtest die Bräuche deines Volkes ebenso wie wir", sagte ich. "Möchtest du uns nicht auf unserer Flucht begleiten? Ich bin überzeugt, Dejah Thoris könnte dir bei ihrem Volk eine Heimat und Schutz bieten, und dich kann dort kein schlimmeres Schicksal erwarten als hier."

"Ja", rief Dejah Thoris. "Komm mit, Sola. Bei den roten Menschen von Helium wird es dir besser ergehen als hier, und ich kann dir bei uns nicht nur ein Heim versprechen, sondern all die Liebe und Zuneigung, nach denen sich dein Inneres sehnt und welche die Bräuche deines Volkes dir immer versagen werden. Komm mit uns mit, Sola. Wir könnten ohne dich fliehen, doch dann erwartet dich ein schreckliches Schicksal, da sie glauben werden, du wärest uns bei der Flucht behilflich gewesen. Ich weiß, daß du dich uns selbst aus dieser Befürchtung heraus nie in den Weg stellen würdest, doch wir möchten dich bei uns haben. Du sollst uns ins Land des Sonnenscheins und der Glückseligkeit begleiten, zu einem Volk, das die Bedeutung der Worte Liebe, Mitgefühl und Dankbarkeit kennt. Sag, daß du mitkommst, bitte!"

"Der große Wasserweg, der nach Helium führt, befindet sich nur fünfzig Meilen südlich von hier", murmelte Sola halb zu sich selbst. "Ein schnelles Thoat braucht dafür drei Stunden. Von dort sind es noch fünfhundert Meilen bis Helium. Der Weg führt meist durch dünn besiedeltes Gebiet. Das wissen sie, und sie würden uns verfolgen. Wir könnten uns eine Zeitlang zwischen den großen Bäumen verstecken, doch die Chancen sind in der Tat sehr gering. Sie würden uns bis zu den Toren von Helium nachstellen und auf Schritt und Tritt ihren tödlichen Tribut fordern, ihr kennt sie nicht."

"Gibt es keinen anderen Weg nach Helium?" fragte ich. "Kannst du mir das Land einmal grob skizzieren, das wir durchqueren müssen, Dejah Thoris?"

Sie nahm sich einen großen Diamant aus dem Haar und zeichnete auf dem Marmorboden die erste Karte von Barsoom, die ich zu sehen bekam. Kreuz und quer durchs Land verliefen lange gerade Linien, teilweise parallel, dann trafen sie sich wiederum bei einem großen Kreis. Diese Linien, sagte Dejah Thoris, seien Wasserstraßen, die Kreise Städte, und einen weit nordwestlich von uns gelegenen bezeichnete sie als Helium. Es gab auch Städte in geringerer Entfernung, doch viele davon fürchtete sie aufzusuchen, da nicht alle Helium freundlich gesonnen waren.

Nachdem wir im hereinfallenden Mondlicht die Karte sorgfältig studiert hatten, wies ich schließlich auf eine Wasserstraße weit nördlich von uns, die auch nach Helium zu führen schien.

"Kommt man auf diesem Weg nicht auch zu deines Großvaters Territorium?" fragte ich.

"Ja, aber sie befindet sich zweihundert Meilen nördlich von uns, es ist eine der Wasserstraßen, die wir auf der Reise nach Thark überquert haben", antwortete sie.

"Sie werden nie vermuten, daß wir uns dorthin begeben", entgegnete ich. "Deswegen denke ich, daß das der beste Fluchtweg ist."

Sola stimmte mir zu, und wir entschieden, Thark noch an diesem Abend zu verlassen, besser gesagt, so schnell, wie ich meine Thoats finden und satteln konnte. Sola würde auf dem einen reiten, Dejah Thoris und ich auf dem anderen, und jeder sollte Lebensmittel und Wasser für zwei Tage mitnehmen, denn bei einer solchen Entfernung konnten wir die Tiere nicht allzu sehr antreiben.

Sola und Dejah Thoris sollten sich auf einer der weniger bevölkerten Straßen zur südlichen Stadtgrenze begeben, wo ich sie mit den Thoats so bald wie möglich treffen wollte. Dann verließ ich sie, damit sie die nötigen Lebensmittel sowie die Seidentücher und Pelze zusammenpacken konnten. Lautlos schlüpfte ich hinunter ins Erdgeschoß und betrat den Innenhof, wo unsere Tiere wie immer vor Anbruch der Nacht ruhelos umherstreiften.

Die Thoats und Zitidars waren sowohl im Schatten der Gebäude als auch draußen im hellen Mondschein anzutreffen, die Dickhäuter gaben leise Kehllaute von sich, die Thoats gelegentlich scharfe Schreie, ein Zeichen jener Wut, die diese Kreaturen während ihres ganzen Daseins beherrscht. Sie waren nur ruhiger, wenn niemand bei ihnen war. Als sie mich jedoch witterten, wurden sie nervös und stießen ihre widerlichen Rufe weitaus häufiger aus. Es war riskant, sich nachts mutterseelenallein in ein Gehege von Thoats zu wagen. Erstens, weil die zunehmende Lautstärke den in unmittelbarer Nähe befindlichen Kriegern mitteilen würde, daß etwas nicht in Ordnung sei; zweitens, weil irgendein riesiger Bulle sich aus geringstem oder gar keinem Anlaß einfallen lassen könnte, anzugreifen.

Ich verspürte kein Bedürfnis, ihre unangenehmen Launen in einer Nacht wie dieser zu wecken, wo alles unbemerkt und schnell vor sich gehen mußte. So hielt ich mich im Schatten der Gebäude, jederzeit darauf gefaßt, in das nächste Fenster oder in einen Eingang zu flüchten. Lautlos schlich ich zu den großen Toren an der Hinterseite des Hofes, die sich zur Straße hin öffnen ließen, und rief leise nach meinen zwei Tieren. Wie sehr dankte ich der freundlichen Vorsehung, die mich in weiser Voraussicht die Liebe und das Vertrauen dieser wilden, stummen Geschöpfe hatte gewinnen lassen, denn bald sah ich, wie sich von der anderen Seite des Hofes zwei massige Ungetüme einen Weg durch die Fleischberge zu mir bahnten.

Sie kamen direkt auf mich zu, rieben die Mäuler an mir und schnupperten nach den kleinen Leckerbissen, die ich zu ihrer Belohnung immer bei mir trug. Ich öffnete das Gatter, befahl den beiden Gesellen herauszukommen und lief ihnen leise hinterher, nachdem ich das Gatter wieder verschlossen hatte.

Ich ließ sie ungesattelt und saß auch nicht auf, sondern begab mich lautlos im Halbdunkel der Gebäude zu einer verlassenen Straße, die dorthin führte, wo ich mich mit Dejah Thoris und Sola verabredet hatte. Mucksmäuschenstill bewegten wir uns durch die menschenleeren Viertel, doch begann ich erst aufzuatmen, als das Flachland vor der Stadt zu erkennen war. Ich war überzeugt, daß Sola und Dejah Thoris unseren Treffpunkt mühelos und unbehelligt erreichen würden. Ich selbst befand mich wegen der großen Thoats eher in Gefahr, da es sehr ungewöhnlich war, daß ein Krieger nach Einbruch der Dunkelheit die Stadt verließ. Eigentlich gab es innerhalb der Stadt keinen Ort, wohin man sich hätte begeben können, es sei denn auf einen langen Marsch.

Ohne Zwischenfall erreichte ich die verabredete Stelle, und da Dejah Thoris und Sola noch nicht dort waren, führte ich meine Tiere in die Vorhalle eines großen Gebäudes. Wahrscheinlich hatte eine der anderen Frauen des Haushaltes Sola aufgesucht, um mit ihr zu reden, und die beiden aufgehalten. In der ersten Stunde hegte ich keine übermäßigen Befürchtungen, aber nachdem noch eine halbe Stunde verstrich, ohne daß weit und breit etwas von ihnen zu sehen war, ergriff mich ernste Besorgnis. Mit einemmal wurde die nächtliche Stille von einer nahenden Reitergruppe gestört, dem Lärm nach konnten es unmöglich Flüchtlinge sein, da diese sich heimlich und verstohlen ihren Weg in die Freiheit suchen würden. Als sie näherkamen, erkannte ich aus meinem schattigen Eingang zwanzig berittene Krieger; einige Gesprächsfetzen, die ich aufschnappte, ließen mein Herz erstarren.

"Er wird sich wahrscheinlich mit ihnen kurz vor der Stadt treffen, und so..." Mehr hörte ich nicht, denn sie waren schon wieder vorbei. Doch es genügte. Unser Plan war entdeckt worden, und die Chancen minimal, jetzt noch unserem schrecklichen Ende zu entkommen. Ich konnte nur hoffen, unbemerkt zu Dejah Thoris Unterkunft zurückzukehren und herauszufinden, welches Schicksal ihr widerfahren war. Aber wie ich das mit den großen Thoats anstellen sollte, wo die ganze Stadt wahrscheinlich auf den Beinen war, meine Fluchtabsichten nun bekannt waren, stellte ein schier unlösbares Problem dar.

Plötzlich kam mir eine Idee. Ich wußte, wie diese uralten Marsstädte angelegt waren: Jeweils vier Gebäude schlossen einen Innenhof ein. Ich tastete mich durch die dunklen Gemächer und rief meinen Thoats zu, mir zu folgen. Bei einigen Toren hatten sie Schwierigkeiten, doch da alle Gebäude dem allgemeinen Stadtbild entsprechend in weiträumiger Pracht angelegt waren, konnten sich die Tiere schließlich ohne weiteres durchschlängeln. So kamen wir schließlich zum Innenhof, der wie erwartet von dem Moosteppich bedeckt war, der ihnen als Nahrung dienen und Flüssigkeit spenden würde, bis ich sie in ihr eigentliches Gehege zurückbringen konnte. Ich vertraute darauf, daß sie hier genauso ruhig und zufrieden waren wie sonstwo. Auch bestand nur geringe Wahrscheinlichkeit, daß man sie entdeckte, da die grünen Menschen kaum das Bedürfnis verspürten, diese abgelegenen Gebäude zu erkunden, die von den einzigen Wesen heimgesucht wurden, welche ihnen meines Erachtens Angst einjagten - den großen, weißen Affen von Barsoom.

Ich nahm den Tieren das Geschirr ab, versteckte es im Hintereingang des Gebäudes, durch den wir den Hof gerade betreten hatten, band sie los und eilte durch das Haus auf der anderen Hofseite zur dahinterliegenden Straße. Ich hielt mich eine Weile im Eingang versteckt, bis ich mir sicher war, daß niemand kam. Dann lief ich hinüber zum nächsten Gebäude, weiter in den Hof und durchquerte so ein Viertel nach dem anderen, wobei ich lediglich Gefahr lief, beim Überqueren der Straßen entdeckt zu werden, bis ich schließlich unbehelligt auf dem Hof hinter Dejah Thoris Unterkunft anlangte.

Wie erwartet weideten hier die Tiere der in den angrenzenden Häusern wohnenden Krieger. Betrat ich den Hof, so stieß ich dort vielleicht auf die Kämpfer selbst. Zu meinem Glück fiel mir jedoch eine andere und ungefährlichere Methode ein, das Obergeschoß zu erreichen, in dem Dejah Thoris zu finden sein mußte. Nachdem ich mich erst einmal weitestgehend vergewissert hatte, wo sie überhaupt wohnte (hatte ich doch die Gebäude nie von hinten gesehen), nutzte ich meine außergewöhnliche Stärke und Wendigkeit, sprang hoch und hielt mich am Sims eines Fensters im ersten Obergeschoß fest, das sich meines Erachtens auf der Rückseite ihrer Wohnung befand. Ich zog mich nach innen und schlich vorsichtig auf das Vorderzimmer zu. Als ich die Tür erreichte, vernahm ich Stimmen. Also hielt sich jemand darin auf.

Ich blieb stehen, um sicherzugehen, daß es Dejah Thoris war und keine Gefahr drohte. Diese Vorsichtsmaßnahme gereichte mir zum Vorteil, denn die leisen, kehligen Stimmen waren die von Männern, und die Worte, die an meine Ohren drangen, warnten mich rechtzeitig. Der Sprecher war ein Anführer, der vier Kriegern Anweisungen erteilte.

"Wenn er hierher zurückkehrt, was er mit Sicherheit tun wird, sobald er feststellt, daß sie nicht am vereinbarten Treffpunkt erscheint, dann fallt ihr vier über ihn her und entwaffnet ihn. Dabei bedarf es all eurer Kraft, wenn wir den Berichten von Korad glauben können. Sobald ihr ihn gefesselt habt, bringt ihn zu den Gewölben unter den Wohnungen der Jeddaks und kettet ihn fest an, damit man ihn dort auch findet, wenn Tal Hajus ihn zu sehen wünscht. Er darf mit niemandem sprechen. Auch soll bis zu seinem Eintreffen keiner dieses Gebäude betreten. Es besteht kaum eine Gefahr, daß das Mädchen zurückkehrt, denn bis dahin wird sie sich unversehrt in Tal Hajus' Händen befinden, und dann können all ihre Vorfahren sie nur bemitleiden, Tal Hajus kennt kein Erbarmen. Die große Sarkoja hat eine bedeutende Tat in dieser Nacht vollbracht. Ich gehe jetzt, und wenn ihr bei seinem Eintreffen versagt, übergebe ich eure Kadaver dem kalten Iss."

Erneute Gefangennahme

Der Sprecher ging nach diesen Worten zur Tür, wo ich gerade stand, doch meine Anwesenheit war nicht länger erforderlich, denn ich hatte genug gehört, um es mit der Angst zu bekommen. Leise stahl ich mich auf demselben Weg, auf dem ich gekommen war, zum Hof zurück. Mein Entschluß war gefaßt: Ich ging die Straße entlang und über den Platz und befand mich bald im Innenhof von Tal Hajus' Palast.

Die hell erleuchteten Räume im Erdgeschoß zeigten mir, wo ich zuerst zu suchen hatte. Ich näherte mich einem der Fenster und blickte ins Innere des Hauses. Schnell wurde mir klar, daß mein Vorgehen nicht so einfach war, wie ich zuerst gehofft hatte, denn in den Zimmern zum Hof wimmelte es von grünen Marsmenschen. Ich schaute nach oben. Das zweite Geschoß war dunkel, so daß ich beschloß, von dort aus ins Gebäude einzudringen. Es bedurfte nur geringer Anstrengungen, die Fenster zu erreichen, und kurz darauf umgab mich die schützende Dunkelheit eines Zimmers im zweiten Stockwerk.

Zum Glück war es leer. Auf Zehenspitzen kroch ich auf den Korridor und entdeckte Licht in den Gemächern vor mir. Ich trat lautlos an die Tür, die sich bei näherer Betrachtung als großes Fenster erwies. Es blickte auf einen riesigen, rundlichen Saal, der im Erdgeschoß begann und vom kuppelartigen Dach des Gebäudes hoch über mir abgeschlossen wurde. Unten im Saal drängten sich Befehlshaber, Krieger und Frauen, und an einem großen Podest auf einer Seite hockte das furchteinflößendste Scheusal, das ich jemals zu Gesicht bekommen hatte. Es vereinte in sich all die Kälte, Härte, Grausamkeit und Abscheulichkeit der grünen Marsmenschen, nur waren diese Eigenschaften auf Grund der fleischlichen Leidenschaften, denen es über Jahre hinweg frönte, bei ihm noch ausgeprägter und wirkten noch verderbter. Der bestialische Gesichtsausdruck entbehrte jeder Würde und jedes Stolzes. Wie ein gigantischer Teufelsfisch hockte der riesige Koloß auf dem Podest, wobei die Ähnlichkeit mit diesem Tier durch die sechs Gliedmaßen noch aufs widerlichste betont wurde.

Ein Anblick ließ mir jedoch das Blut in den Adern erstarren. Direkt vor ihm standen Dejah Thoris und Sola, und ich konnte erkennen, wie seine großen, glotzenden Augen mit teuflischen, lüsternen Blicken die reizvolle Gestalt des Mädchens abtasteten. Sie sagte gerade etwas, ich konnte es jedoch nicht verstehen, ebensowenig seine leise grollende Stimme, mit der er antwortete. Aufrecht, mit hocherhobenem Kopf stand sie vor ihm, und sogar aus dieser Entfernung konnte ich auf ihrem Antlitz die Verachtung und den Abscheu ablesen, während sie ihn hochmütig ohne ein Anzeichen von Furcht anblickte. Jeder Zollbreit ihres edlen, kleinen Körpers war sie die stolze Tochter der eintausend Jeddaks, so zierlich und zerbrechlich er neben den Kriegern wirkte, daß diese angesichts ihrer Erhabenheit wie unbedeutende Zwerge erschienen. Sie war die mächtigste unter ihnen, und ich bin fest davon überzeugt, daß sie das spürten.

Da gab Tal Hajus ein Zeichen, daß der Saal geräumt und die Gefangenen mit ihm allein gelassen werden sollten. Langsam verschwanden die Anführer, Krieger und Frauen in den anliegenden Gemächern, und schließlich standen Dejah Thoris und Sola allein vor dem Jeddak der Thark.

Nur ein Krieger zögerte, ich sah ihn im Schatten einer riesigen Säule stehen. Seine Finger spielten nervös am Heft des großen Schwertes, während sein grausamer Blick in unbändigem Haß auf Tal Hajus gerichtet war.

Es war Tars Tarkas, ich konnte seine Gedanken lesen wie ein offenes Buch. Sein Gesicht spiegelte unverhüllte Verachtung. Er dachte an die andere Frau, die vor vierzig Jahren vor diesem Unhold gestanden hatte. Ein Wort von mir hätte genügt, und Tal Hajus' Herrschaft wäre vorüber gewesen. Doch schließlich ging er weg, nicht ahnend, daß er die eigene Tochter jener Kreatur überlassen hatte, die er am meisten verabscheute.

Tal Hajus erhob sich, und ich stürmte die Wendeltreppe herunter, da ich ahnte, welche fürchterlichen Absichten er hegte. Niemand vertrat mir den Weg, so daß ich unbehelligt im Schatten jener Säule anlangte, den Tars Tarkas soeben verlassen hatte. Als ich dort stand, redete Tal Hajus gerade.

"Prinzessin von Helium, ich könnte ein gewaltiges Lösegeld erzielen, wenn ich dich unversehrt deinem Volk übergebe, doch tausendmal lieber möchte ich dieses wunderschöne Gesicht sehen, in einem Todeskampf entstellt, der sich lange hinziehen wird, das verspreche ich. Zehn genüßliche Tage wären allzu kurz, um zu zeigen, wie stark meine Liebe für dein Volk ist. Deine Todesqualen sollen die

Träume der roten Menschen in allen kommenden Jahrhunderten heimsuchen. Sie werden in nächtlicher Finsternis erschaudern, wenn ihre Väter ihnen von der entsetzlichen Rache der grünen Menschen berichten, von der Macht und Stärke, dem Haß und der Grausamkeit des Tal Hajus. Doch vor der Folter sollst du für eine kurze Stunde mein sein, und die Kunde davon soll auch Tardos Mors, dem Jeddak von Helium, deinem Großvater, überbracht werden, damit er sich vor Gram auf der Erde wälzt. Morgen soll die Folter beginnen, und heute nacht wirst du Tal Hajus gehören. Komm!"

Er sprang vom Podest und packte sie grob am Arm. Kaum hatte er sie jedoch berührt, warf ich mich dazwischen. Das kurze, scharfe Schwert blitzte in meiner Hand. Ich hätte es in sein verderbtes Herz stoßen können, bevor er mich überhaupt bemerkt hätte, doch als ich ausholte, fiel mir Tars Tarkas ein, den ich trotz meiner unbändigen Wut und meines Hasses nicht des süßen Augenblickes berauben wollte, auf den er seit etlichen qualvollen Jahren hingelebt, auf den er gehofft hatte. So hieb ich statt dessen die rechte Faust gegen Tal Hajus' Kinn. Lautlos sank er zu Boden.

Noch immer herrschte Totenstille. Ich ergriff Dejah Thoris bei der Hand, rief Sola herbei, und wir schlichen uns aus dem Saal nach oben. Ungesehen erreichten wir das Fenster auf der Rückseite, und mit Hilfe der Lederriemen meiner Ausrüstung ließ ich zuerst Sola und dann Dejah Thoris zu Boden. Ich sprang sanft hinter ihnen hinab, zog sie schnell in den Schatten der Gebäude, und wir begaben uns auf dem Weg, den ich erst kürzlich genommen hatte, Richtung Stadtrand.

Schließlich langten wir auf dem Innenhof an, wo ich meine Thoats zurückgelassen hatte. Ich sattelte sie, und wir eilten zur Straße. Dort saßen wir auf, Sola auf dem einen Tier und Dejah Thoris hinter mir auf dem anderen, und ritten aus der Stadt auf das Gebirge im Süden zu.

Anstelle die Stadt nordwestlich zu umgehen und zur nächsten Wasserstraße zu reiten, die ganz in der Nähe lag, wandten wir uns nach Nordosten und querten die moosbewachsene Ebene, hinter der nach zweihundert gefährlichen und ermüdenden Meilen eine andere große Wasserstraße verlief, die ebenfalls in Richtung Helium führte.

Keiner sprach ein Wort, bis wir die Stadt weit hinter uns gelassen hatten, doch ich konnte meine geliebte Dejah Thoris leise schluchzen hören, die sich an mich klammerte, den Kopf an meine Schulter gelehnt: "Wenn wir es schaffen, mein Gebieter, dann steht Helium dir gegenüber in großer Schuld, die es dir niemals vergelten kann. Sollte es uns jedoch nicht gelingen, hat es dir nicht weniger zu danken, denn du hast die letzte unserer Linie vor etwas Schlimmerem als dem Tode bewahrt. Aber davon wird Helium dann wohl nie erfahren."

Ich gab keine Antwort, faßte statt dessen an meine Seite und drückte meiner Geliebten, die sich Schutz suchend fest an mich schmiegte, die kleine Hand. Schweigend stürmten wir über das gelbe, monderhellte Moos, ein jeder von uns eigenen Gedanken nachhängend. Ich für meinen Teil war einfach überglücklich, da ich Dejah Thoris' Wärme spürte, und trotz der uns bevorstehenden Gefahren jubelte mein Herz, als schritten wir bereits durch die Tore von Helium.

Unsere vorherigen Pläne waren auf so klägliche Weise zunichte gemacht worden, daß wir uns nun ohne Nahrung und Wasser fanden, und nur ich war bewaffnet. Deswegen trieben wir unsere Tiere zu einer Geschwindigkeit an, deren schmerzhafte Auswirkungen wir mit Sicherheit noch vor Ende des ersten Teils unserer Reise zu spüren bekommen mußten.

Wir ritten die ganze Nacht und den nächsten Tag mit nur einigen kurzen Pausen durch. In der zweiten Nacht waren sowohl die Tiere als auch wir vollkommen erschöpft. Daher betteten wir uns auf das Moos, schliefen etwa fünf bis sechs Stunden und nahmen kurz vor Tagesanbruch die Reise wieder auf. Wir ritten den ganzen Tag, und als wir am Nachmittag noch immer keine Bäume erblickten, die für die großen Wasserstraßen in ganz Barsoom kennzeichnend sind, wurde uns die schreckliche Wahrheit mit einemmal deutlich - wir hatten uns verirrt.

Offenbar waren wir im Kreis geritten, schwer zu sagen, in welche Richtung. Auch schien es eigentlich unmöglich, da wir uns tagsüber an der Sonne und in der Nacht an den Sternen orientiert hatten. Jedenfalls war keine Wasserstraße zu finden, und wir alle waren vor Hunger, Durst und Müdigkeit beinahe am Umfallen. Ein Stück rechts von uns zeichneten sich in der Ferne die Umrisse eines kleinen Gebirges ab. Wir beschlossen, uns dorthin zu begeben, vielleicht konnten wir von irgendeiner Erhöhung den gesuchten Wasserweg ausmachen. Es wurde Nacht, bevor wir ankamen. Vor Müdigkeit und Schwäche fast ohnmächtig, legten wir uns nieder und schliefen.

Am frühen Morgen wurde ich von einem riesigen Wesen geweckt, das sich an mich schmiegte. Ich zuckte zusammen, schlug die Augen auf und erkannte meinen lieben alten Woola, der sich an mich kuschelte. Das treue Tier war uns über das weglose Ödland gefolgt, um unser Schicksal zu teilen, wie auch immer es verlaufen mochte. Ich umarmte es, legte meine Wange an sein Gesicht und schämte mich nicht dafür, auch nicht für die Tränen, die mir angesichts seiner offenkundigen Liebe für mich in die Augen traten. Kurz danach wachten Dejah Thoris und Sola auf, und wir beschlossen, sofort einen weiteren Vorstoß in Richtung Gebirge zu wagen.

Nach einer knappen Meile begann mein Thoat auf äußerst beklagenswerte Weise zu stolpern und zu schwanken, obwohl wir unsere Tiere seit Mittag des vorhergehenden Tages nicht weiter angetrieben hatten. Plötzlich torkelte es mit einem Satz zur Seite und stürzte zu Boden. Dejah Thoris und ich wurden abgeworfen und landeten unversehrt auf dem weichen Moos, doch das arme Tier befand sich in bemitleidenswertem Zustand und konnte nicht aufstehen, obwohl es nun von unserer Last befreit war. Sola meinte, die kühle Nacht und etwas Ruhe würden es zweifellos wieder auf die Beine bringen, weswegen ich es nun doch nicht tötete. Ich hatte es grausam gefunden, das Tier allein zurückzulassen, wo es an Hunger und Durst zugrunde gehen würde. Ich nahm ihm das Geschirr ab und legte es neben ihm auf die Erde. Dann überließen wir diesen armen Gefährten seinem Schicksal und setzten unseren Weg so gut es ging mit nur einem Thoat wieder fort. Sola und ich gingen zu Fuß und ließen Dejah Thoris reiten, worüber sie sehr ungehalten war. Auf diese Weise waren wir dem Gebirge bis auf eine Meile nahegekommen, als Dejah Thoris vom Sattel aus einige Meilen vor uns Reiter erblickte, die hintereinander aus einem Gebirgspaß auftauchten. Sola und ich blickten in die Richtung und konnten deutlich einige Hundert berittene Krieger erkennen. Sie schienen gen Südwesten zu reiten, also weg von uns.

Zweifellos waren es Krieger von Thark, die uns wieder einfangen sollten, und wir atmeten erleichtert auf, da sie in die entgegengesetzte Richtung ritten. Schnell hob ich Dejah Thoris vom Sattel, befahl dem Tier, sich hinzulegen, und auch wir machten uns so klein wie möglich, um nicht die Aufmerksamkeit der Krieger auf uns zu lenken.

Wir sahen, wie sie hintereinander aus dem Paß hervortraten, kurz bevor sie zu unserem Glück erneut hinter einem Felsen verschwanden, denn hätte dieser ihnen nicht für längere Zeit die Sicht genommen, wären wir mit Sicherheit entdeckt worden. Als der offenbar letzte Krieger auf dem Paß in unser Blickfeld kam, machte er halt, hielt sich zu unserem Entsetzen einen kleinen, doch scharfen Feldstecher ans Auge und suchte den Meeresboden in jeder Richtung ab. Offensichtlich war er ein Befehlshaber, denn bei den grünen Marsmenschen reitet in bestimmten Marschverbänden der Anführer immer als letzter. Als sein Glas in unsere Richtung schwenkte, stockte uns das Herz, und ich spürte, wie mir kalter Schweiß aus allen Poren meines Körpers brach.

Nun war das Glas direkt auf uns gerichtet - und verharrte. Unsere Nerven waren bis zum Zerreißen gespannt, und ich zweifle, daß während der wenigen Sekunden, die er uns in seinem Blickfeld hatte, überhaupt einer von uns atmete. Dann ließ er das Glas sinken, und wir sahen, wie er den Kriegern, die hinter dem Felsvorsprung verschwunden waren, einen Befehl erteilte. Er wartete nicht auf sie, sondern wendete augenblicklich sein Thoat und sprengte ungestüm auf uns zu.

Wir hatten noch eine kleine Chance, und die mußte ich schnell nutzen. Ich hielt das seltsame Gewehr der Marsmenschen an die Schulter, nahm ihn ins Visier und betätigte den Knopf am Abzug. Es gab eine scharfe Explosion, als die Kugel auftraf, und der Angreifer stürzte rückwärts von seinem dahinfliegenden Tier.

Ich sprang auf, drängte das Thoat aufzustehen und hieß Sola hinter Dejah Thoris aufsitzen. Sie sollten mit allen Mitteln versuchen, das Gebirge zu erreichen, bevor die grünen Krieger bei uns anlangten. Ich wußte, daß sie sich eine Zeitlang in den Schluchten und Hohlwegen versteckt halten konnten, und obwohl sie dort vor Hunger und Durst zugrunde gehen würden, war das noch immer besser, als den Thark in die Hände zu fallen. Auch bestand ich darauf, daß sie meine beiden Revolver mitnahmen, damit sie wenigstens etwas hatten, um sich zu verteidigen und sich das schreckliche Ende zu ersparen, das eine erneute Gefangennahme mit Sicherheit nach sich ziehen würde. Ich nahm Dejah Thoris in die Arme und setzte sie hinter Sola aufs Thoat, die meinem Befehl zum Aufsitzen bereits gefolgt war.

"Lebe wohl, meine Prinzessin", flüsterte ich. "Noch können wir uns in Helium treffen. Ich bin schon schlimmeren Gefahren entronnen." Bei dieser Lüge versuchte ich zu lächeln.

"Wie, du kommst nicht mit uns?" sagte sie.

"Wie denn? Irgend jemand muß sie eine Zeitlang aufhalten, und allein entkomme ich eher als wir drei zusammen."

Schnell sprang sie vom Thoat, legte mir die reizvollen Arme um den Hals, wandte sich an Sola und sagte mit stiller Würde: "Flieh, Sola! Dejah Thoris möchte mit dem Mann sterben, den sie liebt."

Diese Worte prägten sich mir für immer ein. Gern gäbe ich tausendmal mein Leben dafür, sie noch einmal zu hören, doch damals hatte ich keine Sekunde Zeit, um mich an ihrer süßen Umarmung zu ergötzen. Zum ersten Mal drückte ich meine Lippen auf die ihren, packte sie und setzte sie mit Gewalt hinter Sola auf den Platz. Dann befahl ich Sola mit energischer Stimme, sie festzuhalten, versetzte dem Reittier einen Klaps auf die Flanke und sah, wie sie losritten, wobei sich Dejah Thoris mit aller Kraft aus Solas Griff zu befreien versuchte.

Ich wandte mich um und bemerkte, daß die grünen Krieger den Felsen erklommen und nach ihrem Anführer Ausschau hielten. Kaum hatten sie mich jedoch entdeckt, lag ich flach ins Moos gepreßt am Boden und setzte meinen Beschuß fort, bis all jene Krieger, die als erste wieder hinter dem Felsen aufgetaucht waren, tot waren oder hastig Deckung suchten.

Dennoch war der Aufschub nur von kurzer Dauer, denn bald bekam ich den ganzen Trupp zu sehen. Es waren einige tausend Mann, die mich nun angriffen und auf mich zustürmten. Ich feuerte, bis ich keine Munition mehr hatte und sie fast bei mir waren. Nachdem mir ein Blick nach hinten gezeigt hatte, daß Dejah Thoris und Sola zwischen den Hügeln verschwunden waren, sprang ich auf, ließ mein nutzloses Gewehr fallen und rannte in der entgegengesetzten Richtung von Sola und Dejah Thoris davon.

Wenn den Marsmenschen jemals eine Darbietung im Springen zuteil wurde, dann jenen erstaunten Kriegern an diesem längst vergangenen Tag. Zwar führten meine Sprünge sie von Dejah Thoris weg, doch gaben sie deswegen ihre Absicht nicht auf, mich gefangen zu nehmen.

Sie stürmten hinter mir her, bis ich schließlich über ein vorstehendes Felsstück stolperte und lang ausgestreckt ins Moos stürzte. Als ich aufblickte, waren sie bei mir, und obwohl ich, im Bestreben, mein Leben so teuer wie möglich zu verkaufen, das lange Schwert zog, war alles bald vorbei. Unter ihren gezielt verabreichten Schlägen begann ich zu taumeln, mir schwindelte, alles wurde dunkel, und ich verlor das Bewußtsein.

Angekettet in Warhoon

Ich mußte einigen Stunden bewußtlos gewesen sein und erinnere mich noch gut, wie überrascht ich war, noch am Leben zu sein.

Ich lag unter einem Stapel von Seidentüchern und Fellen in der Ecke eines kleinen Raumes, in dem sich außer mir einige grüne Krieger aufhielten. Eine alte, häßliche Frau beugte sich über mich.

Als ich die Augen aufschlug, wandte sie sich an einen der Männer und sagte: "Er bleibt am Leben, oh Jed."

"Gut so", erwiderte der Angesprochene, erhob sich und trat an mein Lager. "Er wird bei den großen Spielen ein seltenes Schauspiel bieten."

Als ich ihn genauer ansah, bemerkte ich, daß er kein Thark war, denn sowohl sein Schmuck als auch sein Metall waren anders. Er war riesengroß, gräßliche Narben verunstalteten Gesicht und Oberkörper, einer der Stoßzähne war abgebrochen und ein Ohr fehlte. An jede Brust waren menschliche Schädel geschnallt, von denen getrocknete Menschenhände herabhingen.

Seine Bemerkung hinsichtlich der großen Spiele, von denen ich bei den Thark so viel gehört hatte, überzeugten mich, daß ich lediglich vom Regen in die Traufe geraten war.

Nachdem er noch einige Worte mit der Frau gewechselt hatte, sie ihm versicherte, daß ich nun kräftig genug sei, um reisen zu können, befahl er aufzusitzen und der Hauptkolonne hinterherzureiten.

Man schnallte mich fest an ein so wildes und störrisches Thoat, wie ich es noch nie gesehen hatte, und gab mir zwei Krieger zur Seite, damit es nicht durchging. Dann ging es in rasendem Tempo der Kolonne hinterher. Meine Verletzungen waren nicht sehr schmerzhaft, so schnell hatten die Umschläge und Mittel der Frau ihre wundervollen Heilkräfte entfaltet, so geschickt hatte sie die Wunden verbunden und versorgt.

Kurz vor Einbruch der Dunkelheit holten wir die Haupttruppe ein, als sie gerade ihr Lager für die Nacht aufgeschlagen hatte. Man brachte mich sofort zum Anführer, dem Jeddak der Horden von Warhoon.

Wie der Jed, der mich hergebracht hatte, zeichneten ihn ebenfalls schreckliche Narben, und auch er war mit dem Brustpanzer aus Menschenschädeln und getrockneten Händen geschmückt, den offenbar alle bedeutenderen Krieger der Warhoon trugen, und der von einer unmäßigen Grausamkeit zeugte, die sogar jene der Thark bei weitem übertraf.

Der Jeddak, Bar Comas, war vergleichsweise jung. Sein alter Stellvertreter Dak Kova, jener Jed, der mich gefangen genommen hatte, brachte ihm Mißgunst und unbändigen Haß entgegen. Mir fiel sofort ins Auge, mit welchem Eifer er sich bemühte, seinen Vorgesetzten zu reizen.

Ohne seinem Herrscher die übliche formale Begrüßung zu erbieten, stieß er mich vor ihn hin und rief mit lauter, drohender Stimme:

"Ich habe eine seltsame Kreatur mit dem Metallschmuck der Thark mitgebracht, die ich zu meinem Vergnügen bei den großen Spielen auf einem wilden Thoat kämpfen lassen werde."

"Er wird so sterben, wie es Bar Comas, dein Jeddak, es für richtig erachtet, wenn überhaupt", entgegnete der junge Herrscher mit Ausdruck und Würde.

"Wenn überhaupt?" brüllte Dak Kova. "Bei den toten Händen an meinem Hals, er wird sterben, Bar Comas. Keine deiner Gefühlsduseleien soll ihn davor bewahren. Ach, regierte nur ein wirklicher Jeddak die Warhoon, und nicht solch ein weichherziger Schwächling, dem sogar Dak Kova mit bloßen Händen das Metall abnehmen könnte!"

Bar Comas blickte seinen trotzigen und ungehorsamen Anführer mit einem Ausdruck von Hochmut, furchtloser Verachtung und Haß kurz an, dann warf er sich wortlos und unbewaffnet auf seinen Verleumder.

Nie zuvor hatte ich zwei grüne Marsmenschen nur mit den ihnen von der Natur gegebenen Waffen kämpfen sehen, und die nachfolgende Darbietung tierischer Grausamkeiten war derart entsetzlich, wie sie sich ein normaler Mensch nicht vorzustellen vermag. Mit bloßen Händen rissen sie sich gegenseitig an Ohren und Augen, und zerschlitzten und durchbohrten einander wiederholt mit den schimmernden Stoßzähnen, bis beide von Kopf bis Fuß in Streifen zerschnitten schienen.

Bar Comas gewann zuerst im Kampf die Oberhand, denn er war stärker, schneller und intelligenter. Bald schien der Kampf vorüber zu sein, es fehlte ein entscheidender Stoß. Da rutschte Bar Comas aus, als er sich gerade aus einer Umklammerung losriß. Das war Dak Kovas Chance, er warf sich auf seinen Widersacher, grub ihm den mächtigen Stoßzahn in die Leiste und schlitzte den jungen Jeddak mit letzter Kraft von oben bis unten auf, bis sich der große Stoßzahn in Bar Comas' Kieferknochen verkeilte. Sieger und Besiegter rollten zerschlagen und leblos über das Moos, eine unförmige Masse zerrissenen, blutigen Fleisches.

Bar Comas war tot, und Dak Kova hatte es nur den riesenhaften Bemühungen seiner Frauen zu verdanken, daß er dem verdienten Schicksal entging. Drei Tage später ging er ohne fremde Hilfe zum Leichnam Bar Comas', der gemäß dem Brauch noch dort lag, wo er verschieden war, setzte den Fuß auf den Nacken seines vorherigen Herrschers und übernahm den Titel Jeddak von Warhoon.

Die Hände und der Kopf des toten Jeddaks wurden abgetrennt und dem Schmuck seines siegreichen Widersachers hinzugefügt. Dann verbrannten die Frauen die Überreste unter wildem, schrecklichem Gelächter.

Die Verletzungen von Dak Kova hatten die Kolonne so lange aufgehalten, daß man nun beschloß, den geplanten Feldzug gegen eine kleine Gemeinschaft der Thark, an der man sich für die Zerstörung des Inkubators rächen wollte, auf einen Zeitpunkt nach den großen Spielen zu verschieben. Folglich machte die gesamte, zehntausend Mann starke Kolonne kehrt und begab sich auf den Heimweg nach Warhoon.

Die Art und Weise, mit der sich diese grausamen und blutrünstigen Menschen mir vorgestellt hatten, lieferte lediglich eine kleine Kostprobe der Dinge, die ich während meines Aufenthaltes bei ihnen fast täglich mitansehen mußte. Die Warhoon sind ein kleineres, doch weitaus bedrohlicheres Volk als die Thark. Kein Tag verging, ohne daß sich Angehörige der verschiedenen Stämme nicht auf Leben und Tod bekämpften. Innerhalb eines einzigen Tages wurde ich sogar Zeuge von acht tödlichen Duellen.

Nach etwa dreitägigem Marsch erreichten wir die Stadt Warhoon, wo man mich sofort in einen Kerker warf und an den Wänden sowie am Boden ankettete. Man brachte mir regelmäßig zu essen, doch auf Grund der vorherrschenden Dunkelheit vermag ich nicht zu sagen, ob ich mich Tage, Wochen oder Monate dort befand. In meinem ganzen Leben hatte ich noch nie derart entsetzliche Dinge erlebt, und mir ist bis heute ein Rätsel, daß mein Verstand den Schrecken der pechschwarzen Finsternis widerstand. Überall wimmelte es von Kriechtieren, kalte, schlangenartige Wesen krabbelten über mich, wenn ich mich hingelegt hatte, und gelegentlich erspähte ich in der Dunkelheit glänzende, funkelnde Augen, die mich furchteinflößend anstarrten. Kein Laut drang von oben zu mir. Mein Wächter würdigte mich keiner Silbe, wenn er mir das Essen brachte, obwohl ich ihn zuerst förmlich mit Fragen bombardierte.

Schließlich richtete sich mein zermürbter Verstand mit all dem Haß und der grenzenlosen Verachtung auf diesen einzigen Abgesandten der Horde von Warhoon, jenen fürchterlichen Kreaturen, denen ich meinen derzeitigen Aufenthalt zu verdanken hatte.

Mir war aufgefallen, daß er mit seiner trüben Fackel immer dicht an mich herantrat, um das Essen in meiner Reichweite auf den Boden zu stellen, so daß sich sein Kopf in Höhe meiner Brust befand, wenn er sich bückte. Als ich ihn das nächste Mal kommen hörte, zog ich mich heimtückisch, wie Wahnsinnige sind, in die Ecke meiner Zelle zurück, packte ein Ende der großen Kette, mit der meine Hände gefesselt waren und lauerte ihm wie ein Raubtier auf. Als er sich bückte, um das Essen abzusetzen, holte ich mit der Kette weit aus und ließ sie mit voller Wucht auf seinem Schädel niedergehen. Ohne einen Laut sank er tot zu Boden.

Lachend und schwatzend wie ein Idiot - denn zu einem solchen entwickelte ich mich immer mehr - stürzte ich mich auf den Daliegenden und fuhr ihm an die Kehle. Da ertasteten meine Finger ein kleines Kettchen, woran einige Schlüssel hingen. Bei der Berührung dieser Schlüssel kehrte blitzschnell mein Verstand zurück. Nicht länger war ich ein lallender Irrer, sondern ein gesunder, intelligenter Mensch, der das Mittel zu seiner Flucht in den Händen hält.

Als ich meinem Opfer vorsichtig die Kette über den Kopf ziehen wollte, schaute ich auf und sah sechs Paar feuriger Augen, die mich aus der Finsternis regungslos anstarrten. Langsam kamen sie näher. Ich wich angsterfüllt vor diesem schaudererregenden Anblick zurück, kauerte mich in meine Ecke, hielt schützend die Hände vor mich. Die schrecklichen Augen rückten immer näher, bis sie bei dem Toten vor mir angelangt waren. Dann zogen sie sich allmählich zurück, diesmal aber mit einem merkwürdigen, scharrenden Geräusch, bis sie schließlich wieder in der schwarzen Finsternis meines Kerkers verschwunden waren.

Der Kampf in der Arena

Langsam erlangte ich meine Fassung wieder und unternahm einen weiteren Versuch, die Schlüssel an mich zu bringen. Als ich aber im Dunkeln nach dem Leichnam meines früheren Wärters tastete, mußte ich zu meinem Entsetzen feststellen, daß er verschwunden war. Dann wurde mir die Wahrheit schlagartig klar: Die Wesen mit den glühenden Augen hatten mir meine Beute entrissen, um ihn in der Nachbarhöhle verschlingen zu können, so wie sie seit Tagen, Wochen, Monaten, während der ganzen schrecklichen Ewigkeit meiner Gefangenschaft nur darauf gewartet hatten, sich an meinem Kadaver zu laben.

Zwei Tage lang brachte man mir keine Nahrung, dann erschien jedoch ein neuer Wärter, und mein Leben im Kerker ging weiter wie zuvor. Doch ließ ich diesmal nicht zu, daß das grauenvolle Dasein meinen Verstand zermürbte.

Kurz nach diesem Zwischenfall brachte man einen anderen Gefangenen herein und kettete ihn in meiner Nähe an. Im trüben Licht der Fackel sah ich, daß es ein roter Marsmensch war, und ich konnte es kaum erwarten, daß die Wachen verschwanden, um ihn anzusprechen. Als ihre Schritte verklungen waren, rief ich ihm leise das Grußwort des Mars zu, Kaor.

"Wer bist du, der du aus der Dunkelheit zu mir sprichst?" fragte er.

"John Carter, ein Freund der roten Menschen von Helium."

"Ich komme aus Helium, doch kann ich mich nicht an deinen Namen erinnern", erwiderte er.

Nun erzählte ich ihm meine Geschichte, wie ich sie hier niedergeschrieben habe, ließ nur meine Liebe zu Dejah Thoris unerwähnt. Die Neuigkeiten über die Prinzessin von Helium überraschten ihn sehr, und er meinte, dem Ausgangspunkt nach zu urteilen, wo ich sie und Sola verlassen hatte, wären sie entkommen. Er sagte, er kenne die Stelle gut, da der Hohlweg, durch den die Warhoon gekommen waren, bevor sie uns entdeckten, die einzige gen Süden führende Marschroute sei.

"Dejah Thoris und Sola sind keine fünf Meilen von einer großen Wasserstraße entfernt ins Gebirge gegangen und befinden sich nun sehr wahrscheinlich in Sicherheit", beteuerte er.

Mein Mitgefangener hieß Kantos Kan. Er war ein Padwar (Leutnant) der Kriegsmarine von Helium, hatte ebenfalls an der mißglückten Expedition teilgenommen, bei der Dejah Thoris den Thark in die Hände gefallen war, und schilderte kurz, was nach der Niederlage der Kampfschiffe vorgefallen war.

Schwer angeschlagen und nur teilweise bemannt, hatten sie sich langsam gen Helium geschleppt, aber als sie in der Nähe von Zodanga vorbeikamen, der Hauptstadt der Erzfeinde von Helium unter den roten Menschen von Barsoom, waren sie von einem großen Trupp Kriegsschiffe angegriffen, und bis auf das Schiff von Kantos Kan entweder alle zerstört oder gefangengenommen worden. Tagelang jagten drei Kriegsschiffe Zodangas hinter ihnen her, doch schließlich konnten sie ihnen während einer mondlosen Nacht entwischen.

Dreißig Tage nach der Gefangennahme von Dejah Thoris, ungefähr zur Zeit unserer Ankunft in Thark, erreichte sein Schiff mit ungefähr zehn Überlebenden von einer ursprünglichen Besatzung von siebenhundert Offizieren und Mannschaften Helium. Sofort wurden sieben große Flotten mit je einhundert mächtigen Kriegsschiffen ausgesandt, um nach Dejah Thoris zu suchen, und von diesen Schiffen blieben zweitausend kleinere ständig draußen und suchten weiter vergebens nach der vermißten Prinzessin.

Die Rächer machten zwei grüne Stämme dem Erdboden gleich, doch von Dejah Thoris fehlte weiterhin jede Spur. Man hatte sie bei den Völkern im Norden gesucht, erst in den letzten Tagen führte ihr Weg gen Süden.

Kantos Kan war in eine Abteilung kleiner Einmannflugzeuge abkommandiert worden, und unglücklicherweise hatten ihn die Warhoon beim Erkunden ihrer Stadt entdeckt. Der Mut und die Kühnheit dieses Mannes flößten mir großen Respekt und Bewunderung ein. Mutterseelenallein war er am Stadtrand gelandet und hatte zu Fuß die am Platz liegenden Gebäude durchstöbert. Zwei Tage und Nächte durchforschte er die Unterkünfte und Kerker auf der Suche nach seiner geliebten Prinzessin, um beim Verlassen der Stadt, nachdem er sich vergewissert hatte, daß Dejah Thoris hier nicht gefangen gehalten wurde, einer Gruppe Warhoon in die Hände zu fallen.

Während unserer Gefangenschaft lernten Kantos Kan und ich einander kennen, und zwischen uns entwickelte sich eine enge und warmherzige Freundschaft. Nach wenigen Tagen schon wurden wir jedoch wegen der großen Spiele aus dem Kerker geschleift. An einem frühen Morgen führte man uns in ein riesiges Amphitheater, das man jedoch nicht zu ebener Erde errichtet, sondern wie eine Grube ausgeschachtet hatte. Teilweise hatten sich Trümmer darin angesammelt, so daß ich nicht sagen konnte, wie groß es ursprünglich gewesen war. Zur Zeit fanden alle zwanzigtausend Angehörige der verschiedenen Warhoon-Horden darin Platz.

Die Arena war riesig, doch uneben und verwahrlost. An den Rändern hatten die Warhoon Steine aus einigen Ruinen der alten Stadt aufgeschichtet, die Tiere und Gefangene von der Flucht in die Zuschauerreihen abhalten sollten. An beiden Enden befanden sich Käfige, in denen sich die Unglücklichen aufhielten, bis sie an der Reihe waren, in der Arena irgendeinem schrecklichen Tod entgegenzutreten.

Man sperrte Kantos Kan und mich zusammen in einen davon. In den anderen befanden sich ungebändigte Calots, Thoats, tollwütige Zitidars, grüne Krieger, Frauen von anderen Stämmen und viele fremdartige, wilde Tiere von Barsoom, wie ich sie noch nie zuvor zu Gesicht bekommen hatte. Ihr Gebrüll, Geknurr und Gekreisch war ohrenbetäubend, und das furchteinflößende Aussehen eines jeden von ihnen genügte, dem tapfersten Gemüt einen Schauer über den Rücken zu jagen.

Kantos Kan erklärte mir, daß einer der Gefangenen sich am Ende des Tages die Freiheit erkämpft haben würde, während die anderen tot in der Arena liegen würden. Die Sieger der verschiedenen Wettkämpfe würden gegeneinander antreten, bis schließlich nur zwei am Leben blieben. Der Sieger des letzten Kampfes, sei es Mensch oder Tier, erhielt seine Freiheit. Am nächsten Morgen würde man weitere Opfer in die Käfige führen, und so ging es die nächsten zehn Tage der Spiele in einem fort.

Kurz nachdem man uns eingesperrt hatte, begann sich das Amphitheater zu füllen, und innerhalb einer Stunde war jeder Platz besetzt. Dak Kova, seine Jeds und Anführer saßen auf einer Seite der Arena in der Mitte auf einer riesigen erhöhten Bühne.

Auf ein Zeichen von Dak Kova wurden die Türen zweier Käfige aufgestoßen und ein Dutzend grüne Marsfrauen in die Arena getrieben. Jede erhielt einen Dolch, dann ließ man von der anderen Seite eine Meute Calots, etwa zwölf dieser wilden Hunde, auf sie los.

Als die Untiere knurrend und schäumend gegen die fast hilflosen Frauen anrannten, wandte ich mich ab, um das schrecklichen Geschehen nicht mit anzusehen. Das Gejohle und Gelächter der grünen Horde zeugte davon, wie sehr sie sich amüsierten, und als ich mich wieder umwandte, da mir Kantos Kan mitgeteilt hatte, daß alles vorüber sei, sah ich, wie drei siegreiche Calots zähnefletschend über den Körpern ihrer Opfer standen und knurrten. Trotz allem hatten sich die Frauen wacker geschlagen.

Als nächstes wurde ein tollwütiges Zitidar auf die übriggebliebenen Hunde losgelassen, und so setzte sich das den ganzen, heißen und schrecklichen Tag lang fort.

Im Verlaufe des Tages mußte ich zuerst gegen Menschen und dann gegen Tiere kämpfen. Da ich aber das lange Schwert bei mir trug und außerdem meinem jeweiligen Gegner hinsichtlich Beweglichkeit und Kraft weitaus überlegen war, war alles für mich nur ein Kinderspiel. Immer wieder gewann ich den Beifall der blutrünstigen Massen, und gegen Ende vernahm ich Rufe, man solle mich aus der Arena nehmen und zu einem Mitglied der Horden der Warhoon machen.

Schließlich waren nur noch drei von uns übrig: ein großer grüner Krieger von einem Stamm weit oben im Norden, Kantos Kan und ich. Erst sollten die beiden gegeneinander antreten, dann würde ich mit dem Sieger um die Freiheit kämpfen, wie es dem Gewinner des letzten Duelles zustand.

Kantos Kan war im Verlaufe des Tages einige Male angetreten und dabei immer als Sieger hervorgegangen, jedoch stets äußerst knapp, besonders gegen die grünen Krieger. Ich hatte wenig Hoffnung, daß er seinen riesigen Widersacher besiegte, der zuvor alle anderen niedergemetzelt hatte. Der Unhold war fast sechzehn Fuß hoch, Kantos Kan hingegen maß nicht einmal sechs Fuß. Als sie aufeinander losgingen, wurde ich zum ersten Mal Zeuge einer bestimmten Schwertkampftechnik, die Kantos Kans Hoffnung auf Sieg und Leben begründet erscheinen ließ, denn als er dem riesigen Menschen fast zwanzig Fuß nahegekommen war, holte er mit dem Schwert weit nach hinten aus und schleuderte es mit der Spitze voran auf den grünen Krieger. Es flog pfeilgerade und durchbohrte dem armen Teufel das Herz, so daß er tot auf den Boden der Arena niedersank.

Nun mußten Kantos Kan und ich gegeneinander antreten, doch als er bei mir war, flüsterte ich ihm zu, er möge den Kampf bis zum Einbruch der Dunkelheit hinauszögern, vielleicht fand sich dann eine Fluchtmöglichkeit. Die Horde erriet offenbar, daß uns der Sinn nicht nach einem Duell stand, und heulte vor Wut, da keiner dem anderen den Todesstoß versetzte. Als ich bemerkte, wie es plötzlich dunkelte, raunte ich Kantos Kan zu, er solle mir das Schwert zwischen den Arm und den Körper stoßen. Er tat, wie ihm geheißen, ich taumelte nach hinten, das Schwert fest zwischen dem linken Arm und dem Körper, und fiel zu Boden, scheinbar von der Waffe durchbohrt. Kantos Kan erriet, was ich vorhatte, trat schnell neben mich, setzte mir den Fuß ins Genick, zog mir das Schwert aus der Brust und versetzte mir den Todesstoß in den Hals, wobei die Halsschlagader durchtrennt werden sollte, doch glitt die kalte Klinge in diesem Fall harmlos in den Sand der Arena. In der inzwischen vorherrschenden Dunkelheit mußte jeder annehmen, daß er mich erledigt hatte. Ich wisperte ihm zu, er solle gehen, seine Freilassung fordern und mich dann im Gebirge östlich der Stadt erwarten, und so verließ er mich.

Als sich das Amphitheater geleert hatte, kletterte ich vorsichtig nach oben, und da es weit vom Platz entfernt in einem unbewohnten Teil der großen toten Stadt gelegen war, bereitete es mir kaum Schwierigkeiten, mich zu den dahinterliegenden Hügeln zu begeben.

In der Atmosphärenfabrik

Zwei Tage wartete ich auf Kantos Kan, doch da er nicht kam, machte ich mich zu Fuß in nordwestlicher Richtung auf den Weg, wo seiner Aussage nach die nächste Wasserstraße entlangführte. Ich ernährte mich ausschließlich von der Milch jener Pflanzen, die diese wertvolle Flüssigkeit so reichhaltig zur Verfügung stellten.

Zwei lange Wochen war ich unterwegs, stolperte, von den Sternen geleitet, durch die Nächte und versteckte mich tagsüber hinter vereinzelt emporragenden Felsen oder zwischen den wenigen Hügeln, an denen mich mein Weg vorbeiführte. Mehrere Male wurde ich von wilden Tieren angegriffen, fremdartigen, klobigen und monströsen Wesen, die mich im Dunkeln ansprangen, so daß ich immer das lange Schwert in der Hand hatte, um darauf gefaßt zu sein. Normalerweise warnten mich rechtzeitig meine merkwürdigen, erst kürzlich angeeigneten telepathischen Fähigkeiten, doch einmal lag ich am Boden, und bevor ich die leiseste Ahnung von der drohenden Gefahr hatte, schnappten teuflische Kiefer nach meiner Halsschlagader, und ein behaartes Gesicht drückte sich an meines.

Um welches Geschöpf es sich handelte, wußte ich nicht, dennoch fühlte ich, daß es groß und schwer war und über mehrere Gliedmaßen verfügte. Ich hatte die Hände an seiner Kehle, ehe sich seine Zähne in meinen Hals bohrten, schob das behaarte Gesicht langsam von mir weg und drückte ihm unnachgiebig die Luft ab.

Lautlos lagen wir da. Das Biest unternahm alles, um mich mit den schrecklichen Stoßzähnen zu erreichen, und ich versuchte es zu erwürgen und gleichzeitig von mir fernzuhalten. Langsam gaben meine Arme jedoch dem ungleichen Kampf nach, Zoll für Zoll kamen mir die glühenden Augen und glänzenden Stoßzähne des Widersachers näher, bis sein behaartes Gesicht wieder auf mir lag und ich spürte, daß bald alles vorüber war. Und plötzlich warf sich eine unförmige, massige Gestalt in offenbar mörderischer Absicht aus der Dunkelheit auf die Kreatur, die mich am Boden festhielt. Knurrend rollten die beiden über das Moos und zerfetzten und zerrissen einander aufs schrecklichste, doch der Kampf war von kurzer Dauer, und bald stand mein Retter mit gesenktem Kopf über dem leblosen Wesen, das mich beinahe getötet hatte.

Im Schein des ersten Mondes, der mit einemmal über dem Horizont aufstieg und die Landschaft von Barsoom erhellte, erkannte ich ihn, es war Woola. Doch woher er gekommen war und wie er mich gefunden hatte, blieb mir ein Rätsel. Es erübrigt sich zu sagen, daß ich über seine Gesellschaft von Herzen froh war, doch die Wiedersehensfreude war gedämpft, da ich mich beunruhigt fragte, warum er Dejah Thoris verlassen hatte. Ich war überzeugt, daß er sich von ihr nur trennen würde, wenn sie nicht mehr am Leben war. So gehorsam befolgte er meine Befehle.

Im inzwischen strahlend hellen Mondlicht sah ich, daß er nur noch ein Schatten seines früheren Selbst war, und als er sich meinen Liebkosungen entzog und gierig den Kadaver zu meinen Füßen zu verschlingen begann, fiel mir auf, daß der arme Geselle fast verhungert war. Mir ging es nicht wesentlich besser, doch brachte ich es nicht über mich, Fleisch ungekocht zu essen, und ich hatte nichts, womit man ein Feuer entfachen konnte. Als Woola seine Mahlzeit beendet hatte, nahm ich wieder meine beschwerliche und anscheinend endlose Suche nach der verborgenen Wasserstraße auf.

Bei Anbruch des fünfzehnten Tages erblickte ich zu meiner übergroßen Freude die hohen Bäume, die das Ziel meiner Suche kennzeichneten. Gegen Mittag schleppte ich mich erschöpft an die Pforte eines riesigen Gebäudes, das etwa vierhundert Quadratmeilen einnahm und zweihundert Fuß nach oben ragte. In den riesigen Mauern gab es keine andere Öffnung außer einer winzigen Tür, vor der ich entkräftet niedersank. Von Leben war weit und breit keine Spur.

Ich fand keine Klingel oder etwas ähnliches, um den Bewohnern des Bauwerkes meine Anwesenheit kundzutun, lediglich ein kleines, rundes Loch im Gemäuer neben der Tür. Es besaß den Durchmesser eines Bleistiftes. Ich hielt es für eine Art Sprachrohr, legte den Mund daran und wollte gerade etwas hineinrufen, als eine Stimme herausdrang, die mich fragte, wer ich sei, woher ich käme und was mein Begehr sei.

Ich entgegnete, daß ich von den Warhoon geflohen sei und an Hunger und Erschöpfung litt.

"Du trägst das Metall eines grünen Kriegers, dir folgt ein Calot, und doch hast du die Gestalt eines roten Menschen. Von der Farbe her bist du weder grün noch rot. Im Namen des Neunten Tages, was für eine Art von Geschöpf bist du?"

"Ich bin ein Freund der roten Menschen von Barsoom und bin am Verhungern. Im Namen der Menschlichkeit, öffne uns!" entgegnete ich.

Sogleich begann die Tür vor mir zurückzuweichen, bis sie nach fünfzig Fuß stoppte, leise nach links glitt und vor uns einen kurzen, engen Gang mit Betonwänden freigab, an dessen Ende sich eine weitere Tür befand, die jener, wie ich sie gerade passiert hatte, in jeder Hinsicht glich. Keine Menschenseele war zu sehen, doch kaum waren wir durch die erste Tür getreten, schloß sie sich wieder lautlos und glitt schnell an ihre ursprüngliche Stelle in der Außenmauer des Gebäudes zurück. Als sich die Tür zur Seite bewegt hatte, war mir ihre erstaunliche Stärke aufgefallen, volle zwanzig Fuß. Nachdem sie sich hinter uns wieder geschlossen und ihren alten Platz eingenommen hatte, kamen große Stahlzylinder von der Decke herab und sanken in die eingelassenen Vertiefungen im Boden.

Eine zweite und dritte Tür wichen vor mir zurück sowie zur Seite gleich der ersten, dann kam ich in eine riesige Halle, wo ich auf einem großen Steintisch zu essen und zu trinken vorfand. Eine Stimme hieß mich meinen Hunger stillen und meinen Calot füttern und unterzog mich währenddessen einem strengen und gründlichen Verhör.

"Deine Aussagen sind höchst bemerkenswert", sagte mein unsichtbarer Gastgeber zum Schluß. "Offenbar sprichst du die Wahrheit, und ebenso klar ist, daß du nicht von Barsoom stammst. Das kann ich nach dem Aufbau deines Gehirns, der seltsamen Anordnung deiner inneren Organe sowie der Größe und Form deines Herzens sagen."

"Kannst du durch mich hindurchblicken?" rief ich aus.

"Ja, ich sehe alles außer deinen Gedanken, und wärest du von Barsoom, könnte ich auch diese lesen."

Dann öffnete sich eine Tür auf der anderen Seite der Halle, und ein seltsames, vertrocknetes kleines Männchen kam auf mich zu. Es trug nur ein einziges Kleidungs- oder Schmuckstück, einen kleinen goldenen Kragen, von dem ein tellergroßes Ornament bis zur Brust herabhing. Dieses war dicht mit riesigen Diamanten besetzt. In seiner Mitte befand sich ein eigenartiger Stein von einem Zoll Durchmesser, von dem neun verschiedenartige Strahlen ausgingen, und zwar außer in den sieben Farben, wie sie auf der Erde ein Prisma wirft, noch in zwei wunderschönen und mir unbekannten. Ihr Aussehen genauer zu schildern fällt ebenso schwer, als erkläre man einem Blinden die rote Farbe. Ich weiß nur, daß sie äußerst faszinierend waren.

Der kleine alte Mann setzte sich und unterhielt sich mit mir einige

Stunden lang, wobei mich an unserem Gespräch am meisten verblüffte, daß ich jeden einzelnen seiner Gedanken lesen konnte, während er nicht das geringste von meinen Überlegungen zu erraten vermochte, sofern ich sie nicht aussprach.

Ich verschwieg ihm, daß ich in der Lage war, seine Gedankenzüge mitzuverfolgen, und erfuhr so viele Dinge, die mir später von großem Nutzen sein sollten und von denen ich niemals Kenntnis erhalten hätte, wenn er von meiner seltsamen Fähigkeit gewußt hätte, denn die Marsmenschen haben ihren Denkapparat derart unter Kontrolle, daß sie ihre Gedanken mit absoluter Genauigkeit zu steuern vermögen.

In dem Gebäude, in dem ich mich aufhielt, befand sich die Anlage, die die künstliche Atmosphäre herstellt, die das Leben auf dem Mars aufrechterhält. Das Geheimnis des ganzen Prozesses liegt in der Verwendung des neunten Strahles, eines jener wunderschönen Lichtbögen, die ich von dem großen Stein im Ornament meines Gastgebers hatte ausgehen sehen.

Dieser Strahl wurde von den anderen gebrochenen Sonnenstrahlen durch exakt eingestellte Instrumente getrennt, die sich auf dem Dach des riesigen Gebäudes befanden, welches zu drei Vierteln als Speicher für den neunten Strahl dient. Er wird dann elektrisch behandelt, beziehungsweise mit bestimmten Anteilen verfeinerter elektrischer Schwingungen vermischt; das Endprodukt wird in die fünf größten Luftzentren des Planeten geleitet, wo es dann freigelassen und durch den Kontakt mit dem Äther des Himmels in atmosphärisches Gas umgewandelt wird.

Es wird immer ausreichend Licht des neunten Strahls in dem großen Gebäude gespeichert, um die Atmosphäre auf dem Mars für eintausend Jahre aufrechtzuerhalten. Die einzige Sorge bestand nach Aussage meines neuen Freundes darin, daß es bei der Anlage zu einem Unfall kam.

Er führte mich in einen anderen Raum, wo ich einen Satz von zwanzig Radiumpumpen erblickte, von denen eine jede den Mars mit dem atmosphärischen Gas versorgen konnte. Seit achthundert Jahren beaufsichtigte er nun schon diese Pumpen, die abwechselnd einen vollen Tag lang in Betrieb waren, etwas mehr als vierundzwanzig und eine halbe Erdenstunde. Ein Gehilfe teilte mit ihm die Aufsicht. Ein halbes Marsjahr, das sind ungefähr dreihundertundvierundvierzig Erdentage, verbringen die Männer allein in dieser riesigen, abgelegenen Fabrik.

Jedem roten Marsmensch werden in der Kindheit die Prinzipien der Herstellung von atmosphärischem Gas erklärt, aber nur zwei Menschen kennen das Geheimnis des Zugangs zu dem Bauwerk, das mit seinen einhundertundfünfzig Fuß dicken Wänden absolut uneinnehmbar ist. Sogar das Dach ist durch ein fünf Fuß dickes Glas vor Luftangriffen gesichert.

Das einzige, was sie befürchteten, waren Angriffe grüner oder irgendwelcher irrer roter Marsmenschen, denn alle Einwohner von Barsoom wußten, daß das Dasein jeder Form von Leben vom ungestörten Betrieb dieser Fabrik abhing.

Mir fiel etwas Interessantes auf, als ich seine Gedanken beobachtete: Die Handhabung der Außentüren erfolgte durch telepathische Mittel. Die Schlösser sind derart fein eingestellt, daß sich die Türen nur durch eine bestimmte Kombination von Gedankenwellen öffnen ließen. Um meine neue Entdeckung auszuprobieren, wollte ich ihn dazu verleiten, diese Kombination zu verraten, und fragte ihn beiläufig, wie er es zustande gebracht hatte, mir die massiven Türen von den Innenräumen aus zu öffnen. Blitzschnell durchzuckten neun Marslaute sein Gehirn, die ebenso schnell verklangen, und er antwortete, daß das ein Geheimnis sei, das er nicht enthüllen dürfe.

Von diesem Augenblick an änderte sich seine Haltung mir gegenüber, als befürchte er, daß man ihm sein großes Geheimnis entlockt habe. Ich las Mißtrauen und Furcht in seinen Blicken und Gedanken, obwohl er sich mir gegenüber noch immer freundlich verhielt.

Bevor ich mich zur Nachtruhe zurückzog, versprach er, mir einen Brief an einen Landwirtschaftsbeamten mitzugeben, der mir auf dem Weg nach Zodanga, der nächstgelegenen Stadt auf dem Mars, behilflich sein könnte.

"Aber vergiß nicht: Sie dürfen nicht erfahren, daß du nach Helium willst, denn zwischen ihnen herrscht Krieg. Mein Gehilfe und ich stammen aus keinem Volk, wir gehören ganz Barsoom, und dieser Talisman, den wir tragen, beschützt uns überall, sogar unter den grünen Menschen - obwohl wir uns nicht in ihre Nähe wagen, wenn es zu vermeiden ist." Dann fügte er hinzu: "Nun gute Nacht, mein Freund, ich wünsche dir einen erholsamen und langen Schlaf, vor allem einen langen."

Obwohl er dabei freundlich lächelte, las ich in seinen Gedanken die Einsicht, daß er mich besser nicht hätte einlassen sollen. Dann sah ich ihn, wie er sich des Nachts über mich beugte, mir mit dem langen

Dolch einen kurzen Stoß versetzte, dabei murmelte: "Es tut mir leid, aber es ist das beste für Barsoom."

Als er die Tür meines Gemaches schloß, entzogen sich mir mit ihm gleichzeitig seine Gedanken. Dies kam mir mit meinen geringen Kenntnissen über Gedankenübertragung seltsam vor.

Was sollte ich tun? Wie konnte ich diesen mächtigen Mauern entkommen? Ich könnte ihn mühelos töten, nun, da ich gewarnt war. Doch wenn er tot war, konnte ich nicht mehr fliehen, und mit dem Aussetzen der Maschinen in der großen Fabrik würde ich gleich allen anderen Einwohnern des Planeten zugrunde gehen - Dejah Thoris gleichfalls, sofern sie überhaupt noch lebte. Auf die übrigen Menschen legte ich nicht den geringsten Wert. Doch der Gedanke an sie trieb mir jeglichen Mordgedanken gegenüber meinem dem Irrglauben verfallenen Gastgeber aus.

Vorsichtig öffnete ich die Tür meines Raumes und begab mich, gefolgt von Woola, auf die Suche nach der innersten der großen Türen. Ich hatte einen kühnen Plan gefaßt: Ich wollte versuchen, die großen Schlösser mit Hilfe der neun Gedankenwellen zu öffnen, die ich im Gehirn meines Gastgebers gesehen hatte.

Lautlos schlich ich durch einen Gang nach dem anderen, Treppen hinab, die sich einmal in die eine, einmal in die andere Richtung wandten, bis ich schließlich in der Halle ankam, wo ich am Morgen meine Fastenzeit beendet hatte. Nirgendwo erblickte ich meinen Gastgeber, noch wußte ich, wo er sich des Nachts aufhielt.

Ich wollte gerade in den Saal treten, als mich ein leises Geräusch in eine dunkle Nische des Ganges zurückweichen ließ. Ich zog Woola hinter mir her und hockte mich hin.

Bald kam der alte Mann dicht an mir vorbei, und als er in den schwach erhellten Raum bog, den ich gerade hatte betreten wollen, sah ich einen langen, dünnen Dolch in seiner Hand, den er auf einem Stein zu wetzen begann. Seine Gedanken verrieten mir, daß er sich entschlossen hatte, erst die Radiumpumpen zu kontrollieren, was etwa dreißig Minuten in Anspruch nehmen würde, um sich dann in mein Schlafgemach zu begeben und mich umzubringen.

Als er durch die Halle schritt und im Gang verschwand, der hinunter zu den Pumpen führte, stahl ich mich unauffällig aus meinem Versteck und ging zu der großen Tür, die mich neben zwei weiteren Pforten von der Freiheit trennte.

Ich konzentrierte mich auf das massive Schloß und schleuderte die neun Gedankenströme dagegen. Atemlos wartete ich auf das Ergebnis, bis sich die große Tür endlich sanft auf mich zu bewegte und dann leise zur Seite glitt. Die übrigen Portale öffneten sich gleichfalls nacheinander auf meinen Befehl, und Woola und ich traten in die Dunkelheit, zwar frei, doch fühlten wir uns nur wenig besser als bei unserer Ankunft. Immerhin waren unsere Mägen jetzt gefüllt.

Fluchtartig entfernte ich mich von dem riesigen Gebäude und machte mich auf den Weg zur nächsten Kreuzung, um so schnell wie möglich den zentralen Schlagbaum zu erreichen. Es war Morgen, als ich ankam, und auf der Suche nach Bewohnern betrat ich die erste Farm.

Ich sah flache, unregelmäßig gebaute Steinhäuser, die mit schweren, abweisenden Türen versehen waren, und mochte soviel hämmern und rufen - ich erhielt keine Antwort. Traurig und erschöpft warf ich mich zu Boden und befahl Woola, aufzupassen.

Kurze Zeit später wurde ich von seinem furchteinflößenden Knurren geweckt, und als ich die Augen aufschlug, erblickte ich drei rote Marsmenschen, die sich uns auf einige Schritte genähert und die Gewehre auf uns gerichtet hatten.

"Ich bin unbewaffnet und hege keine feindlichen Absichten", beeilte ich mich zu erklären. "Ich war in Gefangenschaft bei den grünen Menschen und bin nun auf dem Weg nach Zodanga. Alles, worum ich bitte, ist Nahrung, etwas Ruhe für mich und mein Calot, sowie einen Rat, in welche Richtung ich gehen muß."

Sie senkten die Gewehre, traten mit freundlicher Miene auf mich zu, legten ihre rechte Hand auf meine linke Schulter, wie es bei ihnen zur Begrüßung üblich ist, und stellten mir viele Fragen über mich und meine Streifzüge. Dann nahmen sie mich mit in das Haus eines von ihnen, das sich unweit von uns befand.

Die Gebäude, an die ich am frühen Morgen geklopft hatte, waren entweder Ställe oder Speicher, das Wohnhaus selbst lag in einem Hain von riesigen Bäumen und schwebte des Nachts etwa vierzig bis fünfzig Fuß über dem Erdboden wie alle Behausungen der roten Marsmenschen, die an einem dicken Metallschaft aus einem in der Erde versenkten Zylinder nach oben gefahren werden konnten, gesteuert von einer winzigen Radiummaschine in der Eingangshalle des Gebäudes. Anstelle sich bei ihren Wohnstätten mit Schlössern und Riegeln abzumühen, fahren die roten Marsmenschen ihre Behausungen des Nachts nur nach oben und gehen so jeder Gefahr aus dem

Weg. Auch verfügen sie über eigene Mittel, sie vom Boden aus zu steuern, wenn sie die Häuser verlassen wollen, um wegzufahren.

Es waren Brüder, die mit ihren Frauen und Kindern auf dieser Farm drei gleiche Häuser bewohnten. Sie arbeiteten selbst nicht auf dem Feld, sondern versahen ihren Dienst als Regierungsbeamte. Alle Arbeiten wurden von Sträflingen, Kriegsgefangenen, verbrecherischen Schuldnern und eingefleischten Junggesellen verrichtet, die zu arm waren, die hohen Steuern zu bezahlen, die alle Regierungen der roten Marsmenschen den Unverheirateten auferlegten.

Sie waren äußerst herzlich und gastfreundlich, ich verbrachte einige Tage bei ihnen, ruhte mich aus und erholte mich von den langen Strapazen.

Als sie meine Geschichte vernommen hatten - ich ließ die Sache Dejah Thoris und den alten Mann von der Atmosphärenfabrik aus - rieten sie mir meine Haut zu färben, um ihrer Rasse noch ähnlicher zu werden, und dann zu versuchen, in Zodanga eine Beschäftigung zu finden, entweder in der Armee oder bei der Marine.

"Man wird dir deine Geschichte kaum abnehmen, solange du nicht bewiesen hast, daß du vertrauenswürdig bist, und unter den höheren Edelleuten des Hofes Freunde gewonnen hast. Das gelingt am einfachsten beim Militär, da wir auf Barsoom ein kriegerisches Volk sind und unsere höchsten Gunstbezeugungen für den Kriegsmann aufheben", erklärte mir einer von ihnen.

Abmarschbereit stellten sie mir einen kleinen Thoatbullen zur Verfügung, das Reittier der roten Marsmenschen. Das Tier ist ungefähr so groß wie ein Pferd und sehr zahm, der Farbe und Gestalt nach das exakte Ebenbild seiner riesigen, ungebändigten Vettern.

Die Brüder hatten mir ein rötliches Öl gegeben, womit ich mich von unten bis oben einrieb. Einer von ihnen schnitt mir das inzwischen ziemlich lang gewordene Haar in der vorherrschenden Mode der Zeit, am Hinterkopf gerade und vorn mit Pony, so daß man mich überall auf Barsoom für einen völlig normalen roten Marsmenschen gehalten hätte. Sie gestalteten auch mein Metall und Schmuck in der Art und Weise eines Edelmannes von Zodanga, eines Angehörigen des Hauses Ptor, wie der Familienname meiner Wohltäter lautete.

Einen kleinen Beutel an meiner Seite füllten sie mit ihrem Geld. Das Tauschmittel auf dem Mars unterscheidet sich nicht wesentlich von dem unserigen, allerdings sind die Münzen oval. Einzelne Personen geben nach Bedarf auch Papiergeld aus, das sie zweimal jährlich einlösen. Gibt jemand mehr aus, als er einzulösen vermag, zahlt die Regierung seinen Gläubigern die volle Summe, und der Schuldner arbeitet seine Schuld auf den Farmen oder in den Bergwerken ab, die alle der Regierung gehören. Dies kommt allen zupaß, mit Ausnahme des Schuldners selbst, da es sich als äußerst mühsam erwiesen hat, genügend freiwillige Arbeiter zu finden, um die großen, abgelegenen Farmländer auf dem Mars zu bebauen, die sich wie schmale Streifen zwischen den Polen erstrecken und durch unwegsame Gebiete führen, in denen wilde Tiere und noch wildere Menschen ihr Unwesen treiben.

Als ich sie daraufhin ansprach, daß ich ihnen ihre Freundlichkeit nicht vergelten könnte, versicherten sie mir, daß ich noch genügend Gelegenheit dazu finden würde, wenn ich lange auf Barsoom lebte. So sagten sie mir Lebewohl und blickten mir nach, bis ich hinter dem dicken, weißen Schlagbaum verschwand.

Als Luftaufklärer für Zodanga

Auf meinem Weg nach Zodanga bekam ich viele seltsame und interessante Dinge zu Gesicht und erfuhr in einigen Farmhäusern, in denen ich haltmachte, Neues und Wissenswertes über die Lebensweise von Barsoom.

Das Wasser, das die Farmen auf dem Mars versorgt, stammt von den schmelzenden Gletschern an den Polen, unter denen sich gigantische unterirdische Speicher befinden, die das Schmelzwasser auffangen. Von dort wird es durch lange Rohre zu den verschiedenen bewohnten Zentren gepumpt. Zu beiden Seiten und über die gesamte Länge dieser Leitungen erstrecken sich kultivierte Ländereien, die in gleich große Flächen eingeteilt und jeweils von einem oder mehreren Regierungsbeamten bewirtschaftet werden.

Statt die Felder zu überfluten und somit riesige Wassermassen durch Verdunstung zu verschwenden, wird die kostbare Flüssigkeit durch ein ausgedehntes Netzwerk kleinerer Leitungen direkt den Pflanzenwurzeln zugeführt. Die Ernteerträge auf dem Mars sind immer konstant, da es keine Dürren, Regenfälle, Stürme, Insekten und schädliche Vögel gibt.

Unterwegs kostete ich zum ersten Mal seit dem Verlassen der Erde wieder Fleisch - riesige, saftige Steaks und Koteletts von den wohlgenährten Nutztieren der Farmen. Auch labte ich mich an köstlichem Obst und Gemüse, doch gab es kein einziges Nahrungsmittel, wie ich es von der Erde her kannte. Jede Pflanze, Blume, jede Gemüsesorte und jedes Tier war durch jahrhundertelange, sorgfältige wissenschaftliche Züchtung so weit veredelt worden, daß die jeweilige irdische Entsprechung im Vergleich dazu wie ein blasses, graues, oberflächliches Nichts wirkte.

Bei meinem zweiten Halt traf ich auf einige hochgebildete Menschen aus dem Adel, und während unserer Gespräche kamen wir auch auf Helium zu sprechen. Einer der älteren Männer hatte vor einigen Jahren auf einer diplomatischen Mission dorthin teilgenommen und sprach mit Bedauern von den Bedingungen, um derentwillen zwischen diese beiden Ländern offenbar für immer Krieg herrschen würde.

"Helium rühmt sich zu Recht der schönsten Frauen von Barsoom. Von all ihren Schönheiten ist die bezaubernde Tochter von Mors

Kajak, Dejah Thoris, die auserlesenste Blume", sagte er und fügte hinzu: "Ja, die Leute beteten den Boden förmlich an, den sie betrat, und seit sie bei der unglücklichen Expedition verschwunden ist, trägt ganz Helium Trauer. Daß unser Herrscher die angeschlagene Flotte auf ihrem Rückweg nach Helium auch angreifen mußte, war nur ein weiterer seiner schlimmen Fehler, und ich fürchte, das wird die Einwohner von Zodanga früher oder später dazu zwingen, einen klügeren Mann an seine Stelle zu setzen. Sogar jetzt, da unsere siegreichen Armeen Helium umzingelt haben, werden in Zodanga Stimmen des Unwillens über diesen unpopulären Krieg laut, da er gegen die Prinzipien von Recht oder Gerechtigkeit verstößt. Unsere Streitkräfte nutzten die Abwesenheit der Hauptflotte von Helium aus, die sich auf die Suche nach der Prinzessin begeben hatte, und so konnten wir die Stadt in einen jämmerlichen Zustand versetzen. Es heißt, daß sie während der nächsten Umkreisungen des zweiten Mondes fallen wird."

"Und welches Schicksal, denkst du, wurde der Prinzessin Dejah Thoris zuteil?" fragte ich so beiläufig wie nur möglich.

"Sie ist tot", entgegnete er. "Soviel erfuhren wir von einem grünen Krieger, den unsere Truppen erst kürzlich im Süden gefangen nahmen. Zusammen mit einer seltsamen Kreatur aus einer anderen Welt floh sie von den Horden der Thark, nur um den Warhoon in die Hände zu fallen. Man fand ihre Thoats, die auf dem ehemaligen Meeresgrund umherirrten, und entdeckte in der Nähe Spuren einer blutigen Auseinandersetzung."

Obwohl diese Information keinesfalls beruhigend war, bewies sie doch nicht hinreichend Dejah Thoris' Tod, und so beschloß ich, mein Äußerstes zu tun, um so schnell wie möglich nach Helium zu gelangen und Tardos Mors alles über den möglichen Verbleib seiner Enkelin zu berichten, was ich wußte.

Zehn Tage, nachdem ich die drei Ptor-Brüder verlassen hatte, kam ich in Zodanga an. Von dem Augenblick an, in dem ich mit den roten Einwohnern des Mars in Kontakt gekommen war, hatte ich bemerkt, daß Woola sie auf unwillkommene Weise auf mich aufmerksam machte, da das riesige Tier einer Gattung angehörte, die von den roten Menschen niemals domestiziert wurde. Es war, als streife man in Begleitung eines nordafrikanischen Löwen den Broadway entlang, eine ähnliche Wirkung hätte ich erzielt, wäre ich mit Woola in Zodanga aufgetaucht.

Allein der Gedanke, mich von diesem treuen Gefährten zu verabschieden, verursachte mir großen Schmerz und bereitete mir echte Sorgen, so daß ich es vor mir her schob, bis wir an den Stadttoren anlangten. Doch dann wurde mir letztendlich klar, daß eine Trennung unumgänglich war. Hätte nichts weiter außer meiner Sicherheit oder meinem Vergnügen auf dem Spiel gestanden, so hätte mich nichts dazu bringen können, das einzige Geschöpf auf Barsoom fortzuschicken, das mir zu keiner Zeit seine Zuneigung und Treue verweigert hatte. Doch so bereitwillig ich sonst mein Leben für jene geopfert hätte, in deren Diensten ich stand und die zu suchen ich mir geschworen hatte, wobei ich mich den unbekannten Gefahren dieser für mich rätselhaften Stadt aussetzte, ich durfte nicht zulassen, daß Woolas Anwesenheit geschweige denn seine momentane Glückseligkeit das Gelingen meines Unternehmens in Frage stellte, und ohne Zweifel würde er mich ohnehin bald vergessen. Also sagte ich dem armen Tier aufs zärtlichste Lebewohl, versprach ihm aber, daß ich ihn gewiß aufspüren würde, wenn ich sicher am Ziel meiner Reise anlangte.

Er schien jedes meiner Worte zu verstehen, und als ich zurück in die Richtung von Thark wies, wandte er sich kummervoll ab. Ich hingegen ertrug es nicht, ihm nachzusehen, kehrte ihm schweren Herzens den Rücken zu und näherte mich den bedrohlichen Mauern der Stadt Zodanga.

Der Brief, den ich bei mir trug, verschaffte mir sofort Eintritt in die riesige Stadt. Es war noch sehr früh am Morgen, und die Straßen waren fast menschenleer. Die an den Metallzylindern nach oben gefahrenen Behausungen ähnelten riesigen Krähenhorsten, während die Metallsäulen selbst wie stählerne Baumstämme aussahen. Die Geschäfte befanden sich in der Regel zu ebener Erde, auch waren die Türen weder verriegelt noch abgeschlossen, da Diebstahl auf Barsoom allgemein unbekannt ist. Das einzige, wovor alle Barsoomier in fortwährender Angst leben, ist Meuchelmord. Nur deswegen werden die Behausungen nachts oder in Zeiten der Gefahr hochgefahren.

Die Ptor-Brüder hatten mir ausführliche Anweisungen gegeben, wo ich in der Stadt eine Unterkunft finden konnte und mich gleichzeitig in der Nähe der Büros jener Regierungsvertreter befand, an die die Briefe gerichtet waren. Dabei mußte ich zum Zentralplatz, der für alle Städte auf dem Mars typisch ist.

Der Zentralplatz oder das Forum von Zodanga nimmt eine Grundfläche von einer Quadratmeile ein und wird von den Palästen des Jeddaks, der Jeds, anderen Mitgliedern des Königshauses und Adels sowie von den wichtigsten öffentlichen Gebäuden, Cafés und Geschäften umgeben.

Als ich voller Bewunderung und voll Staunen über die prunkvolle Architektur und die weitläufigen, scharlachroten Rasenteppiche über den Platz lief, bemerkte ich einen roten Marsmenschen, der munteren Schrittes aus einer der Promenaden auf mich zukam. Er würdigte mich keines Blickes, doch als er sich auf meiner Höhe befand, erkannte ich ihn, wandte mich zu ihm, legte ihm die Hand auf die Schulter und rief: "Kaor, Kantos Kan!"

Blitzartig fuhr er herum, und bevor ich überhaupt die Hand sinken lassen konnte, zeigte die Spitze seines langen Schwertes auf meine Brust.

"Wer bist du?" knurrte er, und als ich mit einem Satz fünfzig Fuß nach hinten sprang, senkte er das Schwert und rief lachend aus: "Ich brauche keine bessere Antwort. Es gibt nur einen Mann auf ganz Barsoom, der wie ein Gummiball hüpfen kann. Bei der Mutter des zweiten Mondes, John Carter, wie kommst du hierher? Bist du zum Darseen geworden, daß du deine Farbe je nach Belieben ändern kannst?"

Nachdem ich ihm kurz meine Abenteuer seit unserer Trennung in der Arena geschildert hatte, fuhr er fort: "Du hast mir einige schlimme Sekunden bereitet. Würden die Einwohner von Zodanga meinen Namen und meinen Herkunftsort erfahren, säße ich in kürzester Zeit am Ufer des verlorenen Meeres Korus bei meinen verehrten und längst dahingegangenen Vorfahren. Ich befinde mich im Auftrag von Tardos Mors, dem Jeddak von Helium, hier, um den Verbleib von Dejah Thoris, unserer Prinzessin, in Erfahrung zu bringen. Sab Than, der Prinz von Zodanga, hält sie in der Stadt versteckt und hat sich unsterblich in sie verliebt. Sein Vater, Than Kosis, der Jeddak von Zodanga, verlangt als Preis für den Frieden zwischen unseren Ländern, daß sie freiwillig die Ehe mit seinem Sohn eingeht, doch Tardos Mors möchte sich diesen Forderungen nicht beugen und hat ihm übermitteln lassen, daß er und sein Volk lieber in das Antlitz der toten Prinzessin schauen würden, als sie mit jemandem anders als einem Mann ihrer Wahl verheiratet zu sehen, und daß er in seiner Person lieber mit seinem verlorenen und brennenden Helium zu Asche würde, als mitanzusehen, wie sich das Metall seines Hauses mit dem von Than Kosis verbindet. Diese Antwort war die schlimmste Beleidigung, die er gegenüber Than Kosis und den Einwohnern Zodangas äußern konnte, doch sein Volk liebt ihn dafür um so mehr, und seine Macht in Helium ist gefestigter als zuvor. Ich bin seit drei Tagen hier, doch habe ich noch nicht herausfinden können, wo man Dejah Thoris gefangen hält", fügte er hinzu. "Heute trete ich als Luftaufklärer der Marine von Zodanga bei. Ich hoffe, auf diese Weise das Vertrauen von Sab Than, dem Prinzen, gewinnen zu können, dem Oberbefehlshaber dieser Marinedivision, um auf diese Weise in Erfahrung zu bringen, wo sich Dejah Thoris befindet. Mich freut sehr, daß du hier bist, John Carter, denn ich kenne deine Loyalität gegenüber meiner Prinzessin, und zu zweit erreichen wir mehr."

Inzwischen begann sich der Zentralplatz mit Leuten zu füllen, die ihren täglichen Pflichten und Besorgungen nachgingen. Die Geschäfte öffneten, die ersten Gäste der Morgenstunde strömten in die Cafés. Kantos Kan führte mich in einen dieser prächtigen Eßräume, wo wir ausschließlich von Maschinen bedient wurden. Keine Hand berührte das Essen von dem Moment an, wo die Rohstoffe in das Gebäude gebracht wurden, bis die Speise heiß und köstlich vor dem Gast auf dem Tisch landete, nachdem dieser anhand winziger Knöpfe seinen Wunsch angegeben hatte.

Nach dem Essen nahm mich Kantos Kan mit in das Hauptquartier der Staffel, stellte mich seinem Vorgesetzten vor und bat darum, daß man mich als Mitglied des Corps aufnahm. Wie es der Brauch verlangte, mußte ich an einer Prüfung teilnehmen, doch Kantos Kan hatte mir gesagt, ich brauche diesbezüglich keine Angst zu haben, er werde diesen Teil der Angelegenheit übernehmen. Das tat er, indem er sich an meiner Stelle zum Prüfungsoffizier begab und sich als John Carter vorstellte.

"Sie werden den Betrug später entdecken, wenn sie mein Gewicht, meine Größe und andere persönliche Merkmale überprüfen", erklärte er munter. "Doch das dauert noch Monate, und bis dahin werden wir unsere Mission schon lange erfüllt oder versagt haben."

Die nächsten Tage verbrachten wir damit, daß Kantos Kan mir die schwierige Kunst des Fliegens beibrachte und mir zeigte, wie man die zierlichen, kleinen Flugapparate reparierte. Der in beiden Richtungen spitz zulaufende Rumpf des Einmannflugzeuges ist ungefähr sechzehn Fuß lang, zwei Fuß breit und besitzt drei Zoll starke Metallwände. Der Pilotensitz befindet sich oben, darunter liegt die kleine, lautlos arbeitende Radiummaschine, die das Flugzeug antreibt. Das tragende Medium befindet sich im Inneren des Rumpfes. Es handelt sich dabei um den achten Strahl von Barsoom oder den Antriebsstrahl, wie man ihn auf Grund seiner Eigenschaften bezeichnen kann.

Wie der neunte Strahl ist auch dieser auf der Erde unbekannt, doch haben die Marsmenschen herausgefunden, daß es sich um eine jedem Licht innewohnende Eigenschaft handelt, unabhängig davon, welche Quelle es ausstrahlt. Man hat entdeckt, daß der Transport des Sonnenlichtes zu den verschiedenen Planeten über den achten Solarstrahl erfolgt und der jeweilige achte Strahl eines jeden Planeten das auf diese Weise empfangene Licht "reflektiert" oder es ein weiteres Mal in das Weltall zurückwirft. Der achte Solarstrahl würde von der Oberfläche von Barsoom absorbiert werden, doch der achte Marsstrahl leitet unaufhörlich Licht vom Mars in den Weltraum weiter und wirkt entgegengesetzt zur Anziehungskraft, so daß er gebündelt gewaltige Gewichte von der Marsoberfläche zu heben vermag.

Dank dieses Strahles haben sie ihre Flugkunst so weit vervollkommnet, daß Schlachtschiffe, von einer auf der Erde unfaßbaren Schwere, ebenso anmutig und leicht durch die dünne Luft von Barsoom gleiten wie ein Spielzeugballon in der ungleich dichteren Erdatmosphäre.

In den ersten Jahren nach der Entdeckung des Strahles ereigneten sich viele seltsame Unfälle, bevor die Marsmenschen die wunderbare neue Kraft zu messen und zu steuern lernten. So hatte man in einem Fall, vor etwa neunhundert Jahren, das erste große, mit einem Speicher für den achten Strahl ausgerüstete Schlachtschiff mit einer zu hohen Strahlenmenge versorgt, so daß es mit fünfhundert Mann Besatzung und Offizieren über Helium emporstieg, um niemals zurückzukehren.

Die Abstoßkraft war so groß, daß sie das Schiff weit hinaus in den Weltraum trieb, wo man es noch heute mit Hilfe starker Teleskope erkennen kann, wenn es in zehntausend Meilen Entfernung über das Himmelsgewölbe rast, ein winziger Satellit, der Barsoom bis in die Ewigkeit umkreisen wird.

Am vierten Tag nach meiner Ankunft in Zodanga vollbrachte ich meinen ersten Flug, im Anschluß daran wurde mir eine Beförderung zuteil, die einen Posten im Palast von Than Kosis einschloß.

Nachdem ich über der Stadt aufgestiegen war, zog ich einige Kreise, wie ich es Kantos Kan hatte tun sehen, trieb dann meine Maschine zu Höchstgeschwindigkeit an und folgte in atemberaubendem Tempo einer der großen Wasserstraßen, die von Süden kommend in die Stadt Zodanga fließt.

Innerhalb einer knappen Stunde hatte ich vielleicht zweihundert Meilen hinter mich gebracht, als ich weit unter mir eine Gruppe von drei grünen Kriegern in wilder Verfolgung einer kleinen Gestalt nachsetzen sah, die versuchte, zu Fuß die Eingrenzung eines Feldes zu erreichen.

Schnell ging ich mit meiner Maschine hinunter, kreiste hinter den Kriegern, und stellte fest, daß es sich bei dem Gejagten um einen roten Marsmenschen handelte, der das Metall jener Division von Aufklärern trug, der auch ich angehörte. Unweit von ihm lag sein winziges Fluggerät, umgeben von Werkzeug, womit er offensichtlich gerade etwas reparieren wollte, als die grünen Krieger ihn überraschten.

Nun waren sie fast bei ihm. Ihre Reittiere flogen förmlich der vergleichsweise winzigen Gestalt hinterher, während sich die Krieger mit den großen, metallbeschlagenen Speeren tief nach rechts beugten. Jeder schien zu versuchen, den armen Zodanganer als erster aufzuspießen, und einen Augenblick später wäre sein Schicksal besiegelt gewesen, wäre nicht ich rechtzeitig erschienen.

Mit hoher Geschwindigkeit fegte ich den Kriegern hinterher, hatte sie bald eingeholt und rammte den Bug meines kleinen Flugzeuges mit voller Wucht dem ersten zwischen die Schultern. Durch den Aufprall, der genügt hätte, eine mehrere Zoll dicke Stahlwand zu durchschlagen, wurde der Rumpf über dem Kopf des Thoats in die Luft geschleudert, so daß er, alle viere von sich gestreckt, im Moos landete. Kreischend vor Entsetzen fuhren die Tiere der anderen beiden Krieger herum und rasten unaufhaltsam in die entgegengesetzte Richtung.

Ich verlangsamte das Tempo, zog einen weiteren Kreis und setzte vor dem erstaunten Zodanganer auf. Er bedankte sich überschwenglich für die rechtzeitige Hilfe und versprach, daß ich für diese Tat die Belohnung erhalten würde, die ich verdiente, denn ich hatte niemandem anders das Leben gerettet als dem Vetter des Jeddaks von Zodanga.

Wir versäumten keine Zeit, da wir wußten, daß die Krieger mit Sicherheit zurückkehren würden, sobald sie die Thoats wieder unter

Kontrolle hatten, eilten zu der kaputten Maschine und bemühten uns nach Leibeskräften, die notwendigen Reparaturen zu beenden. Als wir fast fertig waren, sah ich die zwei grünen Monster in höchstem Tempo von verschiedenen Seiten auf uns zukommen. Doch hundert Yards vor uns scheuten die Thoats erneut und weigerten sich beharrlich, weiter an das Luftfahrzeug heranzusprengen, das ihnen einen derartigen Schrecken eingejagt hatte.

Schließlich saßen die Krieger ab, fesselten ihre Tiere und näherten sich uns zu Fuß mit gezogenem Schwert. Ich trat dem größeren entgegen, und wies den Zodanganer an, mit dem anderen nach besten Kräften zu verfahren. Beinahe mühelos erledigte ich meinen Mann, wie es mir durch die viele Übung nun zur Gewohnheit geworden war, und eilte meinem neuen Gefährten zu Hilfe, der sich tatsächlich in einer schlimmen Lage befand.

Er war verwundet, und sein Widersacher drückte ihm bereits den riesigen Fuß auf den Hals und hob das große Schwert zum letzten Todesstoß. Mit einem Sprung setzte ich über die zwischen uns liegenden fünfzig Fuß hinweg und durchbohrte ihn mit ausgestreckter Klinge. Sein Schwert fiel zu Boden, und er selbst sank leblos auf den daliegenden Zodanganer.

Bei einer oberflächlichen Untersuchung des letzteren stellte ich keine tödlichen Verletzungen fest, und nach einer kurzen Pause versicherte er mir, daß er sich tauglich genug für den Rückflug fühlte. Er hätte so oder so sein Flugzeug selbst steuern müssen, da diese zerbrechlichen Apparate nicht mehr als eine Person befördern können.

Schnell erledigten wir die Reparatur, stiegen gemeinsam in den stillen, wolkenlosen Himmel des Mars auf und kehrten in schnellem Tempo ohne weiteren Zwischenfall nach Zodanga zurück.

Als wir uns der Stadt näherten, entdeckten wir einen gewaltigen Menschenauflauf von Zivilisten und Soldaten vor der Stadt. Der Himmel war schwarz von Kriegsflugzeugen, privaten und öffentlichen Vergnügungsfahrzeugen, langen, flatternden Spruchbändern aus bunter Seide, Flaggen und Fahnen von fremdartiger, malerischer Aufmachung.

Mein Begleiter gab mir Zeichen, das Tempo zu verlangsamen, zog seine Maschine neben die meine und schlug vor, weiter hinunterzugehen und die Zeremonie zu beobachten, bei der einzelne Offiziere und Mannschaften für ihren Heldenmut und andere außergewöhnliche Dienste ausgezeichnet wurden. Dann entfaltete er ein kleines

Banner, das sein Flugzeug als das eines Mitglieds des Königshauses von Zodanga auswies, und gemeinsam bahnten wir uns den Weg durch das Labyrinth tief über dem Erdboden liegender Luftschiffe, bis wir direkt über dem Jeddak von Zodanga und seinem Stab angelangt waren. Sie alle saßen auf den kleinen Thoatbullen der roten Marsmenschen, wobei sowohl ihr Staatsgeschirr als auch ihr Schmuck mit einer solchen Unmasse prächtig gefärbter Federn überladen war, daß mich die auffallende Ähnlichkeit mit einem Indianerstamm auf der Erde schier sprachlos machte.

Ein Mitglied des Stabes wies Than Kosis auf meinen Begleiter hin, der über ihnen schwebte, und der Herrscher gab ihm Zeichen, zu landen. Während sie darauf warteten, daß die Truppen gegenüber dem Jeddak Aufstellung bezogen, führten die beiden ein ernsthaftes Gespräch, wobei der Jeddak und die anderen gelegentlich zu mir blickten. Ich konnte ihre Unterhaltung nicht mitverfolgen. Sie war auch bald zu Ende, und alle saßen ab, da die letzte Einheit einen Schwenk ausgeführt und ihren Platz gegenüber dem Herrscher eingenommen hatte. Ein Stabsmitglied schritt dann auf die Truppen zu, rief einen Soldaten auf und befahl ihm, hervorzutreten. Dann schilderte der Offizier die Heldentat, durch die er sich die Anerkennung des Jeddaks erworben hatte. Dieser trat auf den glücklichen Mann zu und legte ihm ein Metallornament auf den linken Arm.

Zehn Männer waren auf diese Weise ausgezeichnet worden, als der Adjutant rief: "John Carter, Aufklärer!"

Noch nie in meinem Leben war ich so überrascht wie jetzt, doch bin ich militärischen Gehorsam gewohnt. Daher ließ ich meine kleine Maschine sanft zu Boden und trat näher, wie ich es bei den anderen beobachtet hatte. Als ich vor dem Offizier stand, sprach er mich mit lauter Stimme an, so daß die gesamte Menge von Soldaten und Zuschauern es hören mußte: "John Carter! In Anerkennung deines bemerkenswerten Mutes und Könnens, das du bewiesen hast, indem du den Vetter des Jeddaks Than Kosis ohne fremde Hilfe verteidigt und dabei drei grüne Krieger getötet hast, ist es die Freude unseres Jeddaks, dir das Zeichen seiner Wertschätzung zu überreichen."

Dann trat Than Kosis auf mich zu, befestigte an mir ein Ornament und sagte: "Mein Vetter hat mir ausführlich über deine wunderbaren Leistungen berichtet, die an ein Wunder grenzen. Wenn du einen Vetter der Jeddaks so zu verteidigen vermagst, wie viel besser könntest du den Jeddak selber verteidigen? Hiermit ernenne ich dich zum Padwar der Garden und gewähre dir von heute an eine Stellung in meinem Palast."

Ich dankte ihm und trat auf seinen Befehl zum Stab. Nach der Zeremonie brachte ich meine Maschine in die Flugzeughallen auf dem Kasernendach der Kundschafterstaffel und ließ mich von einer Ordonnanz zum diensthabenden Haushofmeister bringen.

Ich finde Dejah

Der Haushofmeister, bei dem ich mich meldete, hatte Anweisungen erhalten, mich in der Nähe des Jeddak zu postieren, der in Kriegszeiten leicht Opfer eines Attentats werden kann, da die auf dem Mars vorherrschenden Kriegsregeln jedes Mittel gestatten.

Aus diesem Grunde brachte er mich augenblicklich zu den Gemächern von Than Kosis. Der Herrscher unterhielt sich gerade mit seinem Sohn, Sab Than, und anderen Höflingen, so daß er mein Kommen nicht bemerkte.

Die Wände der Gemächer waren dick mit prächtigen Teppichen verhängt, und so waren keine Fenster oder Türen zu sehen. Der Raum wurde von gespeicherten Sonnenstrahlen erhellt, die zwischen der Decke und einer Art Zwischendecke aus Mattglas einige Zoll weiter unten gehalten wurden.

Mein Führer raffte einen der Gobelins beiseite und enthüllte einen Gang, der zwischen den Teppichen und den eigentlichen Wänden um den Raum herumführte. Dort sollte ich mich aufhalten, solange Than Kosis im Gemach weilte. Verließ er es, sollte ich ihm folgen. Meine einzige Pflicht bestand darin, den Herrscher zu bewachen und dabei, soweit möglich, ungesehen zu bleiben. Nach vier Stunden würde man mich ablösen. Dann verließ mich der Haushofmeister.

Die Teppiche waren von seltsamer Webart. Von der Seite erschienen sie sehr schwer und fest, doch konnte ich aus meinem Versteck alles verfolgen, was im Gemach vor sich ging, als seien sie von meiner Seite aus durchsichtig.

Kaum hatte ich meinen Posten bezogen, teilten sich die Gobelins auf der gegenüberliegenden Seite des Gemaches und vier Gardesoldaten erschienen, die eine weibliche Gestalt mit sich führten. Einige Schritte vor Than Kosis traten die Soldaten beiseite, und vor dem Jeddak, keine zehn Fuß von mir entfernt, stand Dejah Thoris, deren wunderschönes Gesicht vor Freude strahlte.

Sab Than, der Prinz von Zodanga, ging ihr entgegen, dann schritten sie Hand in Hand zum Jeddak. Kosis blickte überrascht auf, erhob sich und begrüßte sie.

"Welch seltsamer Laune habe ich diesen Besuch der Prinzessin von Helium zu verdanken, die mir noch vor zwei Tagen mit nur geringer Rücksicht auf meinen Stolz versicherte, daß sie Tal Hajus, den grünen Thark, meinem Sohn vorziehen werde?"

Doch Dejah Thoris lächelte nur um so mehr und antwortete mit verschmitzten Grübchen an den Mundwinkeln: "Seit jeher auf Barsoom gehört es zum Vorrecht der Frau, ihre Meinung zu ändern, wie es ihr beliebt, und sich in Herzensangelegenheiten zu verstellen. Du wirst mir vergeben, Than Kosis, wie es bereits dein Sohn getan hat. Vor zwei Tagen war ich von seiner Liebe nicht überzeugt, doch jetzt bin ich es und komme, um dich zu bitten, mir die unbedachten Worte zu verzeihen und die Zusage der Prinzessin von Helium anzunehmen, Sab Than, den Prinz von Zodanga, zu heiraten, wenn die Zeit gekommen ist."

"Ich bin glücklich über deine Entscheidung", entgegnete Than Kosis. "Nichts liegt mir ferner, als den Krieg mit Helium weiter voranzutreiben. Wir werden dein Versprechen zu Protokoll nehmen und meinem Volk unverzüglich eine Erklärung abgeben."

"Es wäre besser, damit auf das Ende des Krieges zu warten, Than Kosis", erwiderte Dejah Thoris. "Würde es meinem und deinem Volk doch in der Tat seltsam vorkommen, wenn die Prinzessin von Helium inmitten der Feindseligkeiten den Gegner ihres Volkes heiratet."

"Können wir den Krieg nicht sofort beenden?" fragte Sab Than. "Ein Wort von Than Kosis, und es herrscht Frieden. Bitte, Vater, sprich das Wort aus, das mich dem Glück näherbringt und diesen unpopulären Zwist beendet."

"Wir werden sehen, ob das Volk von Helium auch daran interessiert ist. Ich werde ihnen zumindest ein Friedensangebot unterbreiten", entgegnete Than Kosis.

Nach einigen Worten wandte sich Dejah Thoris ab und verließ, weiterhin unter Bewachung, das Gemach.

So lag das Gebäude, das ich mir in meinem kurzen Traum vom Glück errichtet hatte, zerborsten und zerbrochen auf dem Boden der Realität. Die Frau, der ich mein Leben angeboten und von deren Lippen ich kürzlich erst die Bestätigung vernommen hatte, daß sie mich liebe, hatte meine Existenz bereits vergessen und sich freudestrahlend dem Sohn des Erzfeindes ihres Volkes an den Hals geworfen.

Obwohl ich es mit eigenen Ohren vernommen hatte, konnte ich es nicht glauben. Ich mußte sie finden und zwingen, die grausame Wahrheit in meiner Gegenwart zu wiederholen, bevor ich endgültig davon überzeugt war. So verließ ich meinen Posten und eilte hinter der Teppichwand zu der Tür, durch die sie verschwunden war. Leise schlüpfte ich hinaus und fand mich in einem Labyrinth von gewundenen Gängen, die sich hier und da verzweigten und ständig irgendwohin abbogen.

Schnell lief ich den ersten entlang, dann einen zweiten, und bald hatte ich mich hoffnungslos verirrt und lehnte keuchend an der Wand, als ich in der Nähe Stimmen vernahm. Offensichtlich kamen sie von der gegenüberliegenden Seite, und bald erkannte ich Dejah Thoris. Zwar verstand ich nicht, was sie sagte, doch ein Irrtum war ausgeschlossen.

Nach wenigen Schritten entdeckte ich einen zweiten Gang, an dessen Ende sich eine Tür befand. Ich lief schnurstracks darauf zu und stürmte in das dahinterliegende Zimmer, einen kleinen Vorraum, wo sich jene vier Wachposten aufhielten, die sie zuvor begleitet hatten. Einer von ihnen erhob sich sofort, trat auf mich zu und fragte nach meinem Begehr.

"Ich komme von Than Kosis und möchte mit Dejah Thoris, der Prinzessin von Helium, unter vier Augen sprechen", entgegnete ich.

"Und dein Auftrag?" fragte er.

Ich wußte nicht, was er meinte, entgegnete jedoch, daß ich Mitglied der Garde sei, und schritt ohne auf seine Antwort zu warten, auf die gegenüberliegende Tür zu, hinter der ich Dejah Thoris reden hörte.

Doch so einfach ließ man mich nicht zu ihr. Der Wächter trat vor mich und sagte: "Niemand kommt von Than Kosis ohne einen Auftrag oder ein Paßwort. Du mußt mir eines von beiden nennen, bevor wir dich durchlassen."

"Der einzige Auftrag, den ich benötige, um wohin auch immer eintreten zu dürfen, befindet sich an meiner Seite, mein Freund", erwiderte ich und wies auf mein langes Schwert. "Läßt du mich nun freiwillig durch oder nicht?"

Als Anwort zog er auch sein Schwert, rief die anderen zu sich, und mit gezückten Waffen versperrten die vier mir den Weg.

"Du bist nicht in Than Kosis' Auftrag hier", schrie derjenige, der mich zuerst angesprochen hatte. "Und du setzt keinen Fuß in die Gemächer der Prinzessin von Helium, sondern wirst unter Bewachung zu Than Kosis zurückgebracht, um deine unbegründete Tollkühnheit zu erklären. Leg dein Schwert nieder, du kannst nicht hoffen, gegen uns vier anzukommen", fügte er mit einem grimmigen Lächeln hinzu.

Als Antwort stach ich einmal kurz zu, worauf ich es nur noch mit drei Gegnern zu tun hatte, die, so kann ich versichern, einem Krieger meines Metalles würdig waren. Im Nu hatten sie mich an die Wand gedrückt, und ich kämpfte um mein Leben. Langsam arbeitete ich mich zu einer Ecke des Raumes durch, wo sie mich nur einzeln angreifen konnten, und so fochten wir etwa zwanzig Minuten, wobei die aufeinandertreffenden Klingen in dem kleinen Zimmer für einen beträchtlichen Lärm sorgten.

Dieser brachte Dejah Thoris an die Tür, von wo aus sie und Sola, die ihr über die Schulter blickte, das Kampfgeschehen verfolgten. Das Gesicht der Prinzessin zeigte keine Regung, und ich wußte, daß weder sie noch Sola mich erkannten.

Schließlich brachte ein wohlgezielter Stich den zweiten Wächter zu Fall. Bei nur zwei Gegnern änderte ich meine Taktik und attackierte sie auf meine Weise, der ich schon viele Siege zu verdanken hatte. Der nächste sank zehn Sekunden nach dem zweiten darnieder, und nur wenige Augenblicke später lag der letzte tot am Boden. Es waren mutige Männer und gute Kämpfer gewesen, und es dauerte mich, daß ich sie töten mußte, doch ich hätte ganz Barsoom entvölkert, wenn es keinen anderen Weg gegeben hätte, zu Dejah Thoris zu gelangen.

Ich steckte die blutige Klinge in die Scheide und trat zu meiner Marsprinzessin, die mich noch immer ohne ein Zeichen des Erkennens stumm anstarrte.

"Wer bist du, Zodanganer?" flüsterte sie. "Bist du noch ein Feind, der mein Elend vergrößern will?"

"Ich bin ein Freund, ein einst zärtlich geliebter Freund", entgegnete ich.

"Kein Freund der Prinzessin von Helium trägt dieses Metall", entgegnete sie. "Und doch, die Stimme! Ich kenne sie, ist es nicht - nein, das kann nicht sein, denn er ist tot."

"Und doch ist es niemand anders als John Carter, meine Prinzessin", sagte ich. "Erkennst du unter all der Farbe und dem seltsamen Schmuck nicht das Herz deines Gebieters?"

Beim Nähertreten bewegte sie sich mit ausgestreckten Händen auf mich zu, doch als ich sie in die Arme nehmen wollte, erschauderte sie und wich mit einem gramerfüllten Seufzer vor mir zurück.

"Zu spät, zu spät", klagte sie. "Ach mein Gebieter, der du es doch warst und den ich für tot hielt! Wärest du nur eine knappe Stunde eher zurückgekehrt - doch nun ist es zu spät, zu spät."

"Was meinst du, Dejah Thoris?" fragte ich. "Du hättest nicht deine Hand dem Prinz von Zodanga versprochen, hättest du gewußt, daß ich lebte?"

"John Carter, glaubst du, daß ich heute dem einen mein Herz schenke und morgen einem anderen? Ich dachte, daß es mit deinen sterblichen Überresten in den Kerkern von Warhoon begraben liegt, und so habe ich meinen Körper nun einem anderen versprochen, um meinem Volk das Unglück zu ersparen, von einer Armee Zodangas besiegt zu werden."

"Doch ich bin nicht tot, meine Prinzessin, sondern hierher gekommen, um dich zu holen, und ganz Zodanga kann mich nicht davon abhalten."

"Zu spät, John Carter. Ich habe mein Versprechen gegeben, und das ist das Entscheidende auf Barsoom. Die Zeremonien, die später folgen, sind nur bedeutungslose Formalitäten. Der Ehebund wird dadurch ebenso besiegelt wie der Tod eines Jeddaks durch seinen Leichenzug. Ich bin so gut wie verheiratet, John Carter. Du darfst mich nicht länger deine Prinzessin nennen. Und du bist nicht länger mein Gebieter."

"Mir sind nur wenig der Bräuche von Barsoom bekannt, Dejah Thoris, doch ich weiß, daß ich dich wahrhaft liebe, und wenn du die Worte ernst gemeint hast, die du zuletzt zu mir gesagt hast, als uns die Horden der Warhoon angriffen, darf dich kein anderer Mann als seine Braut bezeichnen. Sie waren damals so gemeint und sind es noch immer! Sag, daß das die Wahrheit ist."

"Es stimmt, John Carter", flüsterte sie. "Doch ich darf sie nicht wiederholen, da ich mich einem anderen gegeben habe. Ach, hättest du nur unsere Lebensweise gekannt, mein Freund, so hätte ich mich dir schon vor vielen langen Monaten versprochen, und du hättest dein Recht vor allen anderen einfordern können", sagte sie halb zu sich selbst. "Es hätte den Niedergang von Helium bedeutet, doch für meinen Gebieter von Thark hätte ich mein Reich geopfert."

Laut fuhr sie dann fort: "Erinnerst du dich an die Nacht, in der du mich gekränkt hast? Du nanntest mich deine Prinzessin, ohne mich um meine Hand gebeten zu haben, und rühmtest dich damit, daß du für mich gekämpft habest. Du warst ahnungslos, und ich hätte nicht beleidigt sein sollen, das ist mir jetzt klar. Aber es gab niemanden, der dir hätte sagen können, was ich nicht sagen konnte: Daß es auf Barsoom in den Städten der roten Menschen zwei Sorten Frauen gibt.

Für die einen kämpft man, um sie um die Ehe bitten zu dürfen, für die anderen kämpft man ebenfalls, doch man hält niemals um ihre Hand an. Wenn ein Mann eine Frau gewonnen hat, darf er sie mit Prinzessin oder anderen ähnlichen Worten anreden, die sein Anrecht auf sie bezeugen. Du hattest für mich gekämpft, jedoch nicht um meine Hand gebeten, und demzufolge war ich verletzt, als du mich mit 'meine Prinzessin' anredetest", stammelte sie. "Doch selbst da stieß ich dich nicht zurück, John Carter, wie ich es hätte tun sollen, bis du es noch zweifach verschlimmertest, indem du spottetest, mich durch den Kampf gewonnen zu haben."

"Jetzt muß ich dich nicht dafür um Vergebung bitten, Dejah Thoris", sagte ich. "Du mußt wissen, daß ich diesen Fehler in Unkenntnis der Bräuche von Barsoom begangen habe. Was ich versäumte, da ich im stillen glaubte, mein Antrag sei vermessen und unwillkommen, hole ich nach, Dejah Thoris, und frage dich, ob du meine Frau sein willst, und bei all dem Blut der Kämpfer von Virginia, das in meinen Adern fließt: Du sollst es sein."

"Nein, John Carter, das ist zwecklos", rief sie entmutigt aus. "Ich werde nie die deine sein, solange Sab Than lebt."

"Damit hast du sein Todesurteil besiegelt, meine Prinzessin - Sab Than wird sterben."

"Auch in diesem Falle nicht", beeilte sie sich hinzuzufügen. "Ich darf den Mann nicht heiraten, der meinen Ehemann tötet, sogar wenn es in Notwehr geschieht. Das ist so Brauch. Auf Barsoom werden wir von Bräuchen regiert. Es hat also keinen Zweck, mein Freund. Du mußt das Leid mit mir teilen. Zumindest das haben wir gemeinsam. Das und die Erinnerung an die kurzen Tage bei den Thark. Du mußt nun gehen und darfst mich nie wiedersehen. Leb wohl, mein früherer Gebieter."

Entmutigt und niedergeschlagen zog ich mich zurück, doch ich hatte noch immer einen Funken Hoffnung und würde Dejah Thoris nicht verloren geben, bis die Zeremonie wirklich vollzogen worden war.

Erneut verlief ich mich im Labyrinth der sich windenden Gänge wie zuvor bei meiner Suche nach Dejah Thoris' Gemächern.

Ich wußte, daß mir nur noch die Flucht aus Zodanga übrigblieb, denn die vier toten Gardesoldaten würden eine Ermittlung nach sich ziehen, und da ich meinen früheren Posten ohne fremde Hilfe nicht erreichen würde, fiel der Verdacht sicherlich in dem Augenblick auf mich, in dem man mich ziellos im Palast umherirrend antraf. Da kam ich zu einer Wendeltreppe. Ich begab mich einige Stockwerke nach unten, bis ich vor dem Eingang zu einem großen Gemach stand, in dem sich einige Gardesoldaten aufhielten. Auch die Wände dieses Raumes waren mit undurchsichtigen Wandteppichen verhängt, hinter denen ich mich unbemerkt versteckte.

Die Soldaten unterhielten sich über allgemeine Dinge, die mich nicht weiter interessierten, bis ein Offizier eintrat und eine Abteilung zur Ablösung der Wache bei der Prinzessin von Helium losschickte. Nun würden also die wahren Schwierigkeiten erst beginnen. In der Tat nur allzu bald, denn mir schien, die Abteilung habe gerade erst den Wachraum verlassen, als einer von ihnen atemlos wieder hereingestürzt kam und rief, sie hätten ihre vier Kameraden im Vorzimmer niedergemetzelt aufgefunden.

Augenblicklich war der ganze Palast auf den Beinen. Gardesoldaten, Offiziere, Höflinge, Diener und Sklaven rannten Hals über Kopf durch die Gänge und Gemächer, überbrachten Botschaften und Befehle und suchten nach Spuren des Mörders.

Darin lag meine Chance, und so gering sie auch zu sein schien, ich ergriff sie, und als mehrere Soldaten an meinem Versteck vorbeigelaufen kamen, schloß ich mich ihnen an und folgte ihnen durch das Wirrwarr der Gänge, bis ich schließlich beim Durchqueren eines Palastsaales das gesegnete Tageslicht erblickte, das durch eine Reihe größerer Fenster einfiel.

An dieser Stelle verließ ich meine Führer, huschte zum nächsten Fenster und suchte von dort aus nach einem Fluchtweg. Die Fenster blickten auf eine große Empore, von der man eine der breiten Promenaden von Zodanga überschauen konnte. Wir befanden uns etwa dreißig Fuß über dem Erdboden, und ebenso weit von mir entfernt erhob sich eine zwanzig Fuß hohe Mauer aus etwa einem Fuß dicken, glänzendem Glas. Einem roten Marsmenschen wäre die Flucht auf diesem Wege unmöglich erschienen, doch für mich war sie bei meiner irdischen Kraft und Beweglichkeit bereits gemachte Sache. Ich hatte lediglich Angst davor, daß man mich vor Einbruch der Dunkelheit entdeckte, denn ich konnte unmöglich am hellichten Tage springen, während es unten im Hof und in der dahinterliegenden Straße von Zodanganern wimmelte.

Demzufolge suchte ich nach einem Versteck, das ich schließlich durch Zufall im Inneren eines riesigen, von der Decke herabhängenden Kunstwerkes fand, welches ungefähr zehn Fuß über dem Erdboden endete. Mühelos sprang ich in die geräumige, vasenartige Kugel und hatte mich kaum darin eingerichtet, als ich unter mir Menschen in den Raum kommen hörte. Die Gruppe blieb unter meinem Schlupfwinkel stehen, von wo ich jedes ihrer Worte deutlich hören konnte.

"Es ist das Werk von Heliumiten", sagte einer der Männer.

"Ja, mein Jeddak, doch wie haben sie sich Zugang in den Palast verschafft? Ich glaube, daß es bei der großen Aufmerksamkeit eurer Gardesoldaten höchstens einem einzelnen gelingen könnte, ins Innere zu gelangen, doch wie ein Trupp von sechs bis acht Kriegern es unbemerkt zustande brachte, geht über meinen Verstand. Nun, dennoch werden wir es bald erfahren, denn hier kommt der königliche Psychologe."

Ein weiterer Mann trat hinzu, entbot dem Herrscher den üblichen Gruß und sagte: "O mächtiger Jeddak, ich las einen seltsamen Bericht in den Köpfen eurer toten Getreuen. Sie wurden nicht von mehreren Kriegern, sondern von einem einzigen besiegt."

Er hielt inne, damit seinen Zuhörern die volle Bedeutung der Aussage klar wurde. Daß seinem Bericht jedoch kaum Glauben geschenkt wurde, ersah man aus dem verärgerten und ungläubigen Ausruf, der Than Kosis entfuhr.

"Was für eine verrückte Geschichte bringst du mir, Notan?" schrie er.

"Es ist die Wahrheit, mein Jeddak", entgegnete der Psychologe. "Die Sinneseindrücke zeichneten sich deutlich im Gehirn eines jeden eurer vier Gardesoldaten ab. Ihr Gegner war ein großgewachsener Mann. Er trug das Metall eines Mitgliedes eurer Garde, und seine kämpferischen Fähigkeiten grenzten an ein Wunder, denn er kämpfte gegen alle vier fair und besiegte sie nur durch seine Überlegenheit, übermenschliche Kraft und Ausdauer. Obwohl er das Metall von Zodanga trug, mein Jeddak, hat man einen solchen Menschen weder in diesem noch in einem anderen Land von Barsoom zu Gesicht bekommen. Das Gehirn der Prinzessin von Helium, die ich untersucht und befragt habe, war mir ein weißes Blatt, so sehr hat sie sich unter Kontrolle. Ich konnte nicht das geringste herauslesen. Sie sagte, sie habe einen Teil des Kampfes verfolgt und nur einen völlig unbekannten Mann gesehen."

"Wo ist mein Retter?" fragte ein anderer, und ich erkannte die Stimme des Vetters von Than Kosis, den ich vor den grünen Kriegern gerettet hatte. "Beim Metall meines ersten Vorfahren, die Beschreibung trifft auf ihn haargenau zu, besonders hinsichtlich seiner Kampfeskraft."

"Wo ist der Mann?" rief Than Kosis. "Bringt ihn sofort zu mir! Was weißt du von ihm, Vetter? Wenn ich jetzt genauer darüber nachdenke, kommt es mir mit einemmal merkwürdig vor, daß es in Zodanga einen solchen Krieger geben sollte, dessen Namen wir bis auf unsere Tage noch nicht gehört haben. Und überhaupt, wer auf Barsoom hat schon einmal einen Namen wie 'John Carter' vernommen!"

Bald wurde gemeldet, daß ich weder im Palast noch in meiner früheren Unterkunft, in den Kasernen der Kundschafterdivision, anzutreffen sei. Kantos Kan hatten sie gefunden und ausgefragt, doch er wußte nichts über meinen Verbleib, und hinsichtlich meiner Vergangenheit hatte er ihnen erzählt, ihm sei nur wenig bekannt, da er mich erst vor kurzem in der Gefangenschaft bei den Warhoon kennengelernt habe.

"Behaltet diesen anderen im Auge", befahl Than Kosis. "Auch er ist fremd hier, wahrscheinlich stammen sie beide aus Helium, und wo der eine ist, werden wir früher oder später den anderen finden. Vervierfacht die Luftpatrouillen und untersucht jeden Mann aufs gründlichste, der die Stadt auf dem Luftwege verläßt."

Nun erschien ein zweiter Bote mit der Nachricht, daß ich mich noch innerhalb der Palastmauern aufhielte.

"Das Aussehen eines jeden, der das Palastgebiet betreten oder verlassen hat, wurde sorgfältig überprüft", schloß der Mann. "Niemand ähnelte dem neuen Padwar der Garden, wie man es zum Zeitpunkt seines Beitritts aufgezeichnet hat."

"Dann haben wir ihn bald", bemerkte Than Kosis zufrieden. "In der Zwischenzeit begeben wir uns zur Prinzessin von Helium und befragen sie zu dieser Angelegenheit. Sie weiß vielleicht mehr, als sie dir verraten wollte, Notan. Kommt."

Sie verließen die Halle, und als es draußen dunkel geworden war, schlüpfte ich leise aus meinem Versteck und eilte zum Balkon. Nur wenige Leute waren zu sehen. Ich wartete, bis niemand in der Nähe war, sprang schnell auf den Rand der Glasmauer und begab mich von dort zum Boulevard hinter dem Palastgelände.

Am Himmel verirrt

Ohne weiter achtzugeben, ob mich jemand bemerkte oder nicht, eilte ich in Richtung unseres Quartiers, wo ich mit Sicherheit Kantos Kan antreffen würde. Als ich mich dem Gebäude näherte, wurde ich vorsichtiger, da ich zu Recht vermutete, daß der Ort bewacht werde. Einige Männer in Zivil lungerten vor dem Vordereingang herum, weitere auf der Hinterseite. Lediglich durch das angrenzende Gebäude würde es mir gelingen, unbemerkt ins obere Stockwerk zu gelangen, wo sich die Unterkünfte befanden. Nach beträchtlichen Mühen glückte es mir, das Dach eines Geschäftshauses einige Schritte entfernt zu erklimmen.

Ich sprang von Dach zu Dach, kam bald an ein geöffnetes Fenster in dem Haus, wo ich den Heliumiten zu finden hoffte, und stand im nächsten Moment vor ihm im Zimmer. Er war allein und zeigte sich von meinem Kommen keineswegs überrascht. Nach seinen Worten hatte er mich viel früher erwartet, da mein Dienst schon lange beendet sein mußte.

Ich erkannte, daß er nichts von den neuesten Ereignissen im Palast wußte, und nachdem ich ihn aufgeklärt hatte, geriet er in helle Aufregung. Die Nachricht, daß Dejah Thoris Sab Than ihre Hand versprochen hatte, bestürzte ihn zutiefst.

"Das kann nicht sein", rief er aus. "Das ist unmöglich! Ach, jeder Mann in Helium würde es vorziehen zu sterben, als unsere geliebte Prinzessin dem Herrscherhaus von Zodanga zu verkaufen. Sie muß den Verstand verloren haben, einem solchen abscheulichen Handel zuzustimmen. Du, der du nicht weißt, wie sehr wir aus Helium die Mitglieder unseres Königshauses lieben, kannst dir nicht vorstellen, mit welchem Entsetzen mich eine solch unselige Verbindung erfüllt. Was können wir tun? Du hast viele Ideen. Fällt dir nicht irgend etwas ein, um Helium diese Schmach zu ersparen?" fuhr er fort.

"Wenn ich Sab Than bis auf eine Schwertlänge nahekomme, kann ich das Problem lösen, soweit es Helium betrifft. Aus persönlichen Gründen zöge ich es jedoch vor, daß ein anderer den Schlag ausführt, der Dejah Thoris befreit", entgegnete ich

Kantos Kan blickte mich prüfend an, bevor er sagte: "Du liebst sie! Weiß sie es?"

"Sie weiß es, Kantos Kan, und weist mich nur zurück, weil sie Sab Than versprochen ist."

Der wackere Geselle sprang auf, packte mich an der Schulter, hob sein Schwert hoch und rief aus: "Wenn es nach mir ginge, hätte ich für die erste Prinzessin von Barsoom keinen passenderen Mann zum Partner gewählt. Meine Hand liegt auf deiner Schulter, John Carter, und du hast mein Wort, daß Sab Than durch mein Schwert ausgelöscht wird, um meiner Liebe zu Helium willen, für Dejah Thoris und für dich. Noch in dieser Nacht versuche ich, zu seinen Gemächern im Palast vorzudringen."

"Wie?" fragte ich. "Du wirst streng bewacht, und eine vierfache Patrouille kontrolliert den Himmel."

Einen Augenblick ließ er nachdenklich den Kopf sinken, dann blickte er voller Zuversicht auf und sagte schließlich: "Ich muß nur an diesen Garden vorbei, dann ist es kein Problem."

"Ich kenne einen geheimen Eingang zum Palast, der sich in der Spitze des höchsten Turmes befindet, bin ganz zufällig darauf gestoßen, als ich eines Tages auf Streife den Palast überflog. Dabei müssen wir immer alles prüfen, was uns ungewöhnlich erscheint. Damals sah ich auf der höchsten Turmspitze ein Gesicht. Da mir das seltsam vorkam, ging ich näher und stellte fest, daß es sich um niemanden anderes handelte als um Sab Than. Er war leicht verärgert, daß ich ihn entdeckt hatte, und befahl mir, die Angelegenheit für mich zu behalten, der Weg vom Turm führe direkt zu seinen Gemächern und sei nur ihm bekannt. Wenn ich zum Dach der Kaserne gelangen und meine Maschine holen könnte, wäre ich in fünf Minuten in seinen Gemächern. Doch wie komme ich hier heraus, wenn wir so streng bewacht werden?"

"Wie stark sind die Wachen bei den Maschinenräumen der Kasernen?" fragte ich.

"Normalerweise befindet sich nachts nur ein Wachposten auf dem Dach."

"Geh aufs Dach unseres Hauses und warte dort auf mich, Kantos Kan."

Ohne mein Vorhaben weiter zu erklären, begab ich mich wieder auf dem bereits erprobten Weg zur Straße und eilte zur Kaserne. Ich wagte mich nicht hinein, da es dort von Mitgliedern der Luftkundschafter nur so wimmelte, die wie ganz Zodanga nach mir Ausschau hielten.

Die Kaserne war riesig, sie ragte reichlich tausend Fuß in die Höhe. Nur wenige Gebäude von Zodanga waren noch höher, wenngleich nur um mehrere hundert Fuß: Die Docks der großen Schlachtschiffe maßen mehr als fünfzehnhundert Fuß über dem Erdboden, während die Fracht- und Passagierbahnhöfe der Handelsflotte fast ebenso hoch emporragten.

Das Erklimmen des Gebäudes nahm viel Zeit in Anspruch und war gefahrenvoll, doch es gab keinen anderen Weg, und so nahm ich es auf mich. Die Tatsache, daß die Bauwerke auf Barsoom mit Verzierungen überladen sind, machte die Angelegenheit wesentlich einfacher als zuvor angenommen, denn ich fand schmückende Brüstungen und Vorsprünge, die bis zur Dachrinne eine ausgezeichnete Leiter bildeten. Hier traf ich auf das erste ernsthafte Hindernis. Die Dachrinne stand fast zwanzig Fuß von der Wand hervor, und obwohl ich das Gebäude völlig umkreiste, fand ich keinen Durchschlupf.

Das oberste Stockwerk war erhellt und voller Soldaten, die ihren verschiedenen Beschäftigungen nachgingen. Aus diesem Grund war es unmöglich, durch das Innere zum Dach zu gelangen.

Es gab eine geringe verzweifelte Chance, und für diese entschied ich mich - denn es geschah für Dejah Thoris, und jeder Mann würde für eine Frau wie sie das tausendfache Risiko des Todes auf sich nehmen.

Ich hielt mich mit einer Hand fest, die Füße gegen die Mauer gestemmt, und löste einen der langen Lederriemen von meiner Ausrüstung, an dessen Ende sich ein großer Haken befand, mit dessen Hilfe sich die Piloten von ihrem Flugzeug abseilen können, um die verschiedensten Reparaturen auszuführen, und an denen die Landetruppen von den Luftschiffen zu Boden gelassen werden.

Vorsichtig schwang ich diesen Haken einige Male zum Dach hinauf, bis er schließlich an irgend etwas hängenblieb. Vorsichtig zog ich daran, um den Halt zu festigen, doch wußte ich nicht, ob er mich tragen würde. Vielleicht hatte er sich am äußersten Rand des Daches verfangen und rutschte weg, sobald mein ganzes Gewicht am Lederseil hing, so daß ich tausend Fuß nach unten auf den Fußweg stürzte.

Ich zögerte einen Moment, dann ließ ich den Stuck los, an dem ich mich bisher festhielt, und schwang mich ins Leere. Weit unter mir befanden sich die hell erleuchteten Straßen, die harten Gehwege und der Tod. Es gab einen plötzlichen Ruck an dem tragenden Dachteil, ein häßliches rutschendes und schürfendes Geräusch, bei dem mir vor Angst der Schweiß ausbrach, dann faßte der Haken, und ich war gerettet.

Schnell zog ich mich nach oben, hielt mich am Rand der Regenrinne fest und zog mich aufs Dach. Als ich mich erhob, blickte ich in die Revolvermündung des diensthabenden Wachpostens, der mir gegenüber stand.

"Wer bist du, und woher kommst du?" rief er.

"Ich bin ein Luftkundschafter, mein Freund, und beinahe ein toter, denn ich bin nur knapp dem Sturz in die Tiefe entronnen", entgegnete ich.

"Doch wie bist du aufs Dach gelangt, Mann? Niemand ist in der vergangenen Stunde gelandet oder vom Gebäude nach oben gekommen. Das mußt du mir schleunigst erklären, oder ich rufe die Wache."

"Schau selbst, Wachposten, und du wirst sehen, wie ich hierher gekommen bin und mit welch knapper Not", entgegnete ich, wandte mich zum Rand des Daches, zu meinem Lederseil, an dessen Ende zwanzig Fuß unter mir all meine Waffen hingen.

Der Mann trat von Neugierde getrieben neben mich. Das war sein Pech, denn als er sich vorbeugte, um über die Rinne zu blicken, packte ich ihn am Hals und an der rechten Hand und stieß ihn kraftvoll auf das Dach. Die Waffe entfiel ihm. Meine Finger erstickten seinen Hilfeschrei. Ich knebelte und fesselte ihn und ließ ihn von der Dachrinne herab, so daß er nun dort hing, wo ich mich vor kurzem befunden hatte. Mir war klar, daß man ihn erst am Morgen entdecken würde, und ich brauchte soviel Zeit wie möglich.

Ich nahm meine Ausrüstung und Waffen wieder an mich, eilte zu den Unterständen und hatte bald meine und Kantos Kans Maschine herausgezogen. Nun machte ich sein Flugzeug hinter meinem fest, startete, hüpfte über den Dachrand und tauchte in die Straßen weit unterhalb der Höhenschichten, die von der Luftpatrouille kontrolliert wurden. In weniger als einer Minute setzte ich unbehelligt auf dem Dach unserer Behausung neben dem erstaunten Kantos Kan auf.

Ich vergeudete keine Zeit für Erklärungen, sondern besprach augenblicklich mit ihm unser weiteres Vorgehen. Wir entschieden, daß ich versuchen sollte, mich nach Helium durchzuschlagen, während Kantos Kan sich in den Palast begeben und Sab Than erledigen sollte. Hatte er seine Mission erfüllt, sollte er mir folgen. Er stellte meinen Kompaß für mich (ein kleines intelligentes Gerät, dessen Zeiger nicht von der Stelle rücken würde, hatte man zuvor irgendeinen Punkt auf Barsoom angegeben), sagten einander Lebewohl, stiegen gemeinsam auf und jagten in Richtung Palast, an dem auch ich auf dem Weg nach Helium vorbei mußte.

Als wir uns dem hohen Turm näherten, stieß eine Patrouille von oben auf uns, richtete ihren durchdringenden Scheinwerfer auf mein Flugzeug, und eine Stimme befahl mir zu halten. Als ich dem Gebrüll keine Beachtung schenkte, folgte ein Schuß. Kantos Kan glitt schnell in die Dunkelheit, während ich steil aufstieg und in atemberaubender Geschwindigkeit über den Marshimmel raste, dicht gefolgt von einem Dutzend Luftaufklärungsmaschinen, die sich der Verfolgung angeschlossen hatten, und später noch von einem schnellen Kreuzer mit einigen hundert Mann Besatzung sowie einer Reihe von Schnellfeuerkanonen. Ich vollführte mit meiner kleinen Maschine Drehungen und Wendungen, stieg mal auf und ließ mich ein andermal fallen, so daß ich mich die meiste Zeit ihren Suchscheinwerfern entziehen konnte. Doch gleichzeitig verlor ich mit dieser Taktik an Boden, so daß ich beschloß, auf einen direkten Kurs zu setzen und den Rest dem Schicksal und der Schnelligkeit meiner Maschine zu überlassen.

Kantos Kan hatte mir verraten, wie man durch eine bestimmte Art zu schalten die Leistungsfähigkeit der Maschine heraufsetzen kann. Da dieser Kniff nur der Marine von Helium bekannt war, würde ich nach meiner Überzeugung meine Verfolger weit hinter mir lassen, wenn ich nur für einige Augenblicke den Geschossen auszuweichen vermochte.

Als ich durch die Luft raste, überzeugte mich das Schwirren der Kugeln um mich herum, daß mir nur noch ein Wunder helfen konnte, doch die Würfel waren gefallen. Ich trieb die Maschine zum äußersten und raste auf direktem Wege in Richtung Helium. Stück für Stück blieben meine Verfolger hinter mir zurück, schon wollte ich mir zu meinem glücklichen Entkommen gratulieren, als ein wohlgezielter Schuß des Kreuzers vorm Bug meines kleinen Flugzeuges explodierte. Durch die Erschütterung überschlug es sich beinahe und stürzte kopfüber abwärts durch die dunkle Nacht, daß einem übel werden konnte.

Ich weiß nicht, wie tief ich fiel, bevor ich die Maschine erneut unter Kontrolle bekam, doch ich mußte dem Erdboden sehr nahe gekommen sein, da ich unter mir deutlich Tiere schreien hörte. Als ich wieder aufstieg, suchte ich den Himmel nach meinen Verfolgern ab, deren Lichter ich schließlich weit hinter mir ausmachte. Sie landeten und suchten offensichtlich nach mir.

Erst als ich ihre Lichter nicht mehr erkennen konnte, wagte ich, meine kleine Lampe auf den Kompaß zu richten, und mußte zu meiner Bestürzung feststellen, daß mein einziger Helfer sowie mein Tachometer von einem Geschosssplitter völlig zerstört worden waren. Sicherlich konnte ich an den Sternen die generelle Richtung nach Helium ablesen, doch ohne die genaue Position der Stadt und meine Reisegeschwindigkeit zu kennen, hatte ich nur geringe Chancen, sie zu finden.

Helium liegt eintausend Meilen südwestlich von Zodanga, mit intaktem Kompaß hätte ich es ohne Störung in vier bis fünf Stunden geschafft. Dennoch fand ich mich am Morgen nach fast sechs Stunden ununterbrochenen Fluges über einem ausgetrockneten Meer mit riesigen Ausdehnungen wieder. Bald tauchte eine große Stadt vor mir auf, doch nicht Helium, da von allen Metropolen auf Barsoom nur diese aus zwei riesigen, kreisförmigen und von Mauern umgebenen Einzelstädten besteht, und die ungefähr fünfundsiebzig Meilen voneinander entfernt waren und unschwer aus der Höhe, in der ich mich befand, zu erkennen gewesen wären.

Ich glaubte, zu weit nach Nordwesten gelangt zu sein, drehte in südwestlicher Richtung ab und kam im Verlaufe des Vormittags an einigen anderen großen Städten vorbei, auf die jedoch keine von Kantos Kans Beschreibungen zutraf. Zusätzlich zu den Zwillingsstädten besaß Helium noch ein weiteres Merkmal, zwei riesige Türme, einem in leuchtendem Scharlachrot, der im Zentrum der einen Stadt fast eine Meile in die Höhe ragt, während die Partnerstadt sich durch einen ebenso hohen, knallgelben Turm auszeichnet.

Tars Tarkas findet einen Freund

Gegen Mittag flog ich tief über eine große tote Stadt vom alten Mars hinweg, und als ich das dahinterliegende Flachland überquerte, sah ich einige tausend grüne Krieger, die einander ein schreckliches Gefecht lieferten. Kaum hatte ich sie erblickt, wurde auch schon eine Salve auf mich abgegeben, und dank ihrer fast unfehlbaren Zielgenauigkeit verwandelte sich mein kleines Fahrzeug augenblicklich in ein Wrack, das in Richtung Boden taumelte.

Ich fiel fast in die Mitte des Getümmels, zwischen all die Krieger, die mein Auftauchen gar nicht bemerkten, so sehr nahm der Kampf um Leben und Tod sie in Anspruch. Die Männer kämpften unberitten mit den langen Schwertern, während der Schuß eines Scharfschützen vom Rand des Schlachtfeldes gelegentlich einen Krieger niederstreckte, der sich nur für einen Augenblick aus der ineinander verschlungenen Masse gelöst hatte.

Als meine Maschine aufsetzte, war mir klar, daß es nun galt, zu kämpfen oder zu sterben, wobei für letzteres in jedem Falle gute Aussichten bestanden, und so berührte ich den Boden, das lange Schwert gezückt, bereit, mich nach besten Kräften zu verteidigen.

Ich fand mich neben einem riesigen Monster wieder, das es mit drei Gegnern zu tun hatte, und als ich in sein grimmiges, vor Kampfeseifer erhitztes Gesicht blickte, erkannte ich Tars Tarkas, den Thark. Er sah mich nicht, da ich ein Stück hinter ihm stand, und gerade in diesem Augenblick griffen ihn seine drei Widersacher gemeinsam an, die ich als Warhoon identifizierte. Der Hüne machte mit einem von ihnen kurzen Prozeß, doch als er zurücktrat, um einen weiteren Hieb auszuteilen, stürzte er über einen Toten hinter sich und lag augenblicklich der Gnade seiner Gegner ausgeliefert am Boden. Blitzschnell waren sie auf ihm, und Tars Tarkas wäre in Kürze zu seinen Vorvätern gerufen worden, wäre ich nicht vor ihn gesprungen und hätte die Angreifer beschäftigt. Als der mächtige Tars Tarkas wieder auf den Beinen stand, hatte ich einen von ihnen zur Strecke gebracht, die anderen erledigte er wieder selbst.

Er warf mir einen Blick zu, und ein flüchtiges Lächeln streifte seine finsteren Züge, als er mich an die Schulter tippte und sagte:

"Ich hätte dich beinahe gar nicht erkannt, John Carter, doch es gibt auf Barsoom keinen Sterblichen, der das getan hätte, was du für mich getan hast. Ich denke, ich weiß jetzt, daß es so etwas wie die Freundschaft gibt."

Mehr sagte er nicht, da auch nicht dazu Gelegenheit war, denn die Warhoon schlossen sich erneut um uns, und gemeinsam kämpften wir Schulter an Schulter den ganzen langen heißen Nachmittag, bis sich das Blatt wendete und die Überreste der wilden Warhoon auf ihren Thoats zurückwichen und in die einbrechende Dunkelheit flohen.

Zehntausend Mann waren in diese gigantische Schlacht verwickelt, und auf dem Feld lagen weitere dreitausend. Keine der beiden Seiten erbat oder gewährte Gnade, noch wurden Gefangene genommen.

Nach unserer Rückkehr zur Stadt begaben wir uns geradewegs zu Tars Tarkas' Unterkunft, wo ich allein gelassen wurde, während der Anführer den Rat aufsuchte, der üblicherweise unmittelbar nach einem Kampf zusammentrat.

Während ich auf seine Rückkehr wartete, hörte ich, wie sich etwas im Nebenraum regte, und als ich aufblickte, warf sich plötzlich eine riesige, bedrohliche Kreatur auf mich, so daß ich rücklings auf den Stapel von Seidentüchern und Pelzen geworfen wurde, auf denen ich lag. Es war Woola - mein treuer, geliebter Woola. Er hatte den Weg zu den Thark zurückgefunden und, wie mir Tars Tarkas später erzählte, sich sofort zu meiner früheren Unterkunft begeben, wo er begann, auf ergreifende und doch völlig nutzlose Weise nach mir Ausschau zu halten.

"Tal Hajus weiß, daß du hier bist, John Carter", sagte Tars Tarkas, als er vom Palast des Jeddaks zurückkam. "Sarkoja hat dich bei unserer Rückkehr gesehen und sofort erkannt. Tal Hajus hat mir befohlen, dich heute noch zu ihm zu bringen. Ich habe zehn Thoats, John Carter. Such dir eines aus, und ich bringe dich zur nächsten Wasserstraße, die nach Helium führt. Tars Tarkas mag ein grausamer grüner Krieger sein, doch er kann auch ein Freund sein. Komm, wir müssen los."

"Und was erwartet dich, Tars Tarkas?" fragte ich.

"Die wilden Calots, oder noch Schlimmeres", entgegnete er. "Falls ich nicht zufällig die langersehnte Gelegenheit bekomme, Tal Hajus entgegenzutreten."

"Wir bleiben, Tars Tarkas, und gehen heute abend zu Tal Hajus. Du wirst dich nicht selbst opfern. Vielleicht bekommst du heute die Chance, auf die du wartest."

Er erhob energisch Einspruch und erzählte mir, daß Tal Hajus oft bei der bloßen Erinnerung an den Schlag, den ich ihm versetzt hatte, vor Wut außer Rand und Band geriet, und daß ich die entsetzlichsten Qualen erleiden würde, sollte ich ihm noch einmal unter die Finger geraten.

Beim Essen wiederholte ich die Geschichte, die mir Sola in jener Nacht auf dem Meeresgrund während des Marsches nach Thark erzählt hatte.

Tars Tarkas sagte kaum etwas, doch die starken Muskeln in seinem Gesicht zuckten voller Leidenschaft und Qual, beim Gedanken an die Torturen, die man dem einzigen Wesen auferlegte, das er in seinem kalten, grausamen und schrecklichen Dasein geliebt hatte.

Nun widersprach er nicht länger, als ich ihm vorschlug, vor Tal Hajus zu treten. Nur wollte er zuerst mit Sarkoja reden. Auf seine Bitte begleitete ich ihn zu ihrer Unterkunft, und der Blick unbändigen Hasses, den sie mir zuwarf, entschädigte mich fast für jedes noch bevorstehende Unglück, das meine zufällige Rückkehr zu den Thark mit sich bringen mochte.

"Sarkoja, vor vierzig Jahren hast du dazu beigetragen, einer Frau namens Gozava Qualen und Tod zu bringen", sagte Tars Tarkas. "Gerade habe ich erfahren, daß der Krieger, der diese Frau liebte, von deiner Rolle in dieser Angelegenheit erfahren hat. Er darf dich nicht töten, das widerspricht dem Brauch, doch nichts hindert ihn daran, das eine Ende eines Lederriemens um deinen Hals zu legen und das andere um den eines wilden Thoats, lediglich um deine Überlebensfähigkeit zu testen und beim Fortbestand unserer Rasse zu helfen. Ich habe gehört, daß er das für morgen plant, und dachte, es wäre nur recht und billig, dich zu warnen, denn ich bin ein gerechter Mann. Bis zum Fluß Iss ist es ein kurzer Weg, Sarkoja. Komm, John Carter."

Am nächsten Morgen war Sarkoja verschwunden und wurde danach nie wieder gesehen.

Schweigend eilten wir zum Palast des Jeddaks, der uns augenblicklich vorließ. In Wirklichkeit konnte er es kaum erwarten, mich zu Gesicht zu bekommen. Er stand aufrecht auf seiner Empore und stierte mich finster an, als ich eintrat.

"Fesselt ihn an diese Säule", kreischte er. "Wir werden sehen, wie es dem ergeht, der es wagt, den mächtigen Tal Hajus zu schlagen. Erhitzt die Eisen, ich will ihm eigenhändig die Augen aus dem Kopf brennen, damit er meine Person nicht mit seinem üblen Blick entehrt."

"Anführer der Thark", rief ich und wandte mich an den versammelten Rat, ohne dabei auf Tal Hajus einzugehen. "Ich war einer eurer Befehlshaber, und heute habe ich Schulter an Schulter mit eurem mächtigsten Krieger für die Thark gekämpft. Zumindest seid ihr mir eine Anhörung schuldig. Das habe ich mir heute verdient. Ihr behauptet, ein gerechtes Volk zu sein - "

"Ruhe!" brüllte Tal Hajus. "Stopft der Kreatur das Maul und bindet sie, wie ich befohlen habe."

"Gerechtigkeit, Tal Hajus!" rief Lorquas Ptomel aus. "Wer bist du, daß du dich über die jahrhundertealten Bräuche von den Thark hinwegsetzt."

"Ja, Gerechtigkeit!" erschollen ein Dutzend Stimmen, und so fuhr ich fort, während Tal Hajus vor Wut der Schaum aus dem Mund trat:

"Ihr seid ein mutiges Volk, und ihr liebt die Kühnheit, doch wo befand sich euer mächtiger Jeddak beim heutigen Kampf? Im dicksten Schlachtgetümmel fand ich ihn nicht, er war nicht da. In seiner Höhle zerreißt er hilflose Frauen und kleine Kinder, doch hat ihn jemand kürzlich im Zweikampf mit Männern gesehen? Warum konnte sogar ich Winzling ihn mit einem einzigen Faustschlag zu Boden werfen? Bringen die Thark diese Art von Jeddak hervor? Hier neben mir steht jetzt ein großer Thark, ein mächtiger Krieger und Edelmann. Hoher Rat, wie klingt Tars Tarkas, Jeddak der Thark?"

Ein tiefes, anerkennendes Raunen begrüßte diesen Vorschlag.

"Es bleibt diesem Rat überlassen, den Befehl auszusprechen. Dann muß Tal Hajus beweisen, daß er zum Regieren in der Lage ist. Wäre er ein mutiger Mann, würde er Tars Tarkas zum Zweikampf fordern, da er ihn nicht mag, doch Tal Hajus hat Angst; Tal Hajus, euer Jeddak, ist ein Feigling. Ich könnte ihn mit bloßen Händen töten, und das weiß er."

Nach meinen Worten herrschte angespannte Stille, und alle Augen waren auf Tal Hajus gerichtet. Er sagte nichts, stand regungslos, das fleckige Grün seines Gesichtes färbte sich bläulich, und der Schaum erstarrte auf seinen Lippen.

"Tal Hajus", sagte Lorquas Ptomel mit kalter, harter Stimme. "Noch nie in meinem langen Leben wurde in meiner Gegenwart ein

Jeddak der Thark derartig beleidigt. Auf diese Anschuldigung gibt es nur eine Antwort. Wir warten darauf." Aber noch immer stand Tal Hajus wie versteinert.

"Anführer", fuhr Lorquas Ptomel fort. "Soll der Jeddak Tal Hajus beweisen, daß er in der Lage ist, über Tars Tarkas zu herrschen?"

Auf dem Podium hielten sich zwanzig Anführer auf, und zwanzig blinkende Schwerter schnellten zustimmend nach oben.

Es gab keine andere Möglichkeit. Das Urteil war endgültig, und so zog Tal Hajus sein langes Schwert und trat Tars Tarkas entgegen.

Der Kampf war von kurzer Dauer, dann setzte Tars Tarkas den Fuß auf den Hals des toten Monsters und wurde zum Jeddak der Thark ernannt.

Seine erste Amtshandlung war meine Ernennung zum voll anerkannten Befehlshaber, in jenem Rang, den ich durch meine Kämpfe in den ersten Wochen meiner Gefangenschaft bei ihnen errungen hatte.

Da ich sah, daß die Krieger Tars Tarkas und mir gegenüber wohlgesinnt waren, nutzte ich die Gelegenheit, um sie für die Sache mit Zodanga zu gewinnen. Ich schilderte Tars Tarkas meine Abenteuer und erklärte ihm mit wenigen Worten, was ich im Sinne führte.

"John Carter hat einen Vorschlag gemacht, den ich gutheiße", wandte er sich an den Rat. "Ich werde ihn euch kurz darlegen. Dejah Thoris, die Prinzessin von Helium, unsere einstige Gefangene, befindet sich nun in der Gewalt des Jeddak von Zodanga, wo sie zur Ehe mit seinem Sohn gezwungen wird, um ihr Land vor der Zerstörung durch die Armee von Zodanga zu retten. John Carter schlägt vor, sie zu befreien und Helium zurückzugeben. Dabei würden wir reichlich Beute machen. Außerdem schwebte mir oft vor, mit dem Volk von Helium eine Allianz zu schließen. Dies sichert unsere Versorgung mit Nahrungsmitteln und erlaubt uns, die Anzahl unserer Nachkommen sowie die Häufigkeit des Ausbrütens zu erhöhen, so daß wir auf diese Weise zur unbestrittenen Vormacht unter den grünen Menschen von Barsoom werden. Was meint ihr dazu?"

Kampf und Beute winkte - und sie reckten sich nach dem Köder wie ein Hund nach dem Knochen.

Für Thark war ihre Begeisterung einmalig, und noch bevor eine weitere halbe Stunde vergangen war, eilten zwanzig berittene Boten durch die verödeten Meere, um die Horden zum Feldzug zusammenzurufen.

Innerhalb von drei Tagen befanden wir uns mit einhunderttausend starken Kriegern auf dem Marsch nach Zodanga, da es Tars Tarkas gelungen war, durch Zusicherung reicher Beute drei kleinere Horden von der Notwendigkeit des Kampfes zu überzeugen.

An der Spitze der Kolonne ritt ich neben dem großen Thark, während dicht hinter meinem Thoat mein geliebter Woola trottete.

Wir ritten nur des Nachts und planten unsere Märsche so, daß wir am Tage in verlassenen Städten halt machten, wo sich sogar die Tiere verborgen hielten. Unterwegs warb Tars Tarkas durch sein bemerkenswertes Geschick als Soldat und Staatsmann weitere fünfzigtausend Krieger verschiedener Horden an, so daß wir beim Erreichen der hohen Stadtmauern von Zodanga um Mitternacht, zehn Tage nach unserem Abmarsch, einhundertundfünfzigtausend Krieger zählten.

Die Stärke und das Leistungsvermögen dieser Horde wilder grüner Unholde entsprach dem von zehnmal so viel roten Menschen. Noch nie in der Geschichte von Barsoom war ein solch riesiges Heer grüner Menschen gemeinsam zum Kampf aufgebrochen, teilte mir Tars Tarkas mit. Es erforderte Bärenkräfte, unter ihnen auch nur etwas annäherndes wie Eintracht zu schaffen, und es grenzte für mich an ein Wunder, wie er sie ohne weitreichendere Streitereien untereinander zu der Stadt gebracht hatte.

Doch als wir uns Zodanga näherten, gingen die persönlichen Differenzen im größeren Haß auf die roten Menschen unter, besonders die Zodanganer, die seit Jahren einen gnadenlosen Feldzug gegen die grünen Menschen führten, um sie auszulöschen, wobei sie sich besonders auf die Ausplünderung der Inkubatoren konzentrierten.

Da wir uns nun direkt vor der Stadt befanden, fiel es mir zu, uns Eintritt in die Stadt zu verschaffen. Ich wies Tars Tarkas an, seine Truppen in zwei Abteilungen außer Hörweite der Stadt zu halten, wobei eine jede gegenüber einem großen Tor Aufstellung beziehen sollte. Dann wählte ich zwanzig Krieger aus, und wir näherten uns zu Fuß einem der kleinen Zugänge, durch die man in regelmäßigen Abständen die Stadtmauer passieren konnte. An diesen Toren standen keine festen Wachen, doch wurden sie von den Streifen kontrolliert, die innerhalb der Stadtmauern ihre Runde machten, so wie unsere Polizei ihre in den Metropolen zugewiesenen Bezirke überwacht.

Die Stadtmauer von Zodanga ist fünfundsiebzig Fuß hoch und fünfzig Fuß dick. Sie bestand aus riesigen Siliziumkarbidblöcken, und das Eindringen in die Stadt schien zumindest meinen grünen Begleitern ein Ding der Unmöglichkeit zu sein. Diese mir zugeordneten Leute stammten aus einem der kleineren Völker und kannten mich demzufolge nicht.

Ich ließ drei von ihnen sich mit dem Gesicht zur Wand und mit verschränkten Armen aufstellen, befahl zwei anderen, ihnen auf die Schultern zu klettern und einem sechsten, die Schultern der oberen beiden zu erklimmen. Der Kopf des obersten Kriegers befand sich in vierzig Fuß Höhe.

So errichtete ich mit Hilfe von zehn Kriegern eine Art Treppe mit drei Stufen von dem untersten bis zum obersten Mann. Dann nahm ich aus kurzer Entfernung Anlauf, sprang von einer Stufe zur nächsten und zog mich mit einem letzten Satz an der Mauerkante hinauf. In der Hand hielt ich ein langes Lederseil, das wir aus den Lederriemen von sechs meiner Krieger geknüpft hatten. Ich reichte dem obersten Mann das eine Ende und ließ das Seil vorsichtig über die andere Mauerseite zum Streifenweg hinuntergleiten. Weit und breit war niemand zu sehen, so daß ich mich bis zum Ende des Taues abseilte. Die übrigen dreißig Fuß sprang ich.

Kantos Kan hatte mir verraten, wie man die Tore öffnete, und nach wenigen Sekunden standen zwanzig große Krieger in der zum Untergang verurteilten Stadt Zodanga.

Zu meiner Freude stellte ich fest, daß wir uns am unteren Ende des riesigen Palastgeländes befanden. Das Gebäude selbst bot ein wunderbares Lichterspiel, und ich beschloß augenblicklich, die Abteilung direkt in den Palast zu führen, während der übrige Teil der großen Horde die Kasernen der Soldaten angreifen sollte.

Ich schickte einen meiner Männer zu Tars Tarkas und bat um eine Abteilung von fünfzig Mann. Zehn Kriegern befahl ich, eines der großen Tore einzunehmen und zu öffnen, während ich mit den neun übrigen das andere angriff. Wir mußten schnell handeln, kein Schuß durfte fallen, und der Vormarsch wurde so lange verzögert, bis ich mit meinen fünfzig Thark am Palast angekommen war. Zwei Wachposten, die uns begegneten, wurden zu ihren Vorvätern an Ufer des versunkenen Meeres von Korus geschickt, die Wachen beider Tore folgten ihnen in aller Stille.

Die Ausplünderung von Zodanga

Als das große Tor neben mir aufschwang, ritten meine fünfzig Thark, allen voran Tars Tarkas selbst, auf ihren mächtigen Thoats hinein. Ich führte sie zu den Palastmauern, die ich ohne Hilfe mühelos bezwang. Das innere Portal bereitete mir allerdings beträchtliche Schwierigkeiten, doch schließlich wurden meine Anstrengungen belohnt, als ich es an den riesigen Angeln aufschwingen sah, und alsbald sprengten meine wilden Begleiter über die Anpflanzungen des Jeddaks von Zodanga.

Als wir uns dem Palast näherten, konnte ich sehen, daß der Besuchersaal von Than Kosis hell erleuchtet war. In der riesigen Halle hatten sich die meisten Edelmänner mit ihren Frauen versammelt, als ob eine wichtige Feierlichkeit im Gange wäre. Vor dem Palast befand sich kein einziger Wachposten, ich nehme an, weil man die Stadtmauern und die Befestigung des Palastes für unbezwingbar hielt. So konnte ich dicht an die großen Fenster herantreten und einen Blick ins Innere werfen.

Auf der einen Seite saßen auf massiven, goldenen Thronen voller Diamanten Than Kosis und seine Gemahlin, umgeben von Offizieren und Würdenträgern des Staates. Vor ihnen öffnete sich ein breiter Gang, zu dessen beiden Seiten Soldaten standen, und als ich genauer hinsah, kam von der anderen Seite eine Prozession den Gang entlang auf den Thron zu.

An der Spitze schritten vier Offiziere von der Garde des Jeddaks. Sie trugen ein riesiges Tablett, auf dem auf einem scharlachroten Seidenkissen eine schwere, goldene Kette mit einem Halsring und einem massiven Verschluß lag. Gleich hinter diesen Offizieren folgten vier weitere mit einem ähnlichen Tablett, auf dem der herrliche Schmuck des Prinzen und der Prinzessin des Königshauses von Zodanga ruhte.

Am Fuße der Erhebung trennten sich beide Gruppen und blieben an den Seiten des Ganges stehen, die Gesichter einander zugewandt. Dann erschienen weitere Würdenträger, Palastbeamte und Offiziere der Armee. Den Schluß bildeten zwei Gestalten, die vollständig in rote Seide gehüllt waren, so daß man keinen von ihnen erkennen konnte. Diese beiden blieben am Fuße des Thrones vor Than Kosis stehen. Als der Rest der Prozession eingetroffen war, und alle ihren Platz eingenommen hatten, sprach Than Kosis das vor ihm stehende Paar an. Ich konnte seine Worte nicht verstehen, doch bald darauf schritten zwei Offiziere auf die beiden zu und nahmen einer der Gestalten die scharlachrote Robe ab. Da sah ich, daß Kantos Kans Auftrag fehlgeschlagen war, denn ich hatte Sab Than, den Prinzen von Zodanga, vor Augen.

Than Kosis nahm nun eine Reihe von Ornamenten von einem der Tabletts, legte seinem Sohn einen der goldenen Ringe um den Hals und drückte das Schloß zu. Nach einigen Worten zu Sab Than wandte er sich der anderen Gestalt zu, der die Offiziere nun die seidene Verhüllung abnahmen, und als ich Dejah Thoris erblickte, die Prinzessin von Helium, verstand ich.

Der Grund der Feierlichkeit war mir nun klar, einen Moment später, und Dejah Thoris war für immer mit dem Prinzen von Zodanga verbunden. Es war eine eindrucksvolle und schöne Zeremonie, vermute ich, doch der Anblick war mir so unerträglich, wie ich es noch nie erlebt hatte. Als ihr der Schmuck angelegt wurde, und Than Kosis eigenhändig den goldenen Halsring öffnete, hob ich mein langes Schwert hoch über meinen Kopf, zerschmetterte mit dem schweren Knauf das riesige Fenster und sprang in die erstaunte Menge. Mit einem Satz stand ich auf den Stufen des Podestes neben Than Kosis, der vor Überraschung wie versteinert schien, und stieß mit dem langen Schwert nach der goldenen Kette, die Dejah Thoris für immer mit einem anderen verbunden hätte.

Im Nu herrschte ein riesiges Durcheinander, eintausend blanke Schwerter bedrohten mich aus jeder Richtung, und Sab Than sprang mit einem juwelenbestückten Dolch, den er aus seinem Hochzeitsgewand gezogen hatte, auf mich zu. Ich hätte ihn ebenso leicht töten können wie eine Fliege, doch der jahrhundertealte Brauch von Barsoom hielt meine Hand zurück. So packte ich sein Handgelenk, als er mir die Waffe ins Herz stoßen wollte, hielt ihn mit eisernem Griff, zeigte mit dem langen Schwert auf das andere Ende des Saales und schrie: "Zodanga ist gefallen. Seht!"

Alle blickten in die angegebene Richtung. Dort bahnten sich Tars Tarkas und seine fünfzig Krieger auf ihren großen Thoats den Weg durch das Portal.

Die Anwesenden schrien vor Erregung und Entsetzen auf, zeigten jedoch keine Furcht. Vielmehr warfen sich die Soldaten und Edelleute von Zodanga in Windeseile den angreifenden Thark entgegen.

Ich stieß Sab Than kopfüber von der Empore und zog Dejah Thoris neben mich. Hinter dem Thron befand sich eine schmale Tür, in der mir Than Kosis nun mit gezücktem Schwert gegenüberstand. Augenblicklich waren wir miteinander beschäftigt, und ich hatte keinen schlechten Gegner.

Als wir einander auf der breiten Erhöhung umkreisten, sah ich Sab Than die Stufen emporeilen, um seinem Vater zu Hilfe zu kommen. Doch als er die Hand zum Schlag erhob, sprang Dejah Thoris vor ihn, und in diesem Augenblick traf mein Schwert die Stelle, die Sab Than zum Jeddak von Zodanga machte. Als sein Vater tot zu Boden sank, riß sich der neue Jeddak von Dejah Thoris los und stand mir wieder gegenüber. Ihm schlossen sich bald vier Offiziere an, und wieder einmal kämpfte ich mit dem Rücken zum goldenen Thron für Dejah Thoris. Von mir wurde nun das Äußerste verlangt. Einerseits mußte ich mich verteidigen, andererseits durfte ich Sab Than nicht töten, denn damit ginge die letzte Möglichkeit verloren, die geliebte Frau zu erringen. Meine Klinge bewegte sich munter auf und ab, als ich die Hiebe und Stöße meiner Gegner zu parieren versuchte. Zwei hatte ich entwaffnet, einer lag am Boden, als schließlich weitere Kämpfer herbeieilten, um ihrem neuen Herrscher zu helfen und den Tod des vormaligen zu rächen.

Als sie sich näherten, ertönten Schreie "Die Frau! Die Frau! Schlagt sie nieder, sie hat die Verschwörung angezettelt. Tötet sie! Tötet sie!"

Ich rief Dejah Thoris hinter mich und arbeitete mich zu der kleinen Tür hinter dem Thron durch, doch die Offiziere errieten meine Absicht. Drei von ihnen sprangen hinter mich und nahmen mir die Möglichkeit, einen Platz einzunehmen, von dem ich Dejah Thoris gegen eine ganze Armee von Schwertkämpfern hätte verteidigen können.

Die Thark unten im Saal hatten alle Hände voll zu tun, und mir begann zu dämmern, daß nur noch ein Wunder Dejah Thoris und mich retten könnte. Da erblickte ich Tars Tarkas, der sich durch einen Schwarm Zwerge arbeitete. Mit einem Hieb seines mächtigen Schwertes beförderte er ein Dutzend von ihnen leblos zu Boden und bahnte sich auf diese Weise den Weg zu mir, bis er einen Augenblick später auf der Empore neben mir stand und in alle Richtungen Tod und Verderben austeilte.

Die Tapferkeit der Zodanganer flößte mir Ehrfurcht ein. Nicht einer unternahm den Versuch, zu fliehen, und als das Gemetzel schließlich endete, geschah dies lediglich deswegen, weil außer mir und Dejah Thoris in der großen Halle nur die Thark lebten.

Sab Than lag tot neben seinem Vater, die Leichen der Zierde des Adels und der Ritterschaft von Zodanga bedeckten die Szene des Blutvergießens.

Mein erster Gedanke galt nun Kantos Kan. Ich ließ Dejah Thoris in Tars Tarkas' Obhut zurück, nahm ein Dutzend Krieger und eilte zu den Kerkern unter dem Palast. Die Aufseher hatten alle ihre Plätze verlassen, um den Kämpfern im Thronsaal zu Hilfe zu eilen. Also durchstöberten wir das labyrinthartige Gefängnis, ohne auf Widerstand zu stoßen.

Laut rief ich in jeden neuen Gang und in jedes Gelaß Kantos Kans Namen. Schließlich wurde ich belohnt, als eine leise Antwort ertönte. Wir gingen der Stimme nach und fanden ihn bald mutterseelenallein in einem entlegenen, dunklen Winkel.

Er war überglücklich, mich zu sehen, und wollte wissen, was der Kampf zu bedeuten hatte, dessen Widerhall bis in seine Kerkerzelle gedrungen war. Dann erzählte er, die Luftpatrouille habe ihn noch vor dem hohen Palastturm abgefangen, so daß er Sab Than nicht einmal zu Gesicht bekommen hatte.

Wir stellten fest, daß es sinnlos war, zu versuchen, die Stangen und Ketten seines Gefängnisses zu zertrennen. Daher kehrte ich entsprechend seinem Vorschlag nach oben zurück und durchsuchte die auf dem Boden liegenden Leichen nach den Schlüsseln, um Zelle und Ketten zu öffnen.

Zum Glück fand ich seinen Wärter unter den ersten, die ich mir vornahm, und bald stand Kantos Kan bei uns im Thronsaal.

Draußen auf den Straßen kam es zu einem schweren Schußwechsel, man hörte Gebrüll und Geschrei, und Tars Tarkas eilte, um dort wieder den Oberbefehl über seine Krieger zu übernehmen. Kantos Kan begleitete ihn als Wegführer, die grünen Krieger begannen, den Palast nach anderen Zodanganern sorgfältig zu durchsuchen, so daß Dejah Thoris und ich allein blieben.

Sie war auf einen der goldenen Throne gesunken, und als ich mich ihr zuwandte, begrüßte sie mich mit einem schwachen Lächeln.

"Hat man jemals einen solchen Mann gesehen!" rief sie aus. "Ich weiß, daß ganz Barsoom dergleichen noch nie zu Gesicht bekommen hat. Sind alle Männer von der Erde so wie du? Allein, als ein Fremder, gejagt, bedroht und verfolgt, hast du in wenigen Monaten vollbracht, was in den vergangenen Jahrhunderten von Barsoom kein Mann je vermochte: Du hast die wilden Horden der Meeresgrunde miteinander vereint und sie als Verbündete der roten Marsmenschen im gemeinsamen Kampf zusammengeführt."

"Die Antwort ist einfach, Dejah Thoris", entgegnete ich lächelnd. "Es war nicht ich, der dies vollbracht hat. Es war Liebe, die Liebe zu Dejah Thoris, eine Macht, die weitaus größere Wunder geschehen lassen kann als diese, die du gesehen hast."

Eine reizvolle Röte stieg in ihr Gesicht, und sie antwortete: "Jetzt darfst du so reden, John Carter, und ich darf dich anhören, denn ich bin frei."

"Ich habe dir noch viel mehr zu sagen, bevor es wieder zu spät ist", erwiderte ich. "Ich habe in meinem Leben viele seltsame Dinge getan, die klügere Männer sich nicht getraut hätten, doch in meinen kühnsten Träumen habe ich nie geglaubt, eine Dejah Thoris für mich zu gewinnen - wußte ich doch gar nicht, daß es im ganzen Universum ein solches Wesen wie die Prinzessin von Helium gibt. Daß du eine Prinzessin bist, macht mich nicht verlegen. Aber allein deine Existenz genügt, mich an meinem Verstand zweifeln zu lassen, da ich dich nun frage, meine Prinzessin, ob du die meine sein möchtest."

"Warum sollte derjenige verlegen sein, der so genau wußte, wie sein Antrag beantwortet werden würde, bevor er ihn überhaupt aussprach?" entgegnete sie, erhob sich und legte mir die zarten Hände auf die Schultern. Ich nahm sie in die Arme und küßte sie.

In einer Stadt heftiger Gegensätze, wo Krieg tobte und Tod und Vernichtung ihre schreckliche Ernte einfuhren, versprach Dejah Thoris, Prinzessin von Helium, eine echte Tochter vom Mars, des Kriegsgottes, John Carter, dem Gentleman aus Virginia, ihre Hand.

Vom Blutbad zur Glückseligkeit

Einige Zeit später kehrten Tars Tarkas und Kantos Kan mit der Nachricht zurück, daß ganz Zodanga eingenommen sei. Die Armeen waren vernichtet oder ihre Soldaten gefangen genommen, und innerhalb der Stadt war kein weiterer Widerstand zu erwarten. Einige Schlachtschiffe waren entkommen, doch befanden sich weitere tausend Kriegs- und Handelsschiffe in den Händen der Krieger von Thark.

Die kleineren Horden hatten begonnen, die Stadt zu plündern. Schon jetzt entbrannten sie in heftigen Streitereien, so daß entschieden wurde, alle verfügbaren Krieger zusammenzurufen, so viele Schiffe wie möglich mit Gefangenen zu beladen und unverzüglich nach Helium aufzubrechen.

Fünf Stunden später legte unsere Flotte aus zweihundertundfünfzig Schlachtschiffen, bemannt mit ungefähr einhunderttausend grünen Kriegern, von den Docks auf den Dächern der Armeegebäude ab, gefolgt von einer Gruppe von Transportschiffen mit unseren Thoats.

Wir ließen die leidgeprüfte Stadt Zodanga in den Klauen von vierzigtausend wilden und brutalen grünen Kriegern aus den kleineren Stämmen zurück. Sie plünderten, mordeten und kämpften gegeneinander. An unzähligen Stellen hatten sie Brände gelegt, und dichte Rauchsäulen stiegen über der Stadt auf, um dem Himmel diesen schrecklichen Anblick zu ersparen.

Am Nachmittag erblickten wir den scharlachroten und den gelben Turm von Helium, und kurze Zeit später kamen uns unzählige Schlachtschiffe der Armee von Zodanga entgegen, die die Stadt belagerte.

Auf jedem unserer riesigen Fahrzeuge flatterte von vorn bis achtern das Banner von Helium, doch die Zodanganer bemerkten auch so, daß wir Feinde waren, denn unsere grünen Krieger hatten bereits während ihres Aufsteigens das Feuer auf sie eröffnet. Sie versetzten der nahenden Flotte eine Salve nach der anderen und lieferten so eine weitere Probe ihres außerordentlichen Könnens.

Als die Zwillingsstädte von Helium bemerkten, daß wir in freundlicher Absicht kamen, sandten sie uns einhundert Boote zu Hilfe, und nun begann die erste wirkliche Luftschlacht, die ich jemals miterlebt hatte.

Unaufhörlich kreisten die Fahrzeuge unserer grünen Krieger über den einander bekriegenden Flotten von Helium und Zodanga, denn die Thark wußten mit den Geschützen an Bord nichts anzufangen, da sie über keine eigene Marine verfügten und demzufolge in der Seekriegsführung unkundig waren. Dennoch erwies sich das Feuer aus ihren kleinkalibrigen Gewehren als äußerst wirkungsvoll, und der Verlauf des Gefechtes wurde von ihnen in beträchtlichem, wenn nicht entscheidendem Maße beeinflußt.

Zuerst umkreisten die beiden Gegner einander auf derselben Höhe und bedachten sich mit einer Breitseite nach der anderen. Bald klaffte in einem der riesigen Schlachtschiffe der Zodanganer ein großes Loch, es schlingerte und überschlug sich, worauf die kleinen Gestalten der Mannschaft zappelnd tausend Fuß in die Tiefe stürzten. Dann rauschte das Schiff ihnen in rasendem Tempo hinterher, um schließlich fast vollständig vom weichen Lehm des uralten Meeresbodens verschluckt zu werden.

Die Schwadron der Heliumiten brach in wildes Jubelgeschrei aus. Mit neuem Mut fielen sie über die Flotte der Zodanganer her. Durch ein geschicktes Manöver gelang es zwei Schiffen von Helium, über ihre Gegner aufzusteigen, von wo aus sie eine Unmasse von Bomben aus den Schächten am Kiel über ihnen ausschütteten.

Dann glückte es weiteren Schlachtschiffen von Helium, sich über die Zodanganer zu erheben, und innerhalb kurzer Zeit taumelten unzählige Schlachtschiffe der ehemaligen Belagerer als hilflose Wracks auf den hohen, scharlachroten Turm von Großhelium zu. Andere versuchten zu entkommen, doch alsbald umschwärmten Tausende der winzigen einsitzigen Flugzeuge jeden Flüchtling, und ein gigantisches heliumitisches Schlachtschiff schwebte über ihm, dessen Mannschaft bereit war, sich zum Entern auf die feindlichen Decks hinabzulassen.

Nur eine reichliche Stunde, nachdem die zuvor siegreichen Zodanganer von ihrem Lager vor Helium aufgestiegen waren, um uns zu empfangen, war die Schlacht vorüber, und die übriggebliebenen Fahrzeuge der ehemaligen Belagerer wurden unter Führung der siegreichen Mannschaften nach Helium gelenkt.

Die Kapitulation dieser mächtigen Flieger hatte etwas äußerst Feierliches an sich. Sie verlief nach jahrhundertealtem Brauch, wonach sich der Kommandeur des eroberten Luftschiffes freiwillig vom Schiff stürzte. Ein tapferer Mann nach dem anderen warf sich mit hoch erhobener Fahne vom steil aufragenden Bug seines Schiffes in einen schrecklichen Tod.

Erst als der Oberkommandierende der Flotte den entsetzlichen Sprung vollbracht und somit die Kapitulation der übrigen Fahrzeuge besiegelt hatte, endete das Gefecht und gleichzeitig der sinnlose Opfertod von kühnen Männern.

Nun signalisierten wir dem Flaggschiff der Marine von Helium, sich zu nähern, und als es auf Rufweite herangekommen war, teilte ich ihnen mit, daß wir die Prinzessin Dejah Thoris an Bord hatten und sie ihnen übergeben wollten, damit man sie sofort in die Stadt brachte.

Als ihnen die Bedeutung meiner Worte klar wurde, brachen alle auf dem Deck des Flaggschiffes in Jubelgeschrei aus, und einen Augenblick später sah man auf den Aufbauten hundertfach die Fahnen der Prinzessin von Helium aufleuchten. Die anderen Schiffe der Flotte verstanden diese Botschaft, schlossen sich augenblicklich dem ungestümen Beifall an und entfalteten ebenfalls ihre Fahnen im strahlenden Sonnenschein.

Das Flaggschiff kam auf uns zu, drehte voller Anmut bei und legte an. Dann sprangen ein Dutzend Offiziere auf unser Deck. Als ihre erstaunten Blicke auf die über hundert grünen Krieger fielen, die nun aus ihrer Deckung hervorkamen, blieben sie entsetzt stehen, doch angesichts Kantos Kans, der ihnen entgegentrat, löste sich ihre Erstarrung und sie scharten sich um ihn.

Dann schritten Dejah Thoris und ich auf sie zu, worauf ihre Leute für nichts anderes mehr Augen hatten. Sie empfing sie voller Anmut und begrüßte einen jeden von ihnen mit Namen, denn es waren hochangesehene Männer im Dienst ihres Großvaters, die sie gut kannte.

"Legt eure Hände auf die Schulter von John Carter, dem Mann, dem Helium sowohl das Leben seiner Prinzessin als auch den Sieg des heutigen Tages zu verdanken hat", sagte sie und wandte sich an mich.

Sie waren von äußerster Höflichkeit und sagten mir viele freundliche und artige Dinge, doch offensichtlich beeindruckte sie am meisten, daß ich für meinen Feldzug zur Befreiung von Dejah Thoris und Helium die Hilfe der wilden Thark gewonnen hatte.

"Ihr schuldet einem anderen Mann als mir euren Dank", sagte ich.

"Hier steht er, seht einen der tapfersten Soldaten und Staatsmänner von Barsoom, Tars Tarkas, den Jeddak von Thark."

Mit derselben ausgesuchten Höflichkeit, die sie mir entgegengebracht hatten, ließen sie dem großen Thark ihre Begrüßung zuteil werden, und zu meiner Überraschung stand er ihnen hinsichtlich Auftreten oder Redegewandtheit in keinem Punkt nach. Obwohl die Thark nicht sehr gesprächig sind, achten sie sehr auf Etikette, und ihre Sitten messen dem würdevollen und höflichen Umgang erstaunlich viel Bedeutung bei.

Dejah Thoris ging an Bord des Flaggschiffes und war äußerst verstimmt, daß ich nicht mitkam, doch ich erklärte ihr, daß die Schlacht nur zum Teil gewonnen war, denn noch stand uns die Begegnung mit den Bodentruppen der Belagerer bevor, und ich wollte Tars Tarkas nicht zurücklassen, bevor dies nicht vollbracht war.

Der Befehlshaber der Luftstreitkräfte von Helium versprach, sich darum zu kümmern, daß uns bei unserem Feldzug Truppen aus Helium zu Hilfe kamen, dann trennten sich die Fahrzeuge, und voller Freude brachte man Dejah Thoris zurück zum Hof ihres Großvaters, Tardos Mors, des Jeddaks von Helium.

In der Ferne lag die Transportflotte mit den Thoats der grünen Krieger, wo sie auch während der Schlacht geblieben war. Ohne Landeplätze und im offenen Flachland war es eine äußerst schwierige Angelegenheit, diese Tiere abzuladen, doch hatten wir keine andere Möglichkeit, so begaben wir uns zu einem Punkt ungefähr zehn Meilen vor der Stadt und nahmen die Sache in Angriff.

Es erwies sich als notwendig, die Tiere an Riemen hinabzulassen, womit wir dann den restlichen Tag und die halbe Nacht beschäftigt waren. Zweimal wurden wir von der feindlichen Kavallerie angegriffen, doch erlitten wir nur geringe Verluste, und nach Einbruch der Dunkelheit zogen sie sich zurück.

Sobald das letzte Thoat abgeladen war, gab Tars Tarkas Befehl zum Aufbruch, und in drei Abteilungen bewegten wir uns von Norden, Süden und Osten auf das Lager der Zodanganer zu.

Ungefähr eine Meile vor ihrem Stützpunkt stießen wir auf die Vorposten, wo wir, wie zuvor abgesprochen, mit dem Angriff beginnen sollten. Unser wildes, grausamen Geschrei mischte sich mit dem durchdringenden Gekreisch der durch den Kampf aufgebrachten Thoats, als wir über die Zodanganer herfielen.

Indes fanden wir sie nicht schlafend, sondern in Gefechtsaufstellung und verschanzt. Immer wieder wurden wir zurückgeschlagen, bis ich gegen Mittag um den Ausgang der Schlacht zu fürchten begann.

Die Zodanganer hatten etwa eine Million Krieger von ganz Barsoom, wo auch immer sich ihre Wasserstraßen durchs Land zogen, zusammen geholt, während wir mit nicht einmal einhunderttausend grünen Kriegern den Kampf gegen sie aufgenommen hatten. Die Truppen von Helium waren noch nicht angelangt, auch konnten wir nichts über sie in Erfahrung bringen.

Genau zwölf Uhr Mittags fielen entlang der Linie zwischen den Zodanganern und den beiden Städten heftige Schüsse, und wir erfuhren auf diesem Wege, daß die lebensnotwendige Verstärkung eingetroffen war.

Erneut rief Tars Tarkas zum Angriff, ein weiteres Mal trugen die riesigen Thoats ihre erbarmungslosen Reiter zu den feindlichen Schutzwällen. Im selben Augenblick erstürmten die Soldaten von Helium in einem Anlauf die gegenüberliegende Brustwehr der Zodanganer, die einen Moment später wie von zwei Mühlsteinen zermalmt wurden. Sie kämpften heldenhaft, doch umsonst.

Das Flachland vor der Stadt verwandelte sich in ein wahrhaftiges Schlachtfeld, doch schließlich hatte das Gemetzel ein Ende, der letzte Zodanganer ergab sich, die Gefangenen marschierten unter Begleitung gen Helium, und wir zogen durch die Tore der größeren Stadt, ein Triumphzug siegreicher Helden.

Entlang der breiten Promenaden hatten sich sowohl Frauen und Kindern versammelt als auch die wenigen Männer, die anderen Pflichten hatten nachgehen und deswegen während der Schlacht in der Stadt bleiben müssen. Uns begrüßte nicht enden wollender Applaus, man überschüttete uns mit Gold, Platin, Silber und wertvollen Juwelen. Die Stadt schien vor Freude außer Rand und Band geraten zu sein.

Meine wilden Thark sorgten überall für helle Aufregung und riefen Begeisterungsstürme hervor. Nie zuvor war ein bewaffneter Trupp grüner Krieger durch die Tore von Helium geschritten, und daß sie nun als Freunde und Verbündete kamen, erfüllte die roten Menschen mit Freude.

Meine armseligen Dienste für Dejah Thoris waren zweifellos ganz Helium zu Ohren gekommen, denn die Leute riefen laut meinen Namen und befestigten unzählige Ornamente an mir und meinem riesigen Thoat, als wir die Promenade zum Palast entlangritten. Sogar das furchteinflößende Aussehen von Woola hielt das Volk nicht davon ab, sich um mich zu scharen.

Als wir uns dem prächtigen Turm näherten, empfing uns eine Gruppe Offiziere, die Tars Tarkas, seine Jeds sowie die Jeddaks und Jeds der wilden Verbündeten und mich wärmstens begrüßten und uns aufforderten, abzusitzen und sie zu begleiten, um Tardos Mors' Dank für unsere Dienste entgegenzunehmen.

Ganz oben auf der Treppe, deren breite Stufen zum Hauptportal des Palastes hinaufführten, stand die Königsfamilie, und als wir unten am Fuß der Treppe angekommen waren, löste sich einer von ihnen und kam uns entgegen. Er war das Sinnbild der Vollkommenheit, von hohem, kerzengeraden Wuchs, mit wohlgeformten Muskeln, und der Haltung und dem Auftreten eines Herrschers. Man mußte mir nicht sagen, daß das Tardos Mors war, der Jeddak von Helium.

Als erstes Mitglied unserer Gruppe begrüßte er Tars Tarkas, und seine Worte besiegelten für immer die neue Freundschaft zwischen diesen so verschiedenen Völkern.

"Es ist Tardos Mors eine unschätzbare Ehre, dem größten Soldaten, der derzeit auf Barsoom lebt, zu begegnen, doch weitaus glücklicher macht ihn, seine Hand auf die Schulter eines Freundes und Verbündeten zu legen", sagte er ernst.

"Jeddak von Helium", entgegnete Tars Tarkas. "Wir haben es einem Mann aus einer anderen Welt zu verdanken, der den grünen Kriegern die Bedeutung des Wortes Freundschaft beibrachte. Ihm schulden wir den Dank dafür, daß euch die Horden der Thark verstehen und diese wohlwollenden Gefühle schätzen und erwidern können."

Dann begrüßte Tardos Mors jeden einzelnen der grünen Jeddaks und Jeds und bedachte jeden von ihnen mit einigen freundlichen, anerkennenden Worten.

Als er bei mir angelangt war, legte er mir beide Hände auf die Schultern.

"Willkommen, mein Sohn", sagte er. "Dir gebührt ohne Zweifel das wertvollste Juwel von ganz Helium, ja, von ganz Barsoom als erstes Zeichen meiner Hochachtung."

Dann wurden wir Mors Kajak vorgestellt, dem Jed von Kleinhelium, dem Vater von Dejah Thoris. Er war dicht auf Tardos Mors gefolgt, und das Treffen schien ihn sogar noch mehr zu berühren als seinen Vater.

Dutzendmal versuchte er, mir seine Dankbarkeit auszudrücken, doch seine Stimme versagte, er konnte vor Rührung nicht sprechen, und dennoch, so erfuhr ich später, genoß er einen Ruf als wilder und furchtloser Kämpfer, und das hatte sogar im kriegerischen Barsoom etwas zu bedeuten. Gleich ganz Helium betete er seine Tochter an, und es bereitete ihm noch immer Seelenqualen, wenn er daran dachte, welchen Gefahren sie entronnen war.

Aus der Glückseligkeit in den Tod

Zehn Tage wurden die Horden der Thark und ihre wilden Verbündeten gefeiert und bewirtet, dann machten sie sich mit wertvollen Geschenken beladen in Begleitung von zehntausend Soldaten aus Helium unter Mors Kajaks Befehl auf den Rückweg in ihre Heimat. Der Jed von Kleinhelium und eine kleine Gruppe von Edelleuten geleiteten sie bis nach Thark, um die neugeknüpften Bande des Friedens und der Freundschaft weiter zu festigen.

Sola begleitete Tars Tarkas, ihren Vater, der sich vor allen Befehlshabern zu seiner Tochter bekannt hatte.

Drei Wochen später kehrten Mors Kajak und seine Offiziere in Begleitung von Tars Tarkas und Sola auf einem Schlachtschiff, das nach Thark gesandt worden war, zurück, um sie rechtzeitig zu den Feierlichkeiten, die Dejah Thoris und John Carter vereinigen sollte, zu holen.

Neun Jahre stand ich als Prinz des Hofes von Tardos Mors in den Diensten der Räte von Helium und seiner Armeen. Die Menschen wurden ihrer Ehrenbekundungen für mich niemals müde, und es verging kein Tag, an dem sie nicht einen neuen Beweis ihrer Zuneigung für meine Prinzessin, die unvergleichliche Dejah Thoris, erbrachten.

In einer goldenen Brutstation auf dem Dach des Palastes lag ein schneeweißes Ei. Fast fünf Jahre hielten rund um die Uhr zehn Soldaten aus der Garde des Jeddaks daneben Wache, und wenn ich in der Stadt war, verging kein Tag, an dem Dejah Thoris und ich nicht Hand in Hand vor unserem kleinen Heiligtum standen und Pläne für die Zeit schmiedeten, wenn die empfindliche Schale zerbrechen würde.

Noch sehr lebhaft habe ich die letzte Nacht vor Augen, als wir zusammen saßen und uns leise über die seltsamen Abenteuer unterhielten, die unser beider Leben miteinander verbunden hatten, und über das kommende freudige Ereignis, das unser Glück vergrößern und mit dem sich unsere Hoffnungen erfüllen würden.

In der Ferne sahen wir die grellen Lichter eines nahenden Luftschiffes, doch schenkten wir einem solch alltäglichen Anblick keine besondere Beachtung. Blitzschnell raste es auf Helium zu, und lediglich die Geschwindigkeit verriet, daß etwas Ungewöhnliches vorgefallen war.

Es hißte die Flaggen eines Eilboten für den Jeddak und zog ungeduldige Kreise, während es auf das säumige Patrouillenboot wartete, das es zu den Anlegeplätzen des Palastes geleiten sollte.

Zehn Minuten nach seiner Ankunft wurde ich in den Ratssaal gerufen, der sich bei meinem Eintreffen gerade zu füllen begann.

Auf dem Podest sah ich Tardos Mors, wie er mit angespannter Miene vor dem Thron auf und ab ging. Als alle Mitglieder ihre Plätze eingenommen hatten, wandte er sich an uns und sagte: "An diesem Morgen wurden die Regierungen von Barsoom informiert, daß der Verwalter der Atmosphärenfabrik seit zwei Tagen keinen Bericht mehr gesendet hat. Auch erhielt keine der zwanzig Hauptstädte ein Antwortzeichen auf ihre fast unablässigen Anrufe.

Die Abgesandten der anderen Völker baten uns, diese Angelegenheit in die Hand zu nehmen und schnellstens den Gehilfen zur Fabrik zu schicken. Den ganzen Tag haben Tausende von Kreuzern nach ihm gesucht, und soeben kehrte eines von ihnen mit seinem Leichnam zurück, der, von unbekannter Hand aufs schrecklichste verstümmelt, in den Gruben neben seinem Haus aufgefunden wurde. Ich brauche den Anwesenden nicht zu erklären, was das für Barsoom bedeutet. Man braucht Monate, um sich durch die dicken Mauern zu arbeiten, wobei wir mit der Arbeit schon begonnen haben. Eigentlich bestünde wenig Anlaß zur Besorgnis, wenn die Pumpen wie schon seit Jahrhunderten ordnungsgemäß liefen, doch wir fürchten, daß das Schlimmste bereits eingetreten ist. Die Instrumente zeigen einen rapide abfallenden Luftdruck auf ganz Barsoom - die Anlage steht still. Meine Herren, wir haben bestenfalls noch drei Tage zu leben", schloß er.

Einige Minuten herrschte Totenstille, dann stand ein junger Edelmann auf und wandte sich mit hoch über dem Kopf erhobenem Schwert an Tardos Mors.

"Die Bewohner von Helium waren für Barsoom immer ein Beispiel, wie eine Nation der roten Menschen leben sollte. Nun ist die Gelegenheit gekommen, ihnen zu zeigen, wie man seinem Tode entgegentritt. Laßt uns weiter unseren Pflichten nachgehen, als lägen noch tausend wertvolle Jahre vor uns."

Der ganze Saal brach in Beifall aus, und da uns nichts weiter übrig blieb, als den Menschen ein gutes Beispiel zu geben und so ihre Ängste zu lindern, gingen wir mit einem Lächeln auf dem Gesicht unserer Wege, wenn auch der Kummer an unseren Herzen nagte.

Als ich zu meinem Palast zurückkehrte, stellte ich fest, daß die Nachricht bereits Dejah Thoris zu Ohren gekommen war, und so berichtete ich ihr alles, was ich wußte.

"Wir sind immer sehr glücklich gewesen, John Carter", sagte sie. "Ich bin dankbar, mit dir sterben zu dürfen, welches Schicksal uns auch immer ereilen wird."

Die nächsten zwei Tage brachten keine bemerkenswerte Änderung in der Luftversorgung, doch am Morgen des dritten Tages wurde das Atmen in Höhe der Dächer schwerer. Die breiten Straßen und Plätze von Helium waren voller Leute. Die Geschäfte ruhten. Die Menschen blickten größtenteils furchtlos ihrem unvermeidlichen Untergang ins Gesicht. Dennoch gaben sich Männer und Frauen hier und da ihrem stillen Kummer hin.

Gegen Mittag des dritten Tages begannen viele der Schwächeren umzusinken, und innerhalb einer Stunde fielen die Menschen von Barsoom zu Tausenden in die Bewußtlosigkeit, die dem Erstickungstod vorangeht.

Dejah Thoris und ich hatten uns mit den anderen Mitgliedern der Königsfamilie in einem tiefer angelegten Garten im Innenhof des Palastes versammelt. Wir unterhielten uns leise, wenn überhaupt, da uns der düstere Schatten des nahen Untergangs Ehrfurcht einflößte. Sogar Woola schien die Schwere des über uns schwebenden Unheils zu spüren, denn er schmiegte sich leise winselnd an Dejah Thoris und mich.

Der kleine Inkubator war auf Bitte von Dejah Thoris vom Palastdach geholt worden, und nun blickte sie sehnsuchtsvoll auf das unbekannte kleine Lebewesen, das sie nie kennenlernen würde.

Als das Atmen merklich schwieriger wurde, erhob sich Tardos Mors und sagte: "Sagen wir einander Lebewohl! Die Tage des ruhmreichen Barsoom sind gezählt. Die Sonne des morgigen Tages wird auf eine tote Welt niederblicken, wie sie nun bis in Ewigkeit durch das Weltall streifen und in der es nicht einmal Erinnerungen geben wird. Das ist das Ende."

Er bückte sich, küßte die Frauen seiner Familie und legte den Männern die sehnige Hand auf die Schultern.

Als ich mich traurig von ihm abwandte, fiel mein Blick auf Dejah Thoris. Ihr Kopf sank auf die Brust, allem Anschein nach verlor sie das Bewußtsein. Mit einem Aufschrei sprang ich zu ihr und nahm sie in die Arme.

Sie schlug die Augen auf, blickte mich an und flüsterte: "Küß mich, John Carter. Ich liebe dich! Ich liebe dich! Wie grausam ist es doch, daß wir jetzt auseinandergerissen werden, wo wir begonnen haben, ein Leben voller Liebe und Glückseligkeit zu führen."

Als ich meine Lippen auf die ihren preßte, bemächtigte sich meiner wieder das altbekannte Gefühl von Stärke und Unbesiegbarkeit. Das Kämpferblut von Virginia strömte mit neuer Kraft durch meine Adern.

"Nein, meine Prinzessin", rief ich. "Es gibt noch einen Weg, es muß ihn geben, und John Carter, der sich aus Liebe zu dir durch eine fremdartige Welt geschlagen hat, wird ihn finden."

Bei diesen Worten durchfuhren mich neun längst vergessene, zusammenhängende Laute. Schlagartig wurde ich mir der Tragweite ihrer Bedeutung bewußt - sie waren der Schlüssel zu den drei großen Toren der Atmosphärenfabrik!

Sofort wandte ich mich an Tardos Mors und rief, während ich noch immer meine sterbende Geliebte an mich drückte: "Ein Flugzeug, Jeddak! Schnell! Man soll dein schnellstes Flugzeug auf das Palastdach bringen. Noch kann ich Barsoom retten!"

Er fragte nicht weiter, doch augenblicklich stürmte eine Garde zum nächsten Anlegeplatz, und obwohl die Luft dünn und auf dem Dach gänzlich verschwunden war, gelang es ihnen, das schnellste einsitzige Aufklärungsflugzeug, das die Wissenschaftler von Barsoom jemals entwickelt hatten, in Gang zu setzen.

Ich küßte Dejah Thoris dutzendmal, befahl Woola, der mir folgen wollte, zurückzubleiben und sie zu bewachen, sprang mit meiner früheren Gewandtheit und Kraft zur Anlegestelle oben auf dem Palast, und befand mich im nächsten Moment auf dem Weg zu dem Ort, wo die Hoffnungen von ganz Barsoom lagen.

Um genügend Luft zum Atmen zu haben, mußte ich niedrig fliegen, doch ich nahm den direkten Weg über den Grund eines früheren Meeres, und so brauchte ich nur wenige Fuß aufzusteigen.

Ich trieb die Maschine zu Höchstgeschwindigkeit an, denn ich befand mich im Wettlauf mit dem Tod. Immerfort schwebte Dejah Thoris' Gesicht vor mir. Als ich mich ein letztes Mal nach ihr umblickte, bevor ich den Palastgarten verließ, hatte ich gesehen, wie sie taumelte und neben dem kleinen Inkubator zu Boden sank. Ich wußte sehr wohl, daß sie in die letzte Ohnmacht gefallen war und sterben würde, wenn die Luftvorräte nicht rechtzeitig aufgefüllt wurden. So ließ ich jede Vorsichtsmaßnahme außer acht, warf alles außer der Maschine und den

Kompaß über Bord, sogar meinen Schmuck, legte mich bäuchlings flach auf Deck, steuerte mit der einen Hand, schaltete mit der anderen den Geschwindigkeitshebel auf die letzte Stufe und pfiff mit der Schnelligkeit eines Meteors durch die dünne Luft des untergehenden Mars.

Eine Stunde vor Einbruch der Dunkelheit tauchten mit einemmal die hohen Wände der Atmosphärenfabrik vor mir auf. Ich ging sofort in einen jähen Sturzflug über und setzte vor der kleinen Tür auf, von der das Leben eines ganzen Planeten abhing.

Daneben hatte sich eine großer Trupp abgemüht, die Wand zu durchstoßen, doch schien die steinharte Oberfläche kaum angekratzt zu sein, und die meisten Männer lagen bereits im letzten Schlummer, aus dem nicht einmal Luft sie erwecken konnte.

Sie schien hier noch viel dünner als in Helium zu sein, und auch ich konnte nur mit Schwierigkeiten atmen. Einige Männer waren noch bei Bewußtsein. Ich wandte mich an einen von ihnen an und fragte: "Wenn es mir gelingt, diese Tore zu öffnen, gibt es einen unter euch, der die Maschinen in Gang setzen kann?"

"Ja, mich", entgegnete er. "Doch beeile dich. Ich halte nur noch kurze Zeit durch. Aber es ist zwecklos, die Verwalter sind beide tot, und keiner auf Barsoom kennt das Geheimnis dieser schrecklichen Schlösser. Drei Tage lang haben sich die Männer schier wahnsinnig vor Angst mit diesem Portal abgemüht im sinnlosen Versuch, sein Mysterium zu lüften."

Ich hatte keine Zeit zu sprechen, denn ich wurde zusehends schwächer und vermochte überhaupt nur noch unter Anstrengung zu denken.

Doch mit letzter Kraft, während meine Knie schon unter mir nachgaben, sandte ich die neun Wellen gegen die entsetzliche Mauer vor mir. Totenstille herrschte. Der Marsmensch war neben mich gekrochen. Die Blicke starr auf den Torflügel gerichtet, warteten wir.

Langsam wich die mächtige Tür vor uns zurück. Ich wollte mich erheben und ihr folgen, doch ich war zu schwach.

"Dahinter ist es", rief ich meinem Gefährten zu. "Und wenn du zur Pumpenstation kommst, dreh alle Pumpen auf. Es ist die letzte Chance für Barsoom!"

Aus dem Liegen öffnete ich das zweite Tor und danach das dritte. Ich sah den Hoffnungsträger von Barsoom auf allen vieren kraftlos durch das letzte Tor kriechen und verlor das Bewußtsein.

In der Höhle von Arizona

Als ich die Augen wieder aufschlug, herrschte Dunkelheit. Seltsame, steife Kleidungsstücke bedeckten meinen Leib, Stoffetzen, die von mir abbröckelten und sich in Staub auflösten, als ich mich aufsetzte.

Ich tastete mich von Kopf bis Fuß ab und fand mich von oben bis unten bekleidet, obwohl ich nackt gewesen war, als ich ohnmächtig wurde. Vor mir konnte ich durch eine zerklüftete Öffnung einen kleinen Flecken monderhellten Himmels sehen.

Als meine Hände bei den Taschen anlangten, fand ich in einer von ihnen eine kleine Schachtel Streichhölzer, die in Ölpapier eingewickelt waren. Eines davon zündete ich an und stellte in dem trüben Licht fest, daß ich mich offensichtlich in einer riesigen Höhle befand, in deren hinterem Teil eine seltsame, regungslose Gestalt auf einer winzigen Bank kauerte. Als ich nähertrat, sah ich, daß es sich um die mumifizierten Überreste einer kleinen, alten Frau mit langem schwarzen Haar handelte. Sie war über einem kleinen Holzkohleherd mit einem runden Kupferkessel, dessen Inhalt aus einer geringen Menge grünlichen Pulvers bestand, in sich zusammengesunken.

Hinter ihr hing eine Reihe menschlicher Skelette an miteinander verbundenen Rohhautseilen von der Höhlendecke herab. Einen dieser Lederriemen hatte die alte Frau in der Hand. Als ich ihn berührte, regten sich die Skelette und erzeugten dabei ein Geräusch, das dem Rascheln von Laub nicht unähnlich war.

Das Bild war derart grotesk und furchtbar, daß ich ins Freie an die frische Luft stürzte, heilfroh, einem so grauenvollen Ort entronnen zu sein.

Der Anblick, der sich meinen Augen draußen bot, als ich vor dem Höhleneingang auf einen kleinen Felsvorsprung trat, bestürzte mich zutiefst.

Ein neuer Himmel und eine neue Landschaft taten sich vor mir auf. Die versilberten Berge in der Ferne, der fast unbeweglich am Sternenzelt verankerte Mond, das kakteenübersäte Tal vor mir - das war nicht der Mars. Ich traute meinen Augen nicht, doch langsam wurde ich mir der schmerzhaften Wahrheit bewußt - vor mir lag Arizona, und ich stand auf demselben Felsvorsprung, von dem ich vor zehn Jahren sehnsuchtsvoll zum Mars gesehen hatte.

Ich vergrub den Kopf in den Armen, wandte mich verzweifelt und bekümmert ab und lief den Pfad vor der Höhle hinab.

Über mir in achtundvierzig Millionen Meilen Entfernung blinkte das rote Auge des Mars mit seinem schrecklichen Geheimnis.

Hatte der Marsmensch den Raum mit den Pumpen gefunden? War die belebende Luft rechtzeitig zu den Menschen des entfernten Planeten gelangt, um sie zu retten? War meine Dejah Thoris am Leben, oder ruhte ihr schöner Körper kalt und starr neben dem winzigen goldenen Inkubator im versenkt angelegten Garten des Palasthofes von Tardos Mors, dem Jeddak von Helium?

Seit zehn Jahren warte ich und bitte inständig darum, Anwort auf meine Fragen zu bekommen. Seit zehn Jahren warte ich und bete, daß man mich wieder in die Welt meiner verlorenen Liebe zurückversetzt. Lieber läge ich tot neben ihr, als hier auf der Erde zu leben, wo mich Millionen Meilen von ihr trennen.

Durch meine alte Mine, die ich unberührt fand, gelangte ich zu märchenhaftem Reichtum, doch was bedeutet er mir!

Wie ich so in meinem kleinen Arbeitszimmer sitze, von dem ich den Hudson überblicken kann, wird mir bewußt, daß es heute nacht zwanzig Jahre her sind, seit ich zum ersten Mal auf dem Mars die Augen aufschlug.

Durch mein kleines Fenster vor dem Schreibtisch kann ich ihn am Himmel stehen sehen, und heute scheint er mich wieder zu sich zu rufen, wie seit meinem langen, totenähnlichen Schlaf nicht mehr, und ich bilde mir ein, über den entsetzlichen Abgrund des Weltalls hinweg eine wunderschöne, schwarzhaarige Frau im Garten eines Palastes zu sehen, neben ihr einen kleinen Jungen, der den Arm um sie legt, während sie auf den Planeten Erde am Himmelsgewölbe zeigt. Zu ihren Füßen hockt eine riesige, furchteinflößende Kreatur mit goldenem Herzen.

Ich glaube, daß sie dort auf mich warten, und etwas sagt mir, daß ich es bald genau wissen werde.

Inhaltsverzeichnis

Vorwort..5
Auf den Hügeln von Arizona......................................8
Die Flucht des Toten..15
Meine Ankunft auf dem Mars....................................19
Ein Gefangener...26
Ich entkomme meinem Wachhund............................32
Ein Kampf, bei dem ich Freunde fand........................36
Kindererziehung auf dem Mars.................................41
Eine hübsche Gefangene vom Himmel......................46
Ich erlerne die Sprache..51
Kämpfer und Anführer...55
Mit Dejah Thoris...64
Ein mit Macht ausgestatteter Gefangener..................71
Liebe auf dem Mars...76
Ein Kampf auf Leben und Tod...................................82
Solas Geschichte..91
Fluchtpläne..99
Erneute Gefangennahme..108
Angekettet in Warhoon...115
Der Kampf in der Arena..119
In der Atmosphärenfabrik.......................................124
Als Luftaufklärer für Zodanga..................................133
Ich finde Dejah...143
Am Himmel verirrt...152
Tars Tarkas findet einen Freund..............................158
Die Ausplünderung von Zodanga............................165
Vom Blutbad zur Glückseligkeit..............................170
Aus der Glückseligkeit in den Tod...........................177
In der Höhle von Arizona..182

Die **MARS**-Romane von Edgar Rice Burroughs

Die Prinzessin vom Mars ★

Die Götter des Mars ★

Der Kriegsherr des Mars

Thuvia, das Mädchen vom Mars

Die Schachfiguren des Mars*

Der Großmeister vom Mars *

Ein Mars-Kämpfer*

Die Schwerter des Mars*

Die Kunstmenschen des Mars*

Llana von Gathol*

John Carter vom Mars*

★Bereits erschienen
* Deutsche Erstveröffentlichungen

Alle Bände neu übersetzt, komplett und ungekürzt.

JOHN CARTER VOM MARS

Nach einem langen Exil auf der Erde ist
John Carter endlich auf seinen geliebten Mars
zurückgekehrt, doch die schöne Dejah Thoris,
die Frau die er liebt ist verschwunden.
Nun war er im legendären Eden
des Mars gefangen -
einem Eden, dem niemand je
lebendig entrann.

KRANICHBORN VERLAG LEIPZIG

TARZAN
bei den Affen

Lord John Greystoke wird im Dienst der Königin nach Britisch-Westafrika geschickt. Er läßt sich von seiner jungen Frau begleiten. Auf dem Schiff bricht eine Meuterei aus. Lord Greystoke und seine Frau werden an der Küste Afrikas ausgesetzt. Hier bekommt Lady Greystoke einen Sohn. In der Wildnis völlig alleingelassen, versuchen die Greystokes den Gefahren des Dschungels zu trotzen. Doch den stetigen Angriffen wilder Tiere sind sie nicht gewachsen. Lady Greystoke stirbt, und Lord Greystoke wird getötet. Aber auf wundersame Weise wird ihr Sohn gerettet.
Und hier beginnt die eigentliche Geschichte des TARZAN von den Affen.

KRANICHBORN VERLAG LEIPZIG

TARZAN

und das verschollene Reich

Irgendwo im Herzen Afrikas ist ein Mann verschwunden - Erich von Harben, Sohn eines alten Freundes TARZANs von den Affen. Nun versucht der Affenmensch, ihn zu retten. Die Spur führt in ein geheimnisvolles Tal, wo TARZAN zwei überlebende Vorposten des antiken Roms - durch die Zeit beinahe unverändert - entdeckt.
Und dort wird TARZAN in die Arena gestoßen, wo er sich jeder Gefahr stellen muß, die sich der grausame und korrupte Imperator Casa Sanguinarius hat einfallen lassen, um den Tod des Affenmenschen herbeizuführen.
Meilenweit davon entfernt wartet Erich von Harben in Castrum Mare auf seine Hinrichtung im Sand der Arena eines anderen Tyrannen.

KRANICHBORN VERLAG LEIPZIG

TARZAN
Herr des Dschungels

TARZAN, immer auf der Hut vor räuberischen Eindringlingen in seinen geliebten Dschungel, befiehlt einem amerikanischen Jäger und einem arabischen Sklavenhändler, sein Land zu verlassen. Doch alle geraten in eine mittelalterliche Gemeinschaft, die 750 Jahre hinter einer Wand von Bergen isoliert war.
TARZAN wird in eines der phantastischsten Abenteuer, das er bisher erlebt hat, verwickelt.

KRANICHBORN VERLAG LEIPZIG

TARZAN
der Unbesiegbare

La ist in Schwierigkeiten. Die Hohenpriesterin des Flammengottes in der antiken Stadt Opar - des vergessenen Vorpostens von Atlantis - ist von ihrem Volk verraten worden und eingesperrt in den von der Ewigkeit verwunschenen Verliesen, bis TARZAN kommt, um sie zu retten. La liebt TARZAN noch immer. Nun liegt La, zusammen mit einer fremden Frau von der Rasse TARZANs, gefesselt im Zelt eines arabischen Sklavenhändlers, in Angst vor dem ihr bestimmten Schicksal. Inzwischen verfolgt TARZAN eine Schar fremder Männer, die in sein Land
eingedrungen sind...
angeführt von einem Wahnsinnigen, der einen gemeinen Umsturz im Sinne hat.

KRANICHBORN VERLAG LEIPZIG

TARZAN
der Schreckliche

In panischer Angst vor der Rache TAR-
ZANs von den Affen ist Leutnant Obergatz
geflohen. Gewaltsam hat er TARZANs
geliebte Gefährtin Jane mitgenommen.
Nun folgt TARZAN der schwachen Fährte
ihrer Flucht, hinein in ein Gebiet, das kein
Mensch je zuvor durchquert hat. Die Spur
führt durch scheinbar unpassierbare
Sümpfe in das Pal-ul-don - ein wildes
Land, wo primitive Waz-don und Ho-don
sich erbittert bekämpfen, Messer mit
ihren langen Greifschwänzen schwingend,
und wo mächtige Triceratops seit der ver-
schwommenen Dämmerung der Zeit
überlebt haben...
Und weit hinter ihnen verfolgt sie Korak,
der Killer, unermüdlich.

KRANICHBORN VERLAG LEIPZIG

Die **TARZAN**-Romane von Edgar Rice Burroughs

TARZAN bei den Affen ★
TARZANs Rückkehr ★
TARZANs Tiere ★
TARZANs Sohn ★
TARZAN und der Schatz von Opar ★
TARZANs Dschungelgeschichten ★
TARZAN der Ungezähmte ★
TARZAN der Schreckliche ★
TARZAN und der goldene Löwe ★
TARZAN und die Ameisenmenschen ★
TARZAN, Herr des Dschungels* ★
TARZAN und das verschollene Reich* ★
TARZAN am Mittelpunkt der Erde* ★
TARZAN der Unbesiegbare ★
TARZAN triumphiert* ★
TARZAN und die goldene Stadt
TARZAN und der Löwenmensch
TARZAN und die Leopardenmenschen
TARZANs Suche
TARZAN und die verbotene Stadt*
TARZAN der Prächtige
TARZAN und die Fremdenlegion*
TARZAN und der Irre*
TARZAN und die Schiffbrüchigen*

★ Bereits erschienen
* Deutsche Erstveröffentlichungen

Alle Bände neu übersetzt, wobei die einzig autorisierte Ausgabe - komplett und ungekürzt - von Ballantine Books New York zugrunde gelegt wurde.